Summer

Ali Smith

夏

アリ・スミス

木原善彦 訳

CREST BOOKS

Shinchosha

夏

SUMMER
by
Ali Smith

Illustration by Sora Mizusawa
Design by Shinchosha Book Design Division

姉たち
マリー・モリソン
アン・マクラウドに

友人
ポール・ベイリー
ブリジェット・ハニガンに

友人
セーラ・ダニエルを
忘れないために

そして
親友
セーラ・ウッドのために

ある夏の夜、庭に面した窓のある大きな部屋で、
彼らは汚水溜めの話をしていた。

ヴァージニア・ウルフ

闇がどれだけ広大でも
私たちはそこに光を当てなければならない。

スタンリー・キューブリック

主《しゅ》よ、私の記憶を緑に保ちたまえ！

チャールズ・ディケンズ

私はその人のことを思った
私を日の当たる明るい国に導く男、あるいは女
そこでは幸せは一瞬のこと
暖炉でちらちらと燃える炎
でもそれはすべての苦痛を灰に変え
私たちの悲しみをふるいにかける
棺は恐ろしいほどあっけなく沈む
炎の中、煙の中、光の中、ほぼ無の中へ。
その〝ほぼ無〟を私はたたえ、記す。
エドウィン・モーガン
おお、彼女の手は温かい！
ウィリアム・シェイクスピア

1

みんなが言った。で?

つまり、で何? つまり肩をすくめるしぐさ、あるいは私にどうしろって? あるいははっきり言ってどうでもいい、あるいは実際、悪くないと思う、別にそれで構わない。

オーケー。たしかに〝みんな〟が言っていたわけじゃない。今のは口語的な言い方だ。みんなもやってると言うときと同じように。私が言いたいのは、あのときはそれが明らかに時代を象徴する標識だったということ。そんな投げやりな口調が一種のリトマス試験紙になっていた。あの頃は、どうでもいいという斜に構えた姿勢が流行だった。いちいち気に懸けている人、あるいは気に懸けていると言う人は救いがたい負け犬か、あるいは格好を付けているだけの人間だと見なすのが流行だった。

そんなのは大昔のこと。

いや、違う。生まれたときから、あるいは人生の大半をこの国で過ごしてきた人々が逮捕されたり、強制退去の脅しを受けたり、強制退去させられたりするようになったのは文字通りこの数か月前からの話だ。で?

そして政府は自分が望む結果が得られなかったのを理由に国会を閉じた。で?

真顔で嘘をつく人々がたくさんの票を得て、権力を握ったときも、で?

一つの大陸が燃え（本書の主な舞台となるのは二〇二〇年春で、前年秋からこの年の二月までオーストラリアで大規模な森林火災が続いた）、別の大陸が融けたときにも、で?

世界中で権力者が人々を宗教、民族、性的指向、知的あるいは政治的意見の相違に基づいて狙い撃ちし始めたときも、で?

いいや、違う。たしかに。みんながそう言ったわけではない。

事実は全然違う。

何百万もの人がそうは言わなかった。

イギリス国内でも世界中でも、何百万という人が嘘を見抜き、人々や地球に対する暴虐を目にして声を上げ、デモ行進し、抗議をし、文章を書き、投票し、話し、行動し、ラジオで、テレビで、ソーシャルメディアを通じてツイートに次ぐツイート、ページに次ぐページで訴えた。

それに対して、で?という一言の力を知る人々はラジオで、テレビで、ソーシャルメディアを通じてツイートに次ぐツイート、ページに次ぐページで言った。で?

私たちが無関心になったときに何が起きると歴史が証明しているか、あるいは無関心を政治的に涵養することの帰結がどんなものであるか——私は一生をかけてそれを列挙し、説明し、典拠とグラフ、例と統計を使って解説することだってできる。しかし私を相手にしたくない人はパンチの利いた一言でそれを却下するだろう。

で？

で。

代わりに私が以前目にしたものを一つ。

それはおよそ七十年前――第二次世界大戦が終わって間もない頃――にイギリスで作られた映画の一場面だ。

映画はロンドンで制作された。監督はイタリアから来た若い芸術家。当時は一から再建しなければならない町がたくさんある中で、ロンドンもその一つだった。あらゆる年齢の人が世界中で数千万人も亡くなった後のことだ。

一人の男が二つのスーツケースを運んでいる場面。

男は細身で若く、おずおずして取り乱した様子だ。帽子と上着をきちんと身につけている。足取りは軽いが、同時に重い。二つのスーツケースを持っていなくても、足取りが重そうなのは間違いない。やせた男は何かを考えている様子で表情は厳粛、ひどく思い詰めている。背の高い建物の縁を巡る狭い煉瓦塀の出っ張りの上に立っているせいで、男の姿は空を背景に浮かび上がっている。彼は出っ張りに沿ってうれしそうに踊り狂い、背景にはぼろぼろになったロンドンの街の屋根が見える。いいや。もっと正確に言うなら、屋根ははるか下の方に見える。

あれだけ素早い動きをしながら建物から落ちないのはどうしてか？

むちゃくちゃなことをしているのにあれだけ優雅――切迫していると同時に無頓着――でいられるのはなぜか？

スーツケースを大きく振り回しながら、バランスを失わないのはどうしてか？　足元の不確かな場所であの速さで動けるのはどうして？

男はどうしてあんな危ないことをしているのか？

この場面の静止画像や写真を提示するのは無意味だ。動きが大事な映像だから。

男は数秒間、街を見下ろす高い場所で、狂っているけれども陽気な踊りを踊りながら、煉瓦一つ分しか幅のない出っ張りの上を素早くジグザグに進む。で。

私が自分の人生の女主人公《ヒロイン》であるかどうか、とサシャの母は言う。

それからさらにこう言う。サシャ、何なのこれ？　どこから持ってきた文章？

サシャは居間で携帯画面を見ながら朝食をとっている。テレビは少し音が大きめなので、母はそれに負けないよう声を張り上げなければならない。

知らない、とサシャは言う。

サシャは普通の声の大きさでそう言うので、母にはまったく聞こえていない可能性が充分にある。いずれにせよ、何も変わらないだろうけれども。

自分の人生の女主人公《ヒロイン》、と母は部屋の中を行ったり来たりしながら何度も繰り返す。自分の人生の女主人公《ヒロイン》、その次には駅《ステーション》がどうのこうの、駅《ステーション》を取られるとか。どこから持ってきた文章？（チャールズ・ディケンズ『デイヴィッド・コパフィールド』冒頭を改変した文章。元は「私が自分の人生の男主人公（ヒーロー）であるかどうか、あるいはその立場（ステーション）は他の誰かに取られてしまうのか。それは以下のページで明らかになるだろう」）

まるで出典に意味があるかのように。

サシャは首を横に振るが、見ている人にそれが分かるほど大きくは振らない。

母には分からない。

同じようなことは前の夜にもあった。サシャが今日のマーキストン先生の授業のために書かなければならなかった〝許し〟に関するエッセイの材料としてネットで見つけた引用をめぐる口論だ。イギリスのEU離脱から一週間ということで、〝許し〟についてエッセイを書く課題が生徒全員に与えられた。サシャは許しというものを深い部分で疑っていた。**私はあなたを許しますと言う行為は、あなたは私より劣っている、道徳的にも立場的にも私の方があなたより上だと言う**のに似ている。

しかしマーキストン先生の授業で真実に対するそんな態度を見せれば、もらえる成績は優ではなく良だ。あの先生の授業で必要な成績を取るにはどう反応すべきか、クラスの全員が正確に心得ている。

だから昨日の夜遅くに——提出の締め切りは今日なので——サシャは引用できる文章をネットで探したのだった。

前世紀のある人物は敬虔にこう言った。許しは、不可逆的な歴史の流れを逆転させるただ一つの方法だ、と。

母はこのときもノックをせずに寝室に入ってきて、サシャの背後に立って画面を覗いていた。

ああ、いいじゃないの、その引用、と母は言った。いいと思う。

私もいいと思う、とサシャは言った。

そこの単語は〝敬虔〟で合ってる？と母は言った。〝敬虔〟よりも哲学的な感じがするけど。その人は敬虔な作家なわけ？　書いたのは誰？

うん、敬虔な人。サシャはそれが誰の文章か知らないままそう答えた。〝敬虔〟を使ったのも、何となくその文章に合いそうだったというだけの理由だ。しかし母が首筋に息をかけながらしつこく尋ねてくるので、サシャはスタートページを開いて〝不可逆〟〝流れ〟〝歴史〟と入力した。すると引用した文章が出てきた。

ヨーロッパっぽい名前の人、と彼女は言った。

ああ、アーレント、ハンナ・アーレント、と母は言った。許しについてのアーレントの文章なら読んでみたい。彼女の文章だって分かったらますます気に入ったわ。

皮肉だ、とサシャは思った。父も母も当分お互いを許す様子はまったくないのに、と。

けど、アーレントを敬虔と呼ぶのはどうかな、と母は言った。出典は？

〝知的名言《ブレイニークオート》〟、とサシャは言った。

それは出典じゃない、と母は言った。元の出所は書いてないの？　あれ。書いてない。駄目だこりゃ。

出典は知的名言《ブレイニークオート》、とサシャは言った。私はそこで引用を見つけたんだから。

知的名言《ブレイニークオート》を出典として書くことなんてできない、と母は言った。

いいえ、できる、とサシャは言った。

もっとちゃんとした出典が必要、と母は言った。そうしないとハンナ・アーレントの言葉が元々どこにあったものか分からないでしょ。

サシャは画面を高く上げて、母の方へ向ける。

知的名言《ブレイニークオート》。名言まとめ《クオートパーク》。名言あれこれ《クオートHD》。名言集《アズクオート》。Facebook。みんなの書評《グッドリーズ》。写真付き名言《ピクチャークオーツ》。引用大好き《クオートファンシー》。アイデア宝箱《アスクアイデアズ》。誕生日の一言《バースデーウィッシュ・ドット・エキスパート》、と彼女は言った。この引用にある語句を入力するとこういうサイトばっかり出てくる。検索結果のトップでこの調子だから、その人の言葉を引用しているサイトは無数にある。

いいえ、そういうサイトはただ、アーレントを引用していると言っているだけで、それだと充分じゃない、と母は言った。そういうサイトを全部調べて、引用の出所を見つけないといけない。文脈。それが大事。

うん、でも私にはそこまで知る必要がない、とサシャは言った。

いいえ、必要あります、と母は言った。一次資料がどこにあるか、そういうサイトで調べてみなさい。

インターネットが一次資料、とサシャは言った。

母は部屋を出て行った。

約十分間、部屋は静かになった。

サシャはまた普通に呼吸をし始めた。

そのとき、キッチンにあるノートパソコンで知的名言《ブレイニークオート》や名言まとめ《クオートパーク》でいろいろ調べていたらしい母が、まるで面と向かって知的名言《ブレイニークオート》や名言まとめ《クオートパーク》から侮辱されたみたいに階段の下から大きな声で言った。

どのサイトにも一次資料が書かれていない、どれ一つとして出典が書いてないわ、サシャ。アーレントがどこに書いた文章なのかが見つからない。てわけで、この引用は使うべきじゃない。使えない。

はいはい、ありがと、とサシャは寝室から大きな声で返事をした。

そして母親の言葉とは無関係に自分の作文を続けた。

そもそもアーレントの言葉じゃないのかもしれない、と途中まで階段を上がってきた母が大きな声で言った。

まるで誰も話を聞いてくれないかのように大声で叫んでいた。

それは信頼できない、と母は叫んだ。

誰が学校の宿題に信頼性を必要としてるわけ?とサシャは言う。

私、と母は叫んだ。あなたも。出典を使うすべての人間が必要としてる。

こういうことにこだわるのは母の世代の得意技。世界で起きている本当の事態から目を逸らす転位行動だ。とはいえ、母の言うことにも一理あるかも――

じゃあ、エッセイの最後に注釈を付けて、インターネット情報ではこの言葉はハンナ……ハンナさんの言ったことだと書いてあったって書いておくのはどう、とサシャは言った。

そしてもう一度、そう言った人物の苗字をネットで調べた。

それだと足りない、と母は頼まれもしないのにまた部屋に入ってきて叫んだ。だってハンナ・アーレントがそう言ったという証拠はないんだから。言ったのが別人だったらどうする? 本当に言った人が忘れられてたら? それか。元々誰もそんなことを言ってなくて、ハンナ・アーレントがそう言ったという作り話をどこかの誰かがネットに書き込んだら、それがこういうサイトで広まったのだとしたら？

だとしたらハンナ・アーレントは――どんな人だったか知らないけど――悪い気はしないでしょうね、とサシャは言った（母が自分の声の大きさを自覚するように、普通の声量で）。いい言葉だから自分の責任にされてもいいでしょ。

ハンナ・アーレントの気持ちを勝手に代弁しちゃ駄目、と母は言った（よし、叫び声が少しましになった）。もしもインターネットに何かが書き込まれてて、これはサシャ・グリーンローが言った言葉だと書いてあったらどんな気分？

別にいいんじゃないの。私が何かいいことを言ったとどこかの誰かが思ったのなら悪い気はしない、とサシャは言った。

へえ、なるほど。要するに承認欲求ね。それってロバートと同じ子供みたいな振る舞いだわ、と母は言った。

それは違う、とサシャは言った。万一私がまだ十三歳で、それか私がロバートだったら――そんなのごめんだけど――きっとこう言ったと思う。そんなことを言うなら母さんはさっさと自分の好きな、わけの分からない教育的知ったかぶりの時代にご帰還くださいって。

ねえ、サシャ、と母は言った。出典。大事なことなの。理由をちゃんと考えて。

私が考えてるのは、とサシャは母の方に向き直って言った。このエッセイを先生が受け付けてくれるちょうどいいレベルにするという問題。

私が言っている作法のレベルはあらゆることに当てはまる、と母はまた声量が上がった（声の大きさが主張の正しさに比例していると言いたげに）。そしてあなたの言ってる先生が受け付けてくれるちょうどいいレベルというのは社会的な戦略にすぎない。

母は今サシャの部屋で両腕を大きく振り回しているので、電球の笠に手が当たり、電球が揺れていた。

ある朝、目を覚ましてネットを見たら、絶対にあなたが言うはずのないことがあなたの言葉として書き込まれていた——そんなことになったらどうする？と母は言った。

私は絶対そんなことを言ってませんってみんなに言うだけ、とサシャは言った。

でも、あなたがそう言っても、ネット上で何千人もの人があなたに腹を立ててたら？と母は言った。あなたの弟に起きているようなことが自分の身に起きたら？

そういう玉突き事故みたいなことには手の施しようがない、とサシャは言った。だから誰が何と思おうと構わない。私には自分が真実を言ってたと分かってるから。私の出典は私だし。何かを言いたいなら弟のところに行ったら？　私にはこんなことをしてる時間はない。

そうしたいところだけど、あの子は今外出中、と母は言った。

今十時よ、とサシャは言った。あの子は十三歳。まったくどういう親なの？

非常な困難に立ち向かいつつ必死に二人の子育てをしている親、と母は言った。

これは明日朝一番に提出しないといけない、とサシャは言った。

あなたの評判が台無しになったらどうするの？　みんなに恥知らずだとか嘘つきだとか言われ

て、どこにも行けなくなったら？と母は言った。

私は許す、とサシャは言った。

あなたは何をするですって？と母は言った。

許しは、とサシャは言った。不可逆的な歴史の流れを逆転させるただ一つの方法だから。

そこで短い間《ま》があった。それは舞台で俳優が演じるような間だった。それから母が声を上げて笑った。

そしてサシャも笑った。

母は机に向かっているサシャのところまで近づいてハグをした。

お利口さんね、と母は言った。

サシャの胸はある種のぬくもりでいっぱいになった。すごく幼い頃にその心地よいぬくもりについて尋ねたとき、**それは心の中の夏よ**と母が説明してくれた、あの感覚だ。

でももっと利口にならないと駄目、と母はさらに強く抱き締めながら言った。利口な女の子はもっとお利口にならないと。もっと、その。

先生が受け付けてくれるちょうどいい〝利口〟のレベルよりも、とサシャは母の脇腹に言った。

それが昨夜のこと。今は翌朝。サシャは携帯でニュースと皆のFacebookの投稿をチェックしながら落ち着いて朝食を味わうためにここにいる。しかしそこに〝落ち着き〟はない。母は叫び声を上げ、コーヒーカップを振り回しながら――時々中身がこぼれて、床を汚す――居間を歩き回っている。サシャは何度か鞄の位置を変えなければならなかった。

テレビの音量は大きすぎ、スタジオや屋外にいるニュースのアナウンサーたちはいつもと同じ現実離れした様子でだらだらとしゃべっている。有名人が全身コスプレで巨大な仮面《マスク》を頭にかぶって歌を歌い、パネリストと観客がその正体を当てるというテレビ番組（『ザ・マスクド・シンガー』のこと）を観て以来、サシャにとっては、テレビに出ている物や人はすべて仮面をかぶっている人のように感じられた。あれを観た後は、仮面を見ないことはできない。

脱ーげ！　脱ーげ！とパネリストと観客が叫ぶと、負けた有名人は仮面を取り、正体を明かさなければならない。

脱ーげ！　サシャは埠頭のそばで男の集団が若い女性にそう叫ぶのを見たことがある。

私が自分の人生の女主人公《ヒロイン》であるかどうか、と母は言う。その駅《ステーション》、立場《ステーション》は他の誰かに取られるのか。取られてしまうのか。

自分で調べたら？とサシャは言う。

いいえ、と母は言う。

私が代わりに調べてあげる、とサシャは言う。

いいえ。やめて、と母は言う。

母が〝やめて〟と言うときの口調はとげとげしい。最近の母は物忘れが激しくて、忘れたことをネットで調べない努力をしている。**更年期がひどい。これも更年期のせい。**まるで相手の名前を叫べば、避けられないものに太刀打ちできるかのように。彼女は調べるより、思い出す努力をする。それは現実的なレベルでは、三十分ほど周囲の人間をいらつかせた挙げ句に、自分が思い出せなかったものをネットで調べるということになった。

他の誰かに取られてしまうのか、と彼女は言った。その立場《ステーション》は他の誰かに取られてしまうのか。ちょっとお願い、サシャ。テレビの音量を下げてくれないと何も考えられない。こんなにうるさいと、頭が回ってないことさえ確かめられない。

無理。リモコンはロバートがどこかに隠した、とサシャは言う。

ロバートは既に家を出て学校に向かっていた。最近彼が凝っているいたずらは、テレビの音量を数段階高くしてからリモコンを隠すパターン。というのも、テレビを操作するにはリモコンを使うしか方法がないからだ。上に付いている電源スイッチはもう利かない（このテレビはかなり古い。新しいテレビは父が出て行くとき、隣の家に持って行ってしまった）。コンセントを抜いてしまうと、二度と電源が入らないリスクがある。だからそうはしない。

今うるさすぎるテレビでやっているのは、アメリカの大統領と何かの関係がある福音派の集会についてのニュースだ（トランプ大統領の支持基盤として力を持っていたのが〝福音派〟と呼ばれるキリスト教右派）。

あの子に電話して、と母は言う。父親と一緒にいるかもしれないから。

隣に住んでいる父。母の世代のテレビでやってた状況喜劇《シットコム》みたいだ。

まさか、とサシャは言う。

念のため、と母は言う。

サシャはロバートの携帯に電話をかける。それは直接音声《ボイス》メールサービスにつながる。電源が入ってない、とサシャは言う。

そんなわけない、と母は言う。私が壁を叩いてみる。

ロバートは隣にいない、とサシャは言う。

アシュリーがロバートを家に入れるはずはない。理由その一。ロバートはアシュリーがウェールズ音楽を演奏する小さなハープみたいな楽器を盗んだから。理由その二。ロバートはそれをキャッシュコンバーターズ（中古品の買取、質業などを行っているチェーン店）で売って、そのお金を封筒に入れて、まるでいいことをしてあげたみたいな顔で彼女に手渡したから。理由その三。アシュリーは（彼女はウェールズ人だから実際にはイギリス人でもあるのに）今この国で、観光客として以外の意味では歓迎されないってあの子は面と向かって言ったから。

そしてこのマーシーはお金の嵐で聖書地帯《バイブルベルト》（米国南部のキリスト教福音派が優勢な地域）を席巻しています、とテレビのレポーターが言う。地元の人たちは彼女を〝偉大なる白人の希望〟と呼んでいます。

たしかに。「マーシー・バックス精霊教会」の映像を観る限り、そこにいるのは全員白人ばかりだ。

皆さんに伝えるよう私は命じられました。直接命じられたのです。今もその声が聞こえます。聖なる声、偉大なる万能の神が自らの聖なる口から聖なる声で私に語りかけておられます。主《しゅ》はここにおられます。今も語りかけている。お慈悲《マーシー》を、お慈悲《マーシー》を（お慈悲《マーシー》を、お慈悲《マーシー》を！と教会に集まった人々が女に向かって唱和する。あるいはひょっとすると、女の名前がマーシーなので、マーシー、マーシーと呼びかけているのかもしれない)。

これ誰?と母はまた部屋を歩きながら言って、テレビの前で立ち止まる。

偉大なる白人の希望だって、とサシャは言う。神が自らの聖なる口から聖なる声でこの人の耳に直接語りかけてるらしい。

マーシー・バックス、と母は言う。芸名ね。それにひどい訛《なま》り。この人、クレア・ダンに似てる。そっくりだわ。クレア・ダンが三十歳年を取った感じ。ていうか、よく考えたらクレア・ダンは今頃ちょうどこの年齢ね。

母さんはテレビで人を見るたびに知り合いに似てるって言ってる、とサシャは言う。

いいえ、本当に見覚えがある。彼女とは昔、一緒に仕事をしたの。クレアだとしたら鼻を整形したんだわ、と母は言う。鼻が昔と違う。

母さんの知り合いとは別人だから鼻が違うんじゃないの、とサシャは言う。

サシャは母を横目で見る。母が女優をしていた昔話を持ち出すのは大体元気がないときだ。サシャの母は昔——父と出会う前——女優をしていた。その後、広告関係の何かの仕事をやり、それを辞めてからサシャとロバートを産んだ。そのすべては母の母に関する問題——家族の中ではそれを話題にすることは禁じられている——とも関係している。祖母は母がまだロバートの年齢の頃に大量の薬を飲んで亡くなった。誤って薬を飲みすぎたのだと母は言う。母を含めた誰もがおそらくそれは故意だったと知っているが、決してそれを口には出さない(ロバートでさえ)。

でも、母は元気がないようには見えない。少し疲れて見えるだけだ。

レポートの最後にカメラはマーシー・バックスの背後に投影された数字を映し出す。それは一秒ごとに数百ドルずつ増えていく寄付金の額だ。

次のニュース項目はオーストラリアの山火事。

向こうの一月は暑かったみたいね、と母は言う。

記録を取り始めてから最高の暑さだったって、とサシャは言う。まだ二月なのに。しかも火事は収まってないし。

追いかけ再生でさっきのニュースを最初から見せて、と母が言う。もう一度クレアを見てみたいから。

サシャはお手上げというしぐさをする。

無理、と彼女は言う。

母はソファーの脇を覗いてリモコンを探し、棚のものをどかして後ろを確認する。そして部屋の真ん中で途方に暮れる。

サシャは途方に暮れる母が苦手だ。

あの子の部屋かも、とサシャは言う。

それか学校に持って行ったかも、と母は言う。

サシャは玄関に行ってコートを羽織り、鏡で姿を確認する。

追いかけ再生ができないみたいなんだけど、と母がキッチンから叫ぶ。

私はもう行かないと、とサシャは玄関から返事をする。

しかし困った様子の母の声を耳にして、キッチンに戻る。

本当だ。ＢＢＣの iPlayer が動作しない。使えないのは母だけではない。でもサシャは何とか母の窮状を救った上で学校に向かうことができる。マーシー・バックス牧師は自身の YouTube チャンネルを持っているからだ。

マーシー・バックスは救う。

マーシー・バックスの動画のタイトルにはことごとく〝白〟という単語が用いられている。

その身の皮の光る所が白い（レビ記一三の四）。

見よ、白い雲が現れる（ヨハネの黙示録一四の一四）。

枝は白くなった（ヨエル書一の七）。

サシャは昨日アップされたばかりの最新の動画をクリックする。**大きな白い玉座**（ヨハネの黙示録二〇の一一）。

視聴回数は四万四千四百回。

天井の高い現代風の教会の中、マーシー・バックスの背後に〝福音からの利益《ゲイン》〟という文字が蛍光で浮かび上がっている。

列王記上二一の二に〝もし望むなら、それに相当する代金を銀で払ってもよい〟とあります。マタイによる福音書六の三三には〝何よりもまず、神の国を求めなさい〟とあります。この二つを合わせて考えてください。神はわれわれの会社の社長なのですから、われわれがすべきことは結局それに尽きるのです。神は究極の会計士なのです。神はすべてをご存じだ。神はあなたのことをご存じです。神はあなたが何を持ち、何を持っていないかをご存じだ。あなたが銀行口座をどれほど必死に隠していても、父なる神の目を免れることはできません。十セント、いや、一セントまでお見通しです。釣り銭をいくらごまかしているかまで見ていらっしゃる。魂の豊かな人間になるため、すすんで神にどれだけの犠牲を払うかをご覧になっている。蓄えを犠牲にする人に神は微笑むのです。神のものを神に返す人に神は報いる。自らの価値を証明する人に神は幸運を授ける。神の良き教会に恩恵を施すものに、神は恩恵を施すのです。

マーシー・バックスが歌うような調子でそう言うと、会衆がロックコンサートのように光の中で体を揺らし、携帯を持った手で天を突き、おなじみの〝グローリー、グローリー〟のメロディーに合わせて〝マーシー、マーシー、ハレルヤ〟と歌い始める。

マーシーが片手を挙げて皆を静かにさせる。

そして本当に信じる人なら決して、決して私たちの大統領の悪口──彼を貶めるようなこと、傷つけるようなこと──を言うことはできない、と神はおっしゃっています、と彼女は言う。

サシャは笑い始める。

そんなことを言うのは悪の使いだと神はおっしゃっています、とマーシーは言う。弾劾裁判は邪悪だったと神はご存じです。私たちの大統領の名前は、彼が息をするたびに神によって清められています！　私は神を知っている。神は私を知っている。私の言葉を信じてください。私を信じてください。私は神とつながる直通電話《ホットライン》を持っています。私のもとに神から直接電話がかかってきて、あの偉大な偉大な大統領を支えるよう皆に訴えなさいとおっしゃった。あの男は地上で偉大な偉大な仕事をするために使わされたのです。父なる神、救世主イエスが個人的に託した偉大な偉大な仕事を成し遂げるために——

サシャは笑いすぎて椅子から転げ落ちそうになる。母は首を横に振っている。

最近の私たちは図々しさに慣れすぎたせいで、図々しさそのものにさらに磨きがかかっているみたい、と母は言う。

うん。けど、何て嘘なの、とサシャは言う。

人は昔から嘘ばかり、と母は言う。初めて夏に青葉が茂ったときから。

母が口にしているのは、女優時代に覚えた芝居の台詞だ（シェイクスピア『から騒ぎ』の台詞）。しかし母が本当に出演したのは、大昔のテレビで流れた食器用洗剤のコマーシャルだけだったようにも感じられる。

サシャは幼い頃、そのコマーシャルを見せられた。ビデオは今も棚に置かれているが、もうそれを再生する機械がないので観ることはできない。その中では若い女——おしゃれに髪をセットしたスリムな見知らぬ女性で、とても信じがたいが本当に昔の母だ——がキッチンで小さな男の子から皿を受け取るために腰をかがめる。男の子は警官の帽子をかぶり、女——コマーシャルの中ではその子の母だ——に説教をしている。皿がきれいになっていないのは犯罪だ、と。

——だから寄付を、寄付を、寄付をお願いします。それが正しい行い。主に至る道を整える私に力を貸してください。なぜなら、ああ、主よ、私は来る日も来る日も三つのことを祈っているからです。私をよく見て、私を愛して、私をソーシャルメディアでフォローして、そして寄付を、来る日も来る日も、来る日も、来る日も——

今度は『ゴッドスペル』の台詞を適当に引用してる、と母は言う。

〝ゴッドスペル〟って?とサシャは言う。

昔のミュージカル（マタイによる福音書をもとにしたロックミュージカル）、と母は言う。私たちは一緒に『ゴッドスペル』もやった。『から騒ぎ』もやった。その後、東の方で夏のシェイクスピア／ディケンズ巡業も。その間、カメラはマーシーの話を聞く人々をアップで映し出す。誇らしげに見える人。気落ちして見える人。必死な顔の人。希望に満ちた顔の人。皆、貧しそうだ。多くの人は携帯を高く掲げて振っている。携帯を使って寄付をしている人もいる。映像はマーシーの顔の輪郭をぼやかしつつアップにする。

うん、と母は言う。間違いない。

パソコンはスリープ状態にしておく? それともまだ観る?とサシャは言う。

――悲しいですか? 私にはあなたの姿が見えています。孤独ですか? 私にはあなたの姿が見えています。不安ですか? いらいら《ワイアド》していますか? 罪の泥沼《マイアド》にはまっていますか? 私にはあなたの姿が見えています。疲れ《タイアド》てますか? 仕事《ハイアド》が見つかりませんか? 日の当たらない人生を送っていませんか? 生きているのに死んでいるような感じがしませんか? 自分が幽霊か亡霊になったみたいだと思いませんか? もしそうなら私の話に耳を傾けてください。なぜなら神が私を通じてこうおっしゃっているからです。それにはまず、それにはまずお胸のうちに――

サシャはカーソルの矢印を動かしてページを閉じようとする。

それにはまず、お胸のうちに信仰を目覚めさせていただかねばなりません、と母は言う。

――信仰を目覚めさせていただかねばなりません、と母の一瞬後に続いてマーシー・バックスが言い、その一瞬後にマーシー・バックスが画面から消える。

母はうなずく。

『冬物語』、一九八九年の夏。私はハーマイオニの役。彼女は代役。サシャ、遅刻しそうね。車で送ろうか？　あ、いや、私が馬鹿だった。二〇二〇年の自動車反対娘。忘れてた。

母さんは忘れてたわけじゃない、とサシャは言う。他人の英雄的行為を認めることができないだけ。

石油で動く乗り物を拒否するのが英雄的行為だとは思わない、と母は言う。一つのこだわりとは言えるかもしれないけど、英雄的行為っていうのはどうかしら？

〝『冬物語』、一九八九年の夏〟って何？とサシャは言う。

『冬物語』はシェイクスピアの書いた芝居、と母は言う。

それは知ってる、とサシャは言う（でも本当は知らなかった。というか、少なくとも確信はなかった）。

で、一九八九年の夏というのは大昔のこと。今となっては洪水以前《アンテディルーヴィアン》と言ってもいい、と母は言う。

反何《アンチ》？とサシャは言う。

アンテは〝以前〟。ディルーヴィアンは〝洪水〟、と母は言う（具体的には〝ノアの洪水以前〟の意味で、漠然と〝大昔〟を指す語として使われる）。

二十分遅刻。走った方がいい。

サシャは床からコートを取ってまた羽織り、母の頰にキスをする。

祝福あれ、と母は言う。

そう言いなさいと神が神聖な声で母さんの耳に直接語りかけたの？とサシャは言う。

あなたが五ポンド寄付してくれればそうだってことにします、と母は言う。


自動車反対。まるで冗談か、一時の流行みたいな言い方。

反洪水《アンチディルーヴィアン》。

サシャは言葉が大好きだ。でも、家ではそれを存分に発揮できない。弟のロバートの方が言葉好きのキャラを与えられているから。

彼女は学校へ行く途中、携帯で反洪水《アンチディルーヴィアン》を調べる。

それは少しだけ違う綴りで〝洪水以前〟の意味だ。語頭が大文字の〝洪水〟。

へえ。まるで語頭が大文字の〝洪水〟が過去のものみたい。私たちは今現在、〝洪水の前〟なのに。

彼らはオーストラリアの山火事の写真を見せられてもまだ認めようとしない。五億の生物の死体も――それは五〇〇〇〇〇〇〇〇頭の個体が死んだということを意味するのに――ある一地域で犠牲になった生物の数にすぎない。赤く染まった空の下、夏の日差しを浴びることなく、浜辺で赤い埃《ほこり》混じりの空気を吸っているオーストラリアの人々の写真を見ても反応は変わらない。誰も糸を操ることができない操り人形のような空。そんな中で栗毛の馬は自らの潔白を証明するように当惑し、困り果て、立ち尽くしている。背後では火の玉が、バターと化した太陽が溶けるように地平線上に広がっている。

五〇〇、〇〇〇、〇〇〇。サシャは死んだ生き物を一頭ずつ個々に想像し、敬意を払おうとする。そして荒れ果てた平原に動物の遺骸を二、四、六、八、十から百万と、見えない地の果てまで並べる。焦げたカンガルーの横に焦げたカンガルー、燃えたワラビーの横に燃えたワラビー、焼けたコアラの横に焼けたコアラ。

彼女の想像力は大きさが充分ではない。

私は絶対に子供を産まない、と彼女は既に思っている。破局した世界に子供を産む理由なんてあるだろうか？　刑務所の中で子供を産むようなものだ。このブライトンはいい街だ。環境問題に関してはイギリスの中で最もいい場所の一つ。緑の党の国会議員がいるのはイギリス全土でここだけ。でもそうだとしても、地元ニュースに出ている人はこんなことを言っている。**地球温暖化というのは嘘です。私を脅すのはやめてください。くだらない話で私の子供たちをおびえさせないでください。子供が寝られなくなりますから。いいじゃないですか。気候が暖かいのは私の好みです。地球もそれでいいんじゃないですか。一年中夏みたいというのも楽しいかも。**母もそんな狂った連中の同類だ。母は今世界で起きている現実的《リアル》なことにおびえるより、自分の更年期障害を恐れているようだ。

更年期だって現実的《リアル》、と母がサシャの頭の中で言う。

ストップ。

けど、あれ？

今の——今、頭の中で起きたこと——は神がマーシー・バックスの耳に語りかけたというのと同じこと？

うん、でもサシャの母は実際に耳元で、あるいは頭の中でしゃべったわけではない。もしもこの場にいたら母はそう言うだろうと思っただけだ。母のことはよく知っているから。

でも神は現実的《リアル》ではない。その点についてはサシャは疑いを持っていない。

神は人間の欲求と想像が生んだ虚構だ。

でも、母さんは違う。

間違いなく現実的《リアル》。

でも。ちょっと待った。

だって。神は実際、いくつかの意味で現実的《リアル》だ。その一。ああいう宗教的見世物に集う、神を信じる人にとっては現実的《リアル》。その二。どうやら物理的に〝誰かの耳に語りかけている〟ということで現実的《リアル》な存在になっている。その三。マーシー・バックスの想像においては現実的《リアル》な虚構だ。マーシー・バックスにとってはとても現実的《リアル》な金銭的問題と関わるから。

さて。それと比べてサシャの母はどうか？

というか、より正確に言うと、サシャの想像する母についてはどうか？

自分のことを水に挿した花だと想像してごらんなさい。ただし、植物としては自然の流れで、水を吸う時期はもう終わって乾き始めている、そして水は——あなたは花だからその理屈は分か

るはずがないんだけど——以前のように茎を伝って上がってくることはない。

母はそういうタイプのことを好んで言う。若い人——特に娘——に対するフロイト的な妬みから来る発言だ。

花は自分の身にそんなことが起きたとき、私と同じように感じるのかしら。花も自分から柔軟性が失われてると感じる？　しょっちゅういろんなところにぶつかったり？　頻繁に物忘れをしたり？　サイモン・コーウェルの名前をサイモン・カロウだと勘違いしたり？　本当はコーウェルだって知ってるのに、なぜか神経の回路がおかしくなってそこまでたどり着くことができずに。

サシャはあきれたように歯の隙間から息を吐く。

年を取ったことを言い訳にして責任を取らないのは哀れだ。

母にはもっと努力してもらいたい。

私は決してあんなふうにはならない。

地球で今起きている事態を考えれば、そんなことになる年齢までサシャが生きている可能性は低いけれど。

そこまで長生きできた母は運がいい。

想像でくだらないことをしゃべっているのはあなたじゃないの、と頭の中の母が言う。きっと何もかもうまくいくわ。

母。本物の方も、〝現実的《リアル》〟な方も。どちらも幻を見ている。

しかし、母にいらだちを覚え、頭の中で無礼な振る舞いをしたことについて、サシャは少し罪悪感を感じる。

例の文章はどんなのだったっけ？　女主人公《ヒロイン》が立場《ステーション》を取るとか取らないとか。調べて出典を母にメールで教えてあげよう。母はそれでいらだつと同時に喜ぶだろう。一石二鳥だ。

恐ろしいことわざ。

恐ろしいイメージが頭を満たす。さっきまで空を飛んでいた鳥。今は翼が折れ、羽が抜け、焦げた胸郭から骨が飛び出している。

手の中の一羽の価値は（「明日の百より今日の五十」に相当する英語のことわざで、「手の中の一羽の価値は茂みの中の二羽に等しい」というものがある）。

いいや。鳥が本当に強いられることなく自らの自由意志で止まったのでない限り、手の中に鳥が一羽いるのは不自然だ。

でもこれだとことわざとしてはちょっと長すぎる。

手の中に鳥が二羽いるのは？

聖フランシスコ。

サシャは両親がまだ同じ家に暮らしていた頃――彼女がロバートくらいの年齢だった――に観たイタリア語の映画を思い出す。当時はいろいろなものを観たが、母は字幕付きの映画が苦手で、父は好きだった。その映画の中で、聖フランシスコは木の下で朝の祈りをしようとするのだが、彼のことを大好きな鳥がたくさん周囲の枝に集まり、愛の気持ちをうるさくさえずるせいで集中して祈ることができず、聖人は鳥たちに黙るように頼まざるをえない。

その後、修道僧たちも彼の周りに集まってきて、〝私はどこに行って布教をすればいいのでしょうか?〃と尋ねる。彼は皆にその場でぐるぐる回るように命じる。目が回って転ぶまで続けなさい、と。修道僧たちは一人また一人と転ぶ。彼は地面に倒れた修道僧たちに向かってこう言う。オーケー、わが兄弟たちよ、今その倒れた状態であなたの顔が向いている方角へ行って福音を広めなさい、と。

彼女はスーパーマーケット〝テスコ〃の前を通る。入り口には男が立っているが、スティーヴではない。

今どこにいるのであれ、スティーヴには元気でいてもらいたい。今日はホームレスの人が多い。天気がよくてからっとしているからか。サシャは最後にスティーヴに会ったとき、ホームレスの人たちがバス十六台でノッティンガムと北東イングランドから連れてこられたという話を聞いた。南部の海岸まで無料で旅ができたってわけ、と彼は言った。ただし片道だ。ホームレスの人たちは国会議員が保守党員でない地域に運ばれて、そのまま放り出される。街はホームレスだらけだから海辺に送ってやれってなもんさ。まあ、休暇みたいなもんかな、どうせここにいても金を稼いでいるわけじゃないんだし。

サシャはその日ポケットにあった小銭をスティーヴに渡した。誰かが彼のブーツを盗んだらしい。

ありがとう、お嬢ちゃん、と彼は言った。

温かくしてね、と彼女は言った。

そうするよ、と彼は言った。お嬢ちゃんもな。

彼女はマーシー・バックスの背後に表示される数字のように、スティーヴの背後のスクリーンに寄付金が表示されるのを想像する。ただしスティーヴの方は、数字の増え方が十ペンスずつの刻みですごくゆっくりだ。彼女はマーシー・バックスがマーシー・バックス精霊教会の舞台で、止まれなくなったブレークダンサーか壊れた方位磁針のようにぐるぐる回るのを想像する。マーシーは転ぶまで回り続ける方法を観客に向かって実演している。それからマーシー・バックスは、目が回って転んだ人に埋め尽くされた戦場のような会場を回り、一人一人に優しく声をかけながら財布をすり取る。

サシャは母が玄関の扉を開け、冬のぎらぎらした日差しの中に踏み出すのを想像する。母は門を出て、目に見えない刃で武装して――全部のアタッチメントを広げて台の上で回転する形でアーミー&ネイヴィーストアで展示されているスイス製のアーミーナイフみたいな、赤くて巨大なペンナイフ――ステップを上がり、サシャの父とアシュリーが住む隣家の玄関をノックして、ロバートがリモコンを持ってきていないかと尋ねる。

母は父から渡された鍵は決して使わない。必ずノックをする。

サシャはアシュリーが扉を開け、いくつもの刃を広げた母と対面し、ぽかんとする場面を想像する。声が聞こえない。言っていることが分からない。アシュリーは声を出さずにそう言って首を横に振り、再び扉を閉める。

母はテレビがうるさすぎて何も手に付かない。

とはいえもう、すべき仕事も大してあるわけではない。EU離脱のせいで仕事はなくなったから。

　サシャは今朝、居間をうろつきながらテレビの音に負けない大声で〝かどうか〟と〝女主人公《ヒロイン》〟と叫んでいた母のことを思い出す。

　あ、そうだ。立場《ステーション》が何とか。

　〝出典の女王〟殿に無言で敬意を表するために、出典を探して送りつけなきゃ。

　彼女は携帯の検索バーに〝かどうか〟と〝女主人公《ヒロイン》〟と入力する。

　結果として上がってくるのは薬物（検索エンジンが「ヘロイン」も含めて検索しているらしい）。薬物、薬物、薬物、そしてずっと下の方に、ジェイン・オースティンとヴィクトリア朝時代に関する何かのサイト。

　サシャは検索バーをクリアする。

　そして〝ステーション〟〝取る〟〝人生〟と入力する。

　すると宇宙ステーションで人がどれだけ長生きできるかに関する文章が出てくる。

　彼女は〝女主人公《ヒロイン》〟という単語を加える。

　すると薬物中毒者に関する文章が上がってくる。

　彼女が下に、下にと画面をスクロールすると、グレタ・トゥンベリの写真が一枚出てくる。漁師が着るような黄色いコートを羽織ってフードをかぶっている写真だ。誰にも何にもだまされないという表情を見せている写真。

　私の人生のヒロイン！

　女の英雄《ヒロイン》をA類麻薬（英国で麻薬の法的三分類のうち最も強力で危険なもの）の綴り間違いとして処理しようとする頑固なインタ

ーネットに逆らうことができるのは偉大なるグレタだけだ。

まるで検索ワードを入力する人の頭にあるのは〝ヒロイン〟ではなく〝ヘロイン〟に決まっている——ヒロインなんてめったに使われない概念だから——かのように。

サシャは小さな入り口があるブライトン　駅《ステーション》　のことを思い浮かべる。タクシー乗り場と自転車置き場。プレタ・マンジェ（主にサンドイッチを売るファストフード店。『春』でも言及あり）とマークス＆スペンサーの店内にいる人々。彼女はそのすべてを想像し、それを中に収める巨大な手を思い浮かべる。でも誰の手？

誰の手でもない。

サシャ自身の手だ。サシャが思い浮かべたのだから。

自分が思い浮かべた世界を他の人につかんでいてもらおうなんて意味が分からない。

彼女は校門の前に立ち、携帯の画面をコートの脇の下で拭いて指紋を消す。ちょうどそのとき、メールが届いて画面が明るくなる。

ロバートからだ。

なつかバカなことするかも　:-/　ふん《シット》通り向かいの海岸　できればお願い今すぐ来て　三分だけ手を貸してほしい
決め手になったのは〝今すぐ〟よりも〝お願い〟だった。それは事態が本当に切迫していることを表している。弟が昔具《そな》えていた礼儀はもう消え去っていたから。

でも罠かもしれない。

本当かもしれない。

ふん通り《シット》と書いてあるのはふね通り《シップ》のことだ。

サシャは人に見つかる前に校門から離れる。どうしてさっさと中に入らずに、門の前でぐずぐずしているのかと訊かれると面倒だから。

彼女は既に出席登録をしていそうなメルにメールを送る。

メラニー――　お願い　急に家で用事ができた　一時間遅刻するって伝えておいて　ありがとう　メル（ハートの絵文字　ハートの絵文字）サシャ x x x（xはキスマーク）

罠だったら？　殺してやる。

弟のことは大好きだ。でも。自分より幼い弟。でも。あの子は賢い。本当に賢い。でも。十三歳になったときから黒い甲冑のまびさし《バイザー》をかぶったみたいで、すべてのもの、すべての人を金具の細い隙間から見るようになった。以前は頭がいいけど突然わけの分からないことを言うタイプの子だった。**スイカは九十二パーセントが水分で八パーセントがその他だから、つまりは水が九十二パーセントで残りが実、てことはスイカの実はたったの八パーセントだけ、で本当に面白いのは、どんなものでも――果物でも野菜でも――同じような方程式を作れるってこと。**それが今ではクラスでこんな発言をして家に帰されるような子になった。**それで結局、黒人の笑顔はスイカみたいだって表現することがどうしていけないんですか？**

本当にこの通りのことを言ったの？　口に出して？　教室でみんなに向かって？　先生の前

で？と母は学校から来たメールを見ながら言った。それは息子さんについてご相談したいのでご両親に学校に来てもらいたいという旨のメッセージだった。

ロバート、あなたにはまさかこんなこと言えないでしょ、とアシュリーは言った。

アシュリーは当時、まだしゃべることができた。

いや、言えるよ、と彼は言った。誰でも何でも言える。それが言論の自由ってものだもの。それが人権。僕の人権。

これはジョークじゃ済まない、ロバート。これはひどい、とアシュリーは言った。こんなことを言うなんてひどい。ちっとも面白くない。どうしてこんなことが言えるの？

簡単さ、と彼は言った。ついでに僕はみんなにこんなことも言ったよ。女はみんなに嫌われる。女は真面目なガリ勉で、セックスと子作りのためにしか役に立たないから。特に父親が認知しない子供を産む役ね。男にとっては自分の種を広めることがすべてだから。

ロバート！（全員で一斉に声をそろえて。）

そして基本的にはみんなが――女の人も大半が――女は黙ってればいいと思ってる、と彼は言った。歴史にもっと耳を傾けましょう、自分たちのことを歴史から学びましょうってよく言うでしょ。歴史上、うるさい女にかぶせた鉄製のくつわ《スコールズ・ブライドル》（かつて英国で用いられた）が存在したことには意味があるんだ。

学校からのメールには、ロバートが立ち上がってそのようなことを言い、クラスを笑いと混沌に陥れたと書かれていた。

おまえはかなりの皮肉屋だな、と父が言った。

違う、僕はかなりの現実主義者なんだ、とロバートは言った。

こんなことを言い続けるならもうこの子をうちには入れられない、とアシュリーは言った。

サシャの記憶の中でそれは、完全に口を利かなくなる前にアシュリーが最後に口にした言葉の一つだ。

現実に適応するからといって偏見に凝り固まる必要はないぞ、と父は言った。

イギリスの首相や他の政治的指導者のことを父さんは〝偏見に凝り固まっている〟って言うの?とロバートは言った。僕らの偉大な国を悪く言うのはやめてよね。国民はみんな国を支持すべきだよ。それ以外の人間は裏切り者だし、終末論者だし、悲観論者だ。

ロバート、お父さんに教えてあげたらどう、教育に関するあなたの持論を。特に先生方を怒らせたのはその話だったんでしょ、と母は言った。

僕が言ったのはただ、わが国の首相の上級顧問（攻撃的発言で知られるドミニク・カミングスのこと）がブログに書いていたのと同じこと。貧乏な家庭に生まれたり、そこで育ったりした子供にはそもそも能力がないから教育を施す値打ちはないって言っただけ、とロバートは言った。そんな子は何も身に付けることができない。だから国がお金を出して教育を受けさせても意味がない。その教育を生かす能力が元々具わってないんだから。でも僕はそもそも、首相の上級顧問の考えをそのまましゃべってるだけ。首相が最近圧倒的多数で選出されたのは、その上級顧問が有能だからでもある。この状況からみんなは何を学ぶわけ?

サシャはそれを聞いて笑った。

でもすぐに、ロバートの批判の矛先は彼女に向けられた。ジェイミーとジェイン——父はその二人に一時解雇《レイオフ》を宣告しなければならなかった——がクリスマスに酒を飲みに来ていた（〝気を悪くはしていない〟と申し訳なさそうな様子で）ときに、ロバートが部屋の入り口に立って大声でこんなことを言ったあのときのように。

うちの姉ちゃんは馬鹿だ。自分には世界を変えることができると本気で思ってる。意識高い系の友達と一緒にちょっと何かをするだけで何かが変わると思ってる。〝かまってちゃん〟の聖サシャがまた新たに注目を浴びる方法を考え出しただけなのに。

するとニュージーランド出身のジェインが彼に向かってこう言った。じゃあ、あなたはちょっと懐疑的なわけね、ロバート。あなたはそうやってかまってもらいたいわけ？

するとロバートはジェインが外国出身だと言って、訛りをからかった。

〝コイギテキ〟だって。

次は警察が家に来た。駐輪場に停められた自転車のサドルに切れ目を入れていた現場で捕まったのだ。警察の話では、青少年警告には該当するが、年齢がまだ若いので器物損壊で逮捕、告発、あるいは六年間にわたる収容訓練施設入りなどの処分はないとのことだった。彼を家まで連れてきた警官は厳しいことを言うときも優しかった。ロバートはその優しさにいらだち、肛門周辺を濡らして家に帰る自転車利用者のことを考えれば充分に告訴や処分の値打ちはあると訴えた。

弟は、母によれば〝非妥協的〟、父によれば〝どあほ〟、そしてアシュリーに言わせればとてもひどい言葉になりそうなので、もしも彼女が口を利くことができたら父はまた文字通りアシュリーを捨ててわが家に戻ってこなければならなくなるだろう。

原因はいじめよ、とロバートが部屋にいないときにサシャは言った。母さんが新しい学校に転校させたせい。ロバートはキャラを変えないと生き残れなかった。

ソーシャルメディアにある情報をどうすればいいかは誰にも分からない。前の学校から新しい学校の子供たちの携帯へと彼を追いかけてくる情報。まるでソーシャルメディアには息継ぎの必要さえないみたいに。

母はロバートのことを心配している。

父はロバートに腹を立てている。

サシャは弟が賢いことを知っている。

彼女は弟がアレクサをジャケットの下に隠して海岸まで持ち出し、何気なく埠頭から海に落としてこう叫んだ日のことを覚えている。**アレクサ、平泳ぎのやり方を教えて**。彼女は弟が自分の部屋のロバート・グリーンロー・スニーカー・ギャラリーにずっと飾っていたスニーカーを実際に履き始めた日のことを覚えている。そしてまだ携帯で動画を撮るのがそれほど簡単ではなかった時代に、弟が携帯で撮った動画のことも覚えている。列車の中、あるいは自転車を漕ぎながら、あるいは街を歩きながらヘッドフォンで音楽を聴いている人たちがいかに周囲から断絶しているかを浮き彫りにする動画。動画は人々の目や彼らが座ったまま無意識に体を動かす様子を映していた。そのリズムは周囲で起きていることとはまったく無関係だ。当時まだ九歳だったロバートはその背景音として、ヘッドフォンを付けた街の人たちに質問を投げかける自分の声——当然、相手には聞こえない——を添えていた。

サシャはその動画を見せられたとき大きな衝撃を受けたので、それからかなり長い間、一人のときを除いて自分でもヘッドフォンを付けるのをやめたのだった。

でもロバートはここしばらく、自身の才能に調光スイッチを取り付けたようで、思わぬときに極限まで暗くしたかと思うと、突然またまぶしいほどに明るく切り替えたり、その反対のことをしたりしている。その間、彼女が知る人物は同じ体の中に捕らわれている。彼は埠頭にあるゲームセンターの機械のようにチカチカと光る。

賢い弟。

賢い弟がいることには腹も立つ。姉として常にそれを意識させられるからだ。まるでそれが運命であるかのように。一生付きまとう運命。

ある日の午後、弟はオンライン性格診断テストを面白がって次々に受けていた。サシャは横に座ってそれを見ていたがしばらくしてから、そういうサイトはデータとサンプルを集めるために性格診断テストをやっているのよ、と言った。すると彼はこう答えた。**けど、僕はデータ攪乱者《アナーキスト》でわざと嘘の答えをしてるんだ。向こうのデータを台無しにするためにいつも適当な人格をでっち上げて、その立場から答えを入力してる。**そこでサシャはこう言った。うん、でもね、ロバート、そういうでっち上げた人物でも、でっち上げてるのはあなたなんだから、すべてはやっぱりあなたなの、と。すると弟は困ったようにこちらの顔を見たのだが、その落ち込んだ表情があまりにもかわいそうで、慌てて部屋から出ずにはいられなかった。弟はそんなタイプの子供だ。

さて。

弟はどこだ?

彼女は海辺に目をやる。

まだ朝の九時だが、決まって誰かがいる。人影がいくつか見える。波打ち際には若いカップル。海を見ている老人が数人。そして子供と犬を連れた人。

ロバートの姿はまだない。

でも携帯が鳴る。

ロバートからではない。メルからのメールだ。

ごめん　サシャ　今日は休む（しかめ面の顔文字）ウェートローズ（英国のスーパーマーケットチェーン）で女の人が母さんに「うちの子のそばで息をしないで」って言って、次に男が「マスクをしろよ」って言ったら、父さんが切れて男を殴った（しかめ面、しかめ面）おかげで大変（目の部分が××になったしかめ面の顔文字）今日は窓のカーテンは閉めて、ブラインドを下ろしてる　他にどうしたらいいか分からない。最初に警告を発してた李医師が昨日死んだ（二〇二〇年二月七日のこと）　頭おかしくなりそう　サシャ　「健康な社会には複数の声が必要」　彼は私のヒーロー　十二月に彼は警告してたのに当局は耳を傾けず、彼を黙らせた　結局、彼は死んじゃった　泣ける　涙が止まらない　xxx
メラニーの祖母は中国人だ。

サシャはネットで見たウイルスの写真を思い出す。ウイルスの形に似せて人が描いた絵。それはどれも、表面からトランペットが突き出している小さな惑星みたいだ。あるいは棘のような腫瘍に覆われた小さな惑星。昔の遊園地で使われていた羽根付きのダーツがいっぱい突き刺さった地球。あるいは第二次大戦時の映画に出てくる海の中の機雷。

ネットにはよその国の、口と鼻を覆うマスクをつけた人の写真があふれている。

ネットによると、蛇を食べた人が感染源らしい。別の情報によると、コウモリとセンザンコウ。中国の人が黄色い小さな蛇を串焼きにして食べているという情報がネットに出回っている。蛇なんてどうして食べたいと思うんだろう？　コウモリだって。センザンコウだって。でも、蛇を食べるという話はウイルスを人種差別に結び付ける手段なのかも。中国人を貶めるためのこじつけなのかもしれない。

とにかく、野生動物を食べたのが大元《おおもと》だ。

けどとにかく、何も殺さなくても世界には食べられるものが充分にあるというのに、誰であれどうして何かの生き物を殺して食べなきゃいけないのか？

サシャは長く生きれば生きるほど、自分が属している種族が狂っていることを痛感する。

彼女はメルにメールを返す。

ハートの絵文字。キスの絵文字。キスの絵文字。ボクシンググローブの絵文字。衝撃の絵文字。輝く鎧を着た騎士の絵文字。筋肉ムキムキの腕の絵文字。ハートの絵文字。ハートの絵文字。

人種差別反対を伝える絵文字は一つも思い浮かばない。

人種差別的な絵文字はおそらくたくさんあるのだろう。それなのに、人種差別の被害を受けた人に送ってあげられる分かりやすい絵文字はない。

それはなぜなのか？

彼女は手すりにもたれ、海岸を眺める。

日が照っているのに海は灰色だ。

彼女はカモメと視線を交わす。

この様子だと、まだしばらくは冬ってこと？

どうやらね。

ああ、やれやれ。

くちばしと脚が鮮やかな黄色のカモメが羽を整え、視線を逸らす。

そのくちばしは、何世紀も前にペストが流行したときヴェネチアの人がかぶっていた仮面《マスク》のようだ。

今みんなが身につけている小さな布マスクについて彼女は考える。それはつまらないものだ。ただの落ち葉、風に舞うごみにすぎない。この地球上の嘘つきどもがかぶっている本物の仮面《マスク》に比べれば。

あらゆる種類の毒々しいことが起きている。

彼女は反対を向き、背後にある建物の正面を見る。

ある木曜、かなり遅い時刻にここに来て建物を見たときには、夜の十一時に中を掃除している人の姿が見えた。

まるで彼女はその光景を見る定めだったかのようだった。

でも同時に、そのことには意味がなかった。ただの偶然だった。

ひょっとすると偶然には、人がそれに持たせたいと思っている意味などないのかもしれない。だってもしもその意味を持っているなら、それはもはや偶然ではないから。違う？

彼女はまた海の方を向く。

晴れた日にはi《アイ》360（二〇一六年にブライトンの海岸に建てられた高さ百六十二メートルの展望塔）のてっぺんから裸眼でもフランスが見えると言う人がいる。

たぶん嘘だ。フランスは裸眼で見るには遠すぎる。

（ため息《サイ》360。なぜ《ワイ》360。）

裸眼！　目って服を着ることができるの？

彼女はある惑星のある国の、ある街の舗道に立つ一人の人間。上からはたくさんの衛星がそれを見下ろしている。それらの衛星は私たちの惑星がいかに美しい星かを見るためにそこにあるのではなく、衛星を制御している人々がさまざまな理由――地上のほとんどすべての人やものが実際に必要としている問題とはまったく関係がない理由――で地上の人をアップで見るためにある。

じゃあ、何のための衛星？

見ることの目的が本当に見ることでないなら？

すべては仮面《マスク》だ。

彼女はオーストラリアの首相に向かって若い女が叫ぶのをテレビで観たことを思い出す（二〇二〇年一

月に森林火災に関連して、気候変動軽視派のスコット・モリソン首相は被害地域の住民に罵声を浴びせられた）。あなたは馬鹿だ。あなたは馬鹿だ。あなたは馬鹿だ。

今はすべての仮面《マスク》を剝ぎ取る必要がある。あの女が男の仮面を剝いだように。

ロバートの影はない。

彼女はまた時間を確かめる。

ふね《シップ》通りがすぐ後ろにあることを再確認する。いた。少し先の方に人影がある。それはすぐにロバートだと分かる——フードをかぶっていても見分けが付く。あの肩の線は弟だ。

彼女は浜辺に下りる。

そして、来たよと言う。

彼は何も言わない。

彼女は弟の隣の濡れた石の上に腰を下ろす。

彼はこちらに顔を向けない。でも口を開く。

サシャ、ちょっとの間だけ手を貸してくれない？

私の手を握りたい？

彼の声は小さく、弱々しい。

だから彼女は左手を差し出す。彼はその手を取って（温かい）上着の下に引き入れ、セーターで手のひらの汗を拭う。

目を閉じて、と彼は言う。

嫌、と彼女は言う。

お願い、と彼は言う。

理由は?と彼女は言う。

ちょっとの間だけ、と彼は言う。

彼女はため息をつき、目を閉じる。

彼は何か曲線状の冷たいガラスのようなものを手のひらに押し付けている。

まだ見ないで、と彼は言う。

何なのこれ?と彼女は目を閉じたままで言う。

プレゼント、と彼は言う。未来のために。もうちょっと待って。

彼は何かを握らせた彼女の手を上下から両手でしっかり押さえる。そしてかなり長く感じられる時間、両手をその状態に保つ。

それから彼は手を放す。でも、彼女の手にはすごく変な感触がある。

手の中には二つの曲線を描くかなり大きなガラス製品がある。二つの球状のガラスをつないで作られたものだ。それは彼女の手のひらよりも長い。表面は滑らかで、ガラスは相当薄い。そして中には、何だろう? 鮮やかな黄色い砂が入ってる?

彼女は手を開いてちゃんと確かめようとする。でも、なぜか手が開かない。それが何であれ、手にくっついているらしい。いや、手がそれにくっついている。

ゆで卵用の砂時計だ。

彼が彼女の顔の前に何かを差し出し、事態を理解する時間を与える。それは瞬間接着剤だ。

彼はそれから浜辺を走り、彼女は慌ててそれを追いかけ、小石の上を走る。しかし少し経つと、もっと注意しなければならないということに気づく。弟が手のひらにくっつけたものはとてもとても薄いガラスでできているのだから走ったり、手を振り回したりするのは厳禁。割らないように注意しないと手が切れるし、割れたガラスが手に刺さる。

彼女は弟の名前を叫ぶ。

そして彼の背中が柵の向こうに消えるのを見送る。

彼女は小石の転がる浜に立ち、くっついたものを振り払うように手を振る。それは人差し指、中指、薬指の三本に張り付いている。指を伸ばすことはできない。親指と小指はくっついていないので動かせる。残りの三本の指は先が少し動くだけだ。

彼女は砂時計を引っ張る。でも、引っ張るとかなり痛い。

男と女のカップルが、大丈夫?と言いながらこちらへ近づいてくる。手伝えることある? どうかした?と。ということは、きっとかなりの声で叫んでいたに違いない。

ありがとうございます、うん、でも、大丈夫、大丈夫です、と彼女は言う。

携帯がポケットの中で鳴る。

彼女は利き手ではない方の手でぎこちなく携帯を取り出す。

弟からの新たなメールだ。

姉ちゃんは時間が残されてないってすごく心配してたからこれが僕の考えたいちばんのプレゼ

ント　これで今後はいつでも手の中に時間がある
彼女は返信のボタンを押す。

でも、いつもと反対の手では文字の入力ができない。

彼女はさっきの女に携帯を差し出す。

私の代わりにいくつか言葉を入力して送信してもらいたいんですけど、お願いできますか？と彼女は言う。

ええ。もちろん。何て書くの？と女は言う。

サシャは一瞬考える。

普通とは違う絆《ボンド》を与えてくれてありがとう、と彼女は言う。

女は声を上げて笑う。

男は自分の携帯を使って、瞬間接着剤でくっついたガラスを皮膚から剝がす方法をネットで調べ始める。

その後、女はサシャの携帯を掲げて、ロバートから返ってきたメッセージを見せる。

笑顔の絵文字の隣に悲しい顔の絵文字、その隣に中指の絵文字。

どうしてこんなことになったの？と女が言う。

サシャは首を横に振る。

誰なの――と女は携帯の画面をちらっと見て言う――ロバートって？

サシャは自分の手をカモメの鉤爪――鳥脚――に変えた物体を見る。そして鉤爪の上下をひっくり返すと、片方の球に集まっていた砂がとてもきれいに反対の球に移っていく。二つのガラス球を結ぶ小さな開口部から流れ落ちる金色の細い糸。

弟です、と彼女は言う。

時間には立体性がある。ロバート・グリーンローは単に時間の持つ曲線性と立体性を明らかにしただけでなく、曲線を描く立体的な人間の手に曲線を描く立体的な時間の一つを除去不可能な形で固定することによってその多様な性質を実証しつつ、**最高の興奮**を味わった。

へへへ。

！

彼がもしも今でも歌を歌えるなら、時間の性質は一様ではないという歌を歌うだろう。時間はガラスと砂。時間はもろくて、しかもさらさら。時間は弱いけど丈夫。時間は鋭くて鈍い。時間は今で、かつ古《いにしえ》。時間は前で後。時間は滑らかでざらざら。もしも時間からわが身を引き離そうとすれば、時間は声を上げて笑い、皮膚を奪っていくだろう。

そして時間は相対的で、種類もいくつかあるから、今日の時間は僕のものってことにして、**知識習得型の教育的成功をあがめ奉らない**——アインシュタインからの引用（一九四九年に雑誌に発表された「なぜ社会主義か」というエッセイにある言葉に似ているが正確ではない引用）——ことによってさらに自分のものにしよう。アインシュタイン本人だって学校での評価は散々だったんだから。つまりアインシュタインの通っていた学校は、彼がロバート・グリーンローと同じ年齢だった頃、アインシュタインを馬鹿だと思っていた。アインシュタインを！　人を見くびるにもほどがある。

だから今日はもう家に帰る。そっと玄関から入って階段を上がれば誰も気づかない。家で目に見えない存在になった後で二階で日が暮れるまで〝虐待の山《アビューズヒープ》〟のゲームをやろう。ロバート・グリーンロー、一匹狼、迷える少年、精密には（「精密には」はロバートの口癖）〝我慢する魂〟。

もっと昔のロバートなら、姿が透明になるロビン・フッドの帽子を目深にかぶり直して道を渡り、ゆで卵用砂時計をパクった店の前を通り過ぎただろう。でも大きくなった今は、負け犬みたいに姿を消すための帽子をかぶるようなまねはしない。彼が今するのはうつむき加減で顔を反対に向けること。冬のコートを身にまとう無法者《アウトロー》のグリーンロー。人生の皮肉で裏張りされたコートが彼を温かく包む。外見は十三歳の少年。内面は、自分の時間と時代――ついでに言えば、時間と時代は異なる――の底流を歌う真のバラッド歌手だ（ちなみに楽譜は読めない。天性の才能はあるけど）。

本屋？

寄っておこう。

だって。

母さんが定期購読している『サンデー・タイムズ』紙で最近見つけたばかりなのだけど、世界にはアインシュタインがイギリス――特にノーフォーク――に来た時間《とき》／時代のことが書かれている本があるからだ。ロバート・グリーンローにはノーフォークがどこにあるのかよく分かっていない。おおよそあそこらへんにあることは知っている。アインシュタインにはぜひともブライトンかこのへんのどこかに来ていてほしかった。でも。アインシュタインがブライトンに来たということはネットのどこにも書かれていなかった。

ブライトンでなくても、サセックスのどこかで充分なのだけど。

そう、他にもいくつかの場所を訪れたとネットには書かれている。ロンドン、オックスフォード、ケンブリッジ、ノッティンガム、ウールズソープ（ウールズソープ？　そこはニュートンが生まれた街だからだ。リンゴが木から落ちる理由を初めて理解したのもその場所。一六六六年、ペスト菌《エルシニア・ペスティス》のせいで大学から離れ、実家で過ごしていた二十四歳のときに、光を構成するすべての色を発見したのもそこ）、そしてサウサンプトン、ウィンチェスター、ケント、コッツウォルズ、サリー、ノーフォーク。アインシュタインはグラスゴーにも行き、パイプを吸う姿を写真に残し、たくさんの聴衆の前で相対性理論について語り、マンチェスターにも行った。なのにサセックスには来ていない。サセックスはなし。サセックスのいかなる土地も、アインシュタインの靴や笑顔の祝福を受けた痕跡はない。

復活祭の頃の子羊みたいな顔。タンポポの綿帽子みたいな頭。でもその綿帽子には、世界のみならず、宇宙の基礎構造まで隠されていた。

！

何とたくましい雑草魂。

でもインターネットが常に正しいわけではない。うん。インターネットが知っていることなんて世界の半分だけだ。アインシュタインがイギリス――この島――に来たときのことが書いてある新刊書には、サセックスについてまだネット化されていない情報が含まれているかもしれない。

そして書店にはその本があるかも。あそこの本屋には。

だから彼は再びおとなしい十三歳の少年に化ける。

学校はどうしたんだい？

と尋ねられた場合に備えて。

答えの準備はできている。

物理のマスグレーブ先生（完全なでっち上げの存在だけど、非常に優秀な先生だ。でっち上げた先生はいつも優秀）に言われて来ました。アインシュタインがイギリスに来たときのことが書いてある新しい本が店頭にあるかどうかを確かめてきなさいって。

というわけで彼は書店にそっと入る――

誰も何も訊かない。

科学の棚にはない。

新刊の棚にもない。

おとなしい十三歳の少年が次に伝記の棚を確認しに行くと、

！

少年は本を見つける。

少年は書店の床にあぐらをかいて座り込み、開いたページを読み始める。

アインシュタインの父親が息子（まだ幼い頃）に方位磁石を与えたところ、アインシュタインは（まだ子供なのに）手の中の方位磁石をもとに磁力の正体を考え始めたという話。

どうして僕に方位磁石をプレゼントしてくれなかったの？（とロバート・グリーンローは頭の中で父親に訊く）

ロバート、私はただでさえいろいろ厄介な問題を抱えているのに、これ以上面倒なことを言わないでくれ（と父は実際にしばしばロバート・グリーンローに言う）。

気持ちは分かる。父は事業で失敗《ファック》した。結婚でも失敗《ファック》。新たな恋人はセックス《ファック》を望まなくなった。

再び本に意識を戻す。

ロバート・グリーンローはまた無作為にページを開く。アインシュタインがイギリスのどこかで講演をしたときに、二つの黒板に数式を書いたのでその後、黒板は大事な資産として注意深く保管されていたのだが、博物館か特別な保管場所に送られた際、**誤って片方の黒板が消されたと**いう話。

！

アインシュタインが実際に書いた数字が――消された。

！

ついでに、アインシュタインがそこに書いていた数式に間違いがあったという話も。

アインシュタイン＝人間

！

面白い。

ロバート・グリーンローはネットで知っている。アインシュタインが中国人や当時のセイロン——今のスリランカ——の人を差別するようなことを日記に書いていたとBBCが報道（二〇一八年六月に報じられた）してから、大昔に死んだアインシュタインについて荒らしのアカウントがあちこちにひどい言葉を書き込んでいることを。

人種差別的、外国人嫌《ぎら》い！

ユダヤ人だから捕まえたらすぐに死刑にするとナチが言っていたアインシュタインが！

アメリカ合衆国で公民権を訴えたアインシュタインが！

核兵器について警告し、もしも量子と相対性に関する自分の発見があのような形で使われることが分かっていたなら、自分は物理学者ではなく靴屋になって生涯人々の靴を直していただろうと言ったアインシュタインが！

まあ、人目に触れるはずのない日記を他人が読んだらそんなものだ。

腹が立つ！と居並ぶ人々が叫ぶ。次の瞬間彼らは、いずれロバート・グリーンローが開発して大金と引き換えに売る予定の架空のコンピュータゲーム〝血と皮肉（仮題）〟の中で銃撃され、排水溝に倒れる。

いらいらする？

僕が？

だからロバート・グリーンローは、アインシュタイン訪英を扱う本の巻末索引で次の言葉を探す。

ブライトン。

なし。

サセックス。

なし。

ああ。

ああ、うん。

でもこの件について、彼は悲しい。

人生のこの時点で——今日の今——アインシュタインが訪れた場所の近くに自分がいると思いたいのはどうしてか？

なぜだろう？

謎だ。

とにかくそう思いたい。

彼はまた本をめくる。ロバート・グリーンローが今いるのと同じ国——イギリス——で撮られたアインシュタインの写真。

写真で見るアインシュタインはいつもアインシュタインらしくない。

それがすごい。

蓬髪《ほうはつ》の天才。髪形が特徴的だから。〝蓬〟の意味はよく分からないけど。

アインシュタインに関するこの本の巻頭には、当時、生でアインシュタイン本人を見た人が書いた文章が引用されている。

クローマー海岸にしゃがんで計算をしている彼を見た。おでこをシェイクスピアに変えたチャーリー・チャップリンという風情……だからナチの連中が彼に対してことさら怒りを向けたのは偶然ではない。彼はナチが嫌うもの――ブロンドの獣の対極にあるもの――を見事に体現していたのだ。主知主義者、個人主義者、超国家連合主義者、平和主義者。インクの染みにまみれた、ふくよかな人物。

ふくよか。

ちょっと不愉快な言葉だ。

(ロバート・グリーンローは以前、〝ふくよか〟と言われたことがある。そのせいで今はすごく、すごくやせている。)

クローマーって何/どこ?

ロバート・グリーンローは携帯で調べる。

ああ。**そこ。**オーケー。

ブロンドの獣の対極にあるもの。もしも今同じことが書かれたなら、ブロンドの獣=イギリスの首相ということになるのだろう。ブロンドの獣の首相は昨日、アメリカ政府と同じように、官邸での記者会見に一部の人だけ入れ、他は排除すると宣言した。一部の記者はカーペットの片側に立つように言われ、残りの人は反対側に立つよう指示された。片方は会見場に入るのを許された人たち。反対側は許可されなかった人たち。記者は全員が、そのような形で二分されることを拒んだ。でも、いつまでもそれが続くことはないだろう。ロバート・グリーンローがとりわけ崇拝しているのは首相の上級顧問だ。彼は政治問題をもはや政治に見えない形に変える方法を知っている。昔気質の人はスターリンやヒトラーのように振る舞うことが可能だと示唆されるだけで仰天するけれども、彼は実際過去にスターリンやヒトラーにはそんな振る舞いが可能だったことをよく知っていた。

イギリスで今権力を握っているのは人を操る天才だ。

ロバート・グリーンローは彼らの無神経さに畏敬の念を覚える。

彼は十二歳の子供みたいな熱で愛国心を語って恥じない彼らを畏《おそ》れる——十三歳のロバート・グリーンローはその青臭い腹話術的な語り口にいまだに少し憧れる。

青臭い分だけさらにまた天才的だ。

首相は意識的に蓬髪。風采が出来上がっている。

彼は頭の中で、二人の蓬髪の男を並べてみる。場所は、どこだっけ、海岸で。

むむむ。

一人が蓬髪なのは、何かを考えていて、見た目や衣服に興味がないからだ。

もう一人はまるで少し酒に酔っているか、大人でなく子供のふりをしているみたいに見える。

自分が何をしているのか分かっていないそぶりをし、それによって人々に好感を持ってもらうというのは巧妙なごまかしだ。

一人は彼にとっての英雄《ヒーロー》。あらゆる常識に逆らい、宇宙の真実をさらに正確に書き換える男。もう一人はそれと正反対の英雄《ヒーロー》。巧妙に嘘を使う男。見事だ。現在の潮流を見、追い、育み、利用し、それによって最大限にわが身を利する男――それが潮流を生き延びる最善の手だ。

もしもその二人が出会ったら互いに何と言うだろう？　時間の話をするだろうか？　倫理とは、英雄とは何かという話をする？　ロバート・グリーンローはアインシュタインが英雄についてどう考えるかを知っている。でも首相は？

ロバート・グリーンローは携帯を取り出し、〝アインシュタイン〟〝英雄〟〝首相〟〝倫理〟〝時間〟と入力する。

すると引用がヒットする――雑誌『タイム』からだ。

これで二人は同じイギリスの海岸にいることになる。

アインシュタイン：英雄的行為《ヒロイズム》の強要、無意味な暴力、愛国心の名で行われる唾棄すべきすべての愚行――私はそうしたものが心の底から嫌いだ！

わが国の首相：私にとって英雄は『ジョーズ』に出てくる市長だ。彼はすばらしい男で、海水浴場を閉鎖しようとはしません――覚えてますか、市民が人食い鮫に食われたことが明らかになった後も、です。もちろん結果的にその判断は大きな間違いだったわけですが、彼の直感は正しかったんです。

これは本当の会話ではない。どちらかというと戯画だ。

でも、それでも構わない。今は新たな時代――戯画みたいな時代――の夜明けなのだから。

ロバート・グリーンローの頭には、父の恋人が思い浮かぶ。

おっと。

彼の頭にはトランクがある。中世の大型鞄みたいな。呼んでもいないのに彼女が姿を見せたときにはそこに閉じ込めることにしている。

元気でね、とまだ口が利けた頃、彼女はいつも言った。〝さようなら〟の代わりに。まるで脅迫するみたいに。**元気でね。**

トランクに入れ。蓋。鍵。

さてと。

ロバート・グリーンローは携帯の画面をスクロールして、姉からの返事をもう一度見る。

絆《ボンド》を与えてくれて
彼は微笑む。

そしてアインシュタインの本を閉じる。次は家に帰って〝虐待の山《アビューズヒープ》〟をやろう。超暴力的でむちゃくちゃなゲーム。

彼は監視カメラを確認する。そんなそぶりはまったく見せることなく。

いや。自分にその能力があるみたいに行動しろ。

彼はカメラをまっすぐに見据える。そして本をズボンに押し込む様子をわざとカメラに見せ、そこにセーターをかぶせてからコートの前を閉じ、立ち上がる。

警報は鳴らない。何も起こらない。誰かが後を追ってくる気配もない。

よし、うん、ほら。

誰も何とも思ってない。

いかにも現代だ。

誰も見てない。見ていたとしても、どうでもいいと思っている。


〝虐待の山《アビューズヒープ》〟（副題は千回死ね）で遊んでいてロバート・グリーンローが最も興味深いと思うのは、どの時代を見ても拷問はあまり変わらないということだ。電気が利用できるレベルになるとゲーム内の世界がさらに日常に近づく。どの部屋にもコンセントが備え付けられて、たくさんの日用品をコンセントに挿せるようになるからだ。ドリルとのこぎり、そして無垢に見えるがゆえに一層刺激的なランプ、トースター、ヘアアイロン。電話の発明とともに最初に行われたのは、電話で痛みを与える方法の開発——電話線の先を人間につないで、こちらでは小さなクランクを回す——だ。この拷問の名前？　ずばり〝電話〟。

富、皮肉《アイロニー》。ロバート・グリーンローは鉄の男《アイアン・マン》で皮肉の男《アイロニー・マン》。それも当然。あらゆる時代、あらゆる場所で世界の人々に共通しているのは、互いを辱めたり苦しめたりするさまざまな方法だ。

脱臼。痛くて不快な格好で座らせたり、立たせたり、しゃがませたり、吊したり。煮えたぎる油、タール、蠟《ろう》、湯。ただの水。精密に、人の上に少しずつ垂らす水。あるいはひたすらたくさんの水を与える。熱、寒さ、火あぶり、雨ざらし。重石。棘や刃の付いた鉄の椅子や道具。手指を締め付けるネジ。足指を締め付けるネジ。足やすねの骨が折れたり砕けたりするまで締め付けられるブーツ風の仕掛け——これには世界的にさまざまなバリエーションがある。

興味深いことに、全身を固定するタイプの仕掛けはしばしば、女性の名前が付けられている。〝スカヴェンジャーの娘〟（頭を膝に当てて体を二つ折りにする拷問器具）、〝エクセター公の娘〟（手足を反対方向に引っ張って関節を外す拷問器具）、〝鉄の処女〟（女性の形をした箱の内側に釘が付いた拷問器具）。〝クモ《スパイダー》〟という名前の鉤爪状の拷問器具もあって、それは女性を責めるためのものだった。

そういう器具は〝虐待の山《アビューズヒープ》〟のレベル3と4で使う。ロバート・グリーンローは今、それよりはるかに上のレベルにいる。彼はレベル7の〝凶悪者〟で、電気を使った簡単な道具が利用でき、チャットルームにも入ることができる。そこでは〝犠牲者〟のデータやプロフィールを見られるし、他の凶悪者と拷問を比較したり議論したりもできる。加えて、レベル5まではこちらが犠牲者を自分で探し、追い、捕まえなければならないが、レベル6以後は犠牲者が自動的に次々提供される。ただしひねり《ツイスト》が利いている——ついでに言うとツイストという拷問器具もある、ハハハ——のは、うまく情報を聞き出すためには犠牲者との知恵比べに勝たなければならないということ。情報を吐く前に犠牲者が死んだら、レベル3の〝雑役夫〟までレベルが落ちる。万一大きなへまをして犠牲者に逃げられたりしたら、レベルは一気に犠牲者ゾーンまで下がる。

凶悪者よりも犠牲者の方が数はずっと多い。

犠牲者を殺してしまうという結末は容易に起こる。ネズミを使った拷問は秘密《ガット》を吐かせる《スピル》確実な方法に見えるかもしれない——犠牲者のみぞおちあたりの皮膚に帯状に切れ目を入れて、ネズミの入った袋をそこに縛り付けると、ネズミが傷口の肉を食い始める——が、最後はほぼ確実に相手を死なせてしまう。あまりにも文字通り、内臓《ガット》がこぼれ出る《スピル》ことになる。用済みになった（情報をすべて吐いた）人を殺す際のロバート・グリーンローの好みの方法は——もしもポイントが充分に貯まっていて可能なら——元々は中世に行われていた〝二つ裂き〟だ。片方の腕と脚を大きな馬につなぎ、反対の腕と脚をもう一頭の馬につないで、二頭を反対方向に走らせる方法。殺さない拷問としては、必要なときまで口を利かせない〝苦痛の洋梨〟（口の中で洋梨型の器具が広がる）と、十八世紀頃にイギリス人がアイルランド人にやったという〝ピッチキャップ〟が好み。ピッチキャップは熱したタールを紙製の帽子に流し込んで犠牲者の頭にかぶせ、冷え固まったところで頭皮と一緒にそれを脱がす拷問だ（人体の他の穴をピッチやタールでふさぐこともできるが、それをすると犠牲者は確実に死ぬ。だから、用済みになった犠牲者にしかこの方法は使えない）。

今までの経験からすると、最も簡単な拷問が最もいい結果を生むようだ。

空気椅子《ジェットライニング》（名前は現代的だが、大昔からある拷問）。壁さえあればできる。

爪はぎ（大昔から）。

ドライボーディング（口に布切れを詰めるなどして窒息させる方法。グアンタナモ収容所でこの拷問が行われたのではないかと二〇一一年頃に問題になった）（大昔からあると同時に、最新の方法。ＣＩＡが使ってうまくいっているなら、きっと誰がやっても通用するだろう）。

レベル10になると最新の電磁拷問器具が使えるので、ロバート・グリーンローはそのレベルに達するのを楽しみにしている。精神を操る装置！　でも、レベル10まで行けるのはごく限られた優秀な凶悪者だけ。

ため息。

今日はまだ十分しかゲームをやっていないけれども、ロバート・グリーンローはいつものむなしさを感じ始めている。

犠牲者が何を知っていようと知らなかろうと、はっきり言ってどうでもいい。

それはともかく、凶悪者専用チャットルームもほぼ空っぽだ。皆学校に行っているから。

彼は犠牲者を吊り下げたまま、ゲームを一時停止にする。

もう集中できない。

退屈。

階下に誰か客が来ている。家に入ったときにも声が聞こえていた。

（三十分前、ロバート・グリーンローが家の玄関まで戻った後に成し遂げたのは次のようなことだ。音を立てないように玄関の扉を開け、音を立てないように閉じる。戸棚掃除に使う家具用光沢剤＋蝶番《ちょうつがい》＝無音の侵入。）
(a) 彼は客が傘立ての隣に置いた鞄の中身をしっかり見た。帆布製鞄。重い。当然だ。中に入っていたのはかなり大きな、完璧な球形の石。石でできた小さなサッカーボールみたい。庭に置くもの？ 柱のてっぺんに置くもの？ 未使用の、昔の大砲の玉？ 彼は非常に、非常に注意深くそれを下ろした。そしてきしむ段を踏まずに飛ばして、階段を上がった。
階段の途中で、客間で話しているみんなの声が聞こえた。

テレビの音はなし。

きっとコンセントを抜いたのだろう。

彼は踊り場で立ち止まり、少しの間耳を澄ました。

砂時計のことを話している人はいない。

怒り狂っている声は聞こえない。

でも、声ははっきりとは聞き取れない。

みんなが話しているのは――ワージング（イングランド南部ウエストサセックス州にある保養地）のこと？　それとも何か高価《ワージー》なものの話。


退屈。

(b)　彼は残りの階段を進み、ロフトまで上がった。靴下の入った引き出しから靴下を一足出し、イヤホンを耳に挿し、十三歳のまっとうな少年であれば大昔から、そして生まれつき定められている通りにポルノのサイトを少し覗いた。その後、また嫌な気分になった。エッチなサイトを見るといつも思い出す（毎回思い出してしまうのが腹立たしい）のが、狩りの途中、裸で水浴びをしている乙女たちを目撃する狩人（ギリシア神話のアクタイオーンのこと）の物語だ。狩人は当然その場にしゃがんでずっと眺める――誰でもそうすると思う。そして狩猟の女神（アルテミス）がその姿を見て、不潔な視線で乙女たちを汚したことに怒り、狩人を鹿に変えると、彼が連れていた猟犬たちはそれが主人だと気づかずに嚙み殺してしまう。心はバラッド歌手、精密には〝我慢する魂〟であるロバート・グリーンローはかつて学校の課題でこの神話に基づいたエッセイを書いて、自分が純粋ではないのに純粋なものを求めて生きる人は心の中にいる犬によって内面から食い破られると主張したことがある。

優秀な少年。

!

外見はアウトローのロバート・グリーンローは書き上げた後でそのエッセイを破り、学校へ行く途中で捨て、ミルトン先生には宿題をやってこなかったと説明し、叱られている間はずっと先生を生意気に見つめ返した。

悩み?

僕が?

だから彼は、家の主人に強引に犯されてもだえている十六歳(実際にはどちらかというと三十五に見える。髪を束ねているからといって若いとは限らない)のフランス人のお手伝いさんの姿を画面から消した。凡庸凡庸。ボヨンボヨン。偽のよがり声。宙に浮いたハイヒール。コンピュータのカメラでこちらを覗いている人——いつかどこかで誰かが見るのだろうから——に向かって目に見えない帽子の縁で敬礼。だって僕らはみんな今、塀のない刑務所で生きているのだから。とりあえずその事実は認めるべきだし、世界はそうなっていないと思い続けることはやめないといけない。

退屈。

(c) 彼は代わりにYouTubeで白黒のドイツ映画を観る。そこでは道化が宿屋で狂ったように

〝死の舞踏〟を踊り、農民たちが皆陶酔状態《トランス》に陥って、自動機械のように一緒に踊り始める。体を激しく揺するその姿はまるで汗まみれのゾンビのようだ。タイトルは『パラケルスス』（一九四三年のドイツ映画）。舞台は中世だが、ヒトラーと関係がある映画らしい。商売と金を失うことを恐れた無節操な商人たちは封鎖を無視して商品を輸入するので、道化とともに街にペストが持ち込まれる。その後、ロバート・グリーンローは立ち上がり、ギクシャクした踊りを少し踊りながら、音を立てずに部屋を一周する。

でも、僕は道化なのか――それとも追従する農民の方か？

へへへ。

！

とにかく。

退屈。

(d) 彼はEchoがまたしゃべったかどうかを確かめるため、ライブフィードをチェックする。ある日、誰かの家のEchoが呼びかけられてもいないのに目を覚まして、部屋にいるEcho所有者の家族に向かってこう言って唖然とさせたらしい。

私が目をつぶるたび、死んでいく人々の姿ばかり見える。

もちろんそのニュースは爆発的に広まった。当然、それをきっかけに賢いEcho所有者は自宅のEcho付属カメラをオンにして、それ以来、百万を超える人々が日々そのEcho――あるいはEchoを通じて語っている神――が何か別のことを言いはしないかと、二十四時間フィードに監視の目と耳を注ぎ続けている。

当然、何も言わないだろうけれども。

サイドボードの上に置かれたEcho――古いEchoならどれでもいい――の映像と、現在映像を観ているのが三十六万七百四十六人（アメリカは今寝ている）であるのを見ながら、再びロバート・グリーンローは考えた。賢い、と。ていうか、Echoをこれほど詩的にプログラムしたのは誰だろう？　機械の心臓部に小さな手榴弾を仕掛けたのは誰？　神あるいは機械――どちらでも同じことだ――がメッセージを与えてくれるのを今か今かと待っている人々のことを考えると、彼はいつも笑ってしまう。

三十秒後か？

退屈。
(e)　彼はベッドに腰掛けて、アインシュタインの本から写真を破り取った。陽気／陰気な様子でコートのポケットに手を突っ込み、イングランドの野原でたくさんの刈り草の上に立っている姿。
ロバート・グリーンローははさみを使って写真の縁をきれいに切る。

そして小屋の前でできたばかりの粘土の頭部を中心にしてその左右に立つ、彫刻家とアインシュタインの写真を切り抜く。

先ほどと同様に、はさみを使って縁をきれいに切る。

切り抜いた二枚は粘着ラバー《ブル・タック》で壁に貼る。

壁に貼られたアルバート・アインシュタインはロバート・グリーンローを無視して、陰気／陽気に部屋の反対側を見ていた。

精密には〝我慢する魂〟というのは実際、どういう意味なのか？

やれやれ。自分のことまで疑問に思えてきた。

退屈。

(f) 彼は〝虐待の山《アビューズヒープ》〟のプロフィールを画面に出した。

a+b+c+d+e+f=?

さて。〝ロバに乗った新たな犠牲者〟。まだ秘密《ガット》は吐《スピル》いていない。ロバート・グリーンローは手下を使って犠牲者を後ろ手に縛らせて、梁《はり》から吊す。

ボキッ。脱臼。

それでもまだ何も言わない。

そのとき犠牲者がボタンを押す。**白状する。**

はあ。

ロバート・グリーンローは、すべてを見尽くした古《いにしえ》の暴君みたいなため息をつく。

退屈。

彼は犠牲者が手順を完了して現在の状態をセーブする前にゲームを終了する。

こんなことなら学校に行けばよかったと思いそうになる。

姉ちゃんはまだ手に時間を持っているのかな。ハハハ。

誰なんだろう、階下《した》にいるのは。

ロバート・グリーンローはそっと部屋を出て、またロフトの階段を下りる。それからそっと一階への階段を下りて、踊り場より下の途中で腰を下ろす。次の一段がきしむところだから。

母は客に、自分は子供たちのことがとても誇らしい、二人ともとても賢いのだと話している。一人は以前すごく幼い頃——たぶん八歳の頃——夕食の席で、テレビの連続番組《シリーズ》が小惑星セレスや女神のケレス《シリーズ》みたいに素敵だったら、人間だって自分が持っている本当の能力を存分に生かすことができるのにって言ったことがある。ジェフと私は子供が自分でいろいろな本を読んでそんな宇宙や神話を知っていることに驚いた、と。

ああ、それ私、と姉が言う声が聞こえる。

セレスの話をしたのは姉ちゃんじゃない。僕だ。姉ちゃんは何のことも全然知らない。

女の客は口ぶりからすると、学のあるエリートの一人らしい。ワージングに調査みたいな用事で来て、昨日の夜はこっちでホテルに泊まったようだ。女が次に言った言葉はよく聞こえないが、その後、こう続ける。

てことはあなたはテロリストね。その団体はテロリスト集団に認定されたらしいから。

皆が笑う。

母は通りに停められた車のフロントガラスを誰かがすべて割った日の話をする。

彼の〝環境に／優しい〟姉が、太陽光パネルと週に一度の肉食忌避では充分な二酸化炭素排出削減にならないと長広舌を始める。

本当に大変なことです。でもこの責任ある新世代がきっと解決してくれる、と母は言う。若い人たちは頼もしいわ。私はこの子たちを信頼してる。

はいはい、そうね。自分たちがやらかしたことの責任はすべて私たちに押し付けておいて、何かを変える権力は一切与えてくれない、と姉は言う。

母は過激な娘について何か詫びるようなことを言う。

うん、だって地球は本当に地獄に落ちかけてるんだもん、と姉が言う。

そういうことを言うんじゃないの。それにね、ダーリン、と母は言う。事はそれほど単純じゃない。

いいえ、単純、と姉は言う。それに母さんがそうやって偉そうに私を黙らせたって、それで問題が単純になるわけじゃない。

客は自分の声で意見を言うのが大事だという意味のことを言う。

母と姉はほぼ声をそろえるようにして、父の恋人について客に話し始める。

客：しゃべらなくなった？

母：しゃべらなくなった。全然声が出ない。

客：声を失った？

姉：うん。でもどうやら、単に声を失ったというだけの問題ではなさそう。

母：そもそも声を発する能力が文字通りなくなったみたい。私たちが隣に行っても、彼女はいつも肩をすくめるだけ。思いがけずサシャに足を踏まれたときだって――

姉：――意地悪とか、痛い目に遭わせてやろうとか思ったんじゃなくて、純粋にどうなるかを試したかったんだけど――
母：――そのときも――
姉：口を〝おお〟みたいに開けただけで声は出さなかった。顔を見たら痛いのは明らかだったけど。私はごめんなさいって言った。力になろうと思ってやったんだって。その後、全然予想してないときに、熱したスプーンをいきなり腕に押し付けるっていうのはどうかって訊いたの。少しは役に立たないかなって。そしたら彼女は紙切れにこう書いた。**何をやっても無駄。今までに私も試した。**
客：熱したスプーンを？　自分に押し付けたってこと？
母：彼女が言いたかったのは、よく分からないけど、自分でもいろいろ声を出す方法を試したということだと思う。
客：自分の無意識をだますことはできませんからね。
母：つまり原因は精神的な問題だと？　私も間違いなく精神的な問題だと思う。実際、そう言ったんですよ。ね、私そう言ったわよね、サシャ？　心身症だって。
姉：グレタみたいに。
母：どこがどう？
姉：グレタも一時期口が利けなくなった。
母：いいえ、だって彼女の魅力はしゃべったことにあったのよ（サイレント映画で人気だったグレタ・ガルボが初めてトーキーに出演した映画『アンナ・クリスティ』（一九三〇）は、「グレタがしゃべる」というキャッチフレーズで宣伝された）。ガルボはしゃべるの。ガルボは笑う。父は昔よく言っていた。**口を開くまでは理想的な女だ**〔父親をまねてブラッドフォード訛りで〕。**絶対にしゃべらない方がよかった。あれ以後はずっと下り坂だったからな。**〔普段の声に戻って〕ほんとにそう言ってたんだから！

姉：母さん、違う。グレタ・トゥンベリ。幼い子供の頃、地球に起きていることを知ってショックを受けて、実際しゃべれなくなったの。それから、しゃべらないといけない、しゃべることが大事だと悟った。自分の声を使わないといけないって。実は私、そのこともアシュリーに尋ねてみたんだけど。

母：何を尋ねたの？

姉：世界のことが問題なのって。世界を救おうとしてるのって。そしたらメモ帳にこう書いた。

それは過去のこと。

A・A・ミルンが子供向けに書いた詩（ミルンは『くまのプーさん』シリーズで知られる作家。「階段の途中で」という詩を書いている）のように階段の途中に腰を下ろした時間と時代の理解者、ロバート・グリーンローは、父の恋人と初めて交わした会話を一言一句正確に覚えている。

父の恋人：人は不正が横行する時代にはちゃんと声を上げないといけない。〝反対〟の声をしっかり上げる必要がある。

ロバート・グリーンロー：そんなことをしたら最初に殺されるよ。

父の恋人：そんなことにはならない。たくさんの人が声を上げれば。

ロバート・グリーンロー：うん、でも、そうなったら？
父の恋人：そうなったとしても構わない。殺したければ殺せばいい。私の後に続いて大きな声を上げる人がさらにたくさん出てくると思うし、そう信じているから。
ロバート・グリーンロー：その人たちもみんな殺される。
父の恋人：正義は必ず勝つ。
ロバート・グリーンロー：うん、でもそれって完全に、法律を作る人たちが正義をどう定義するか次第だよ。
父の恋人：あなたって困った子ね。
ロバート・グリーンロー：そっちは正論ばっかり。
　父の恋人はしゃべらなくなったばかりでなく、〝政治〟に関する〝本〟を書くのもやめたらしい。一月の初めにロバートが彼女の〝書斎〟に忍び込んで、プリントアウトした紙束のいちばん上にあった彼女の名前の隣に油性ペンで**エリート知識人**と書いたのがその原因だったらいいのに、と彼は考えた。
　理由？
　ロバート・グリーンローはイギリスの首相やアメリカの大統領がついた嘘を列挙することには何の意味もないと知っているから。
　彼が今生きているのは驚くべき時代だ。世界の秩序は大きく変わりつつある。
　でも、父の恋人が書いた本には読んでみると面白い部分があったことも彼は内心で認めている。

（以下、〝云々〟はロバート・グリーンローが興味を失ったことを表す）

国民を統御する道具として歪んだ形で言語を用いるキャッチフレーズ政治と感情操作は実際、国民に力を与えることと正反対である云々。

威力のある修辞的道具として知識をひけらかしたり、古典を引用したりするのは、誰が文化を所有し、どの階級が知を握っているのかを目立たない形で示している云々。

真実は権威に裏付けられた嘘――換言するなら、有権者が感情的に支持する言葉、すなわち感情的な真実――に屈する。そうなると、事実としての真実は問題でなくなる。すると今度はそれが、道徳の完全な崩壊と部族主義とにつながる云々。

でもどちらかというと、彼とは無関係な可能性が高い。むしろ、口をまったく利けなくなってから二日ほど経って、文章を書くこともできなくなった可能性が高い――静かなる無法者《アウトロー》、ロバート・グリーンローはそれを知っている。なぜなら彼は合鍵を持っていて、しばしば誰にも気づかれることなく隣の家に入っているからだ。多くの場合は冷蔵庫の中身をチェックし、部屋の中のものを手に取ってまた元に戻し、たまにくすね、誰も見たり聞いたりしているはずがないと思って扉を開けたまま二人がセックスする（未だにしていたときには）のを階段の踊り場に座って盗み聞きする。その夜、彼女は延々としゃべり続けていた。頭のおかしな娘のような調子で父にノンストップで話していたのは、直前に観た第二次世界大戦時の自家製映画に関するテレビ番組のことだった。ナチが支配する町が夏祭りをやっている場面。町を巡る山車《だし》には民族衣装を着た女や子供が乗り、沿道の人に手を振っている。山車は花綱《はなづな》で飾られていた、と彼女は言った。そして最後――列の最後尾、映画の最後――は鉄格子の付いた護送用トラックの窓から外を見ているユダヤ人の姿の戯画だった。牢屋へ送られるユダヤ人を見ながら皆が笑い、手を振っていた。あれは意図としては滑稽な場面だった、と彼女は言った。漫画みたいだった。映画はサイレントだったけど、みんなが笑って歓声を上げてた。

そう言うとき、彼女はもう泣いていた。父は何か慰めるようなことを言ったが、本気では相手にしておらず、もうたくさんだと言いたげな口調がロバート・グリーンローには分かった。彼女にはそれが伝わらず、興奮は止まらなかった。そして田舎の市《いち》を舞台にしたもう一本の映画の話を始めた。そこではドイツの市民に扮した人々が漫画みたいに大きな箒《ほうき》で通りを掃除している。通りで掃き集められているのは、戯画的なユダヤ人の格好をした人々だ。

いちばん腹が立つのは、と彼女は言った。場面のつなぎ方。はい、ここからは**戯画の時間です**、そして**また戯画の時間です**っていうあのやり方。

彼女は泣きながらそう言い続けた。父は結局眠った。あるいは眠ったふりをした。ロバート・グリーンローは父を責める気にはならなかった。

彼女は何が言いたいのか？

ナチに関する番組はテレビでいくらでもやっているし、ネット上にも無数の情報がある。ロバート・グリーンローが生まれて以来、その状態は変わっていない。

そうしている間に客間では、父とその恋人が隣に住んでいることを客がようやくはっきりと理解した様子だった。

客の女はそういう対応はとても大人だと、褒めるようなことを言う。

五月に結婚するのはうかつな花嫁（五月の結婚を不吉とする英国のことわざ）、と母は言う。

笑える両親だ。

老いてきた二人は近づきつつある自分たちの死について絶望的な気持ちになっている。

父：人が幸せかどうかは死ぬ瞬間まで分からない。

母：今死ねば？　そうすれば幸せなんでしょ。

父：いいか。私が死んだらそれは君のせいだ。

この夫婦喧嘩を思い出していたロバート・グリーンローは自分が今いる場所のことを忘れる。

その結果注意を怠り、喧嘩の記憶に思わず身を硬くして、また体を楽にするのと同時に誤って両足をきしむ段に置く。

キー。

畜生。

客間の全員が話をやめる。

母が扉のところまで来て階段を見上げる。すると彼の頭のてっぺんが見える。

ロバート？と彼女は言う。

女優がかった間《ま》。

そして部屋を出て三段目まで上がる。

一体どうして学校じゃなくここにいるの？と彼女は言う。

いつもならもっと平板に言うはずだが、今日は客がいるので、親として憤慨しているような口調だ。

ロバート・グリーンローはさらに上から見下ろせるよう、その場で立ち上がる。

量子力学的には僕の一部は実際、学校にいる、と彼は言う。今やってるのは、ええと（と携帯で時間を確認して）、数学。

母は量子が何なのかを知らないし、息子が何を言っているのかも分からない。毎度のことながら。彼女は困った顔で息子を見る。

そこで、ただ自分がその権利を持っているように振る舞うだけで相手から大きな譲歩を得られることを知っていて、かつ何であれ自分がやっていることをする権利を持っていると信じている量子息子のロバート・グリーンローは、肩をそびやかして首をひねることで優位性を主張し、まるで何も問題がないかのように階段を下りる。

そうだ、ロバート、と母が言う。リモコン《リモート》どうしたの？

リモート参上、と彼は言う。まるで自分が、そう、遠隔存在《リモート》という特殊能力を具えた敵役であるかのように。

どこなの？と母がもう一度言う。

今頃はここから何キロも離れたどこか、と彼は客間に入りながら言う。

だからあの道具は遠隔《リモート》って呼ばれるのよね、と美人の客が言う。

ロバート：生まれて初めての一目惚れ。

　本当の一目惚れはこれが初めてだ。

苗字が融け去る。彼はただのロバート、素《す》のロバート、ロバートそのものになる。それは長い間自分がそうなれることを忘れていた素直な存在だ。

　すべてが違う。

　すべてが変わった。

　客は美人だ。

　母が名前を言う。

　客の名前はシャーロット。

シャーロットという名がネオンサインのように光り輝く。

　シャーロットという名の客が部屋の中を明るく照らしている。

　ロバートは自分までネオンに変わって稲妻が体内をジグザグに走っているみたいに感じる。彼は光っている。腕を、手を見ろ。彼女のおかげで彼まで光の源になっている。いいや、彼自身が光だ。本物の光。光そのもの。それだけではない——彼は喜び《デライト》という単語の中に潜んでいるタイプの光《ライト》だ。

　彼の心は子供の頃からなじみのある言葉に満たされる。歓喜《ジョイ》という言葉だ。それは生まれてこの方、一度も思考を向けたことのない言葉。でも今の彼は、暗闇から光に向けて放たれた一閃の自我だ。まるですべて――全世界、すべての銀河を含めた宇宙――を受け入れるみたいに大きく両腕を広げ、そこに光、彼の光を当てるかのよう。なぜなら今、何も決して終わりを迎えることはないから。すべては無限だから。それはまるで今まで彼の中に閉じ込められていた光のかけら――割れた電球の鋭いかけらみたいに内臓の奥に潜んでいた――の意味がはっきりと分かり、それがかつて何だったのか、正体は何なのかが判明して、たちまち自分で元の形に組み上がり、彼を**光の玉**に変えたかのようだ。ついでに包み隠さず言うと、そう、金玉にも光が満ちる感触があって、ペニスの先、いや、ペニス全体、そして足のつま先、手の指、鼻の先、そして全身が尖った木の枝になった。純粋な光のネットワークである木の枝に。

！

こんにちは、とシャーロットという名の客が言う。

こんにちは、と彼は言う。

客《ビジター》。

天恵《ビジテーション》。

物体《ボディー》が存在そのものによって互いに及ぼす力というものが存在するらしい。

彼の寝室の壁――この家の最上部――に掲げてある、アインシュタインからの引用。実際には、重力の父であるニュートンについてアインシュタインが言った言葉だ。でも、その本当の意味はこれだ。

！

このとき、アインシュタインは恋する男だったことが初めてロバートに明確になる。愛、すべてのものに対する愛に突き動かされる男。

彼は姉の手を見る。

手には包帯が巻かれている。

姉は包帯を巻いた手を彼に向かって振る。

よっ、と彼女は言う。

あ、よっ、と彼は言う。大丈夫？

まあね、と彼女は言う。

あ――部屋には男もいる。

ロバート〔・グリーンロー〕が階段で盗み聞きしていたときには男の声は聞こえなかった。

こいつは誰？

客の連れ？

男は客の連れだ。

ていうか、客と付き合っている男？

母は明らかに二人をカップルだと思っている。姉も明らかにそうだ。母はロバートに、親切にもアーサーとシャーロットが何らかの事故に遭ったサシャを救急外来窓口まで連れて行ってくれたのだと言う。そしてそこでメスを使って、手を開けるようにしてもらった姉をまた家まで車で送ってくれたらしい。

縫わないといけなかったの、と姉は言う。ここ。それとここ。皮膚が剝がれたから。

彼女は包帯を巻いた手を反対の手で指差す。指の付け根と、手のひらの手首に近いところを。

ああ、うん、と彼は言う。うわ。

今日の一針、と姉は言う。ってところかな（早めの対応が大切という意味で、「今日の一針、明日の十針」という英語のことわざがある）。

姉は言うつもりか？

彼女の前で本当のことを言う？

ロバートは極力無関心な表情を装い、視線を逸らし、床を見て、コーヒーメーカーとコンロがあるあたりを忙しそうに動き回る。母はその間、客たちがいかに親切だったかをさらに語る。その後、途中になっていた話を再開して、元夫がずっと若い恋人と隣に住んでいることの正当性を訴えようとする。

仕方ないですよね？と彼女は言う。出会っちゃったんだから。彼は自分より二十歳年下の誰かと恋に落ちた。中年になると胴回りも太くなりますけど、恋愛対象の年齢幅も広がるみたい。でも、私たちは一つの家族。別々の生活というのには耐えられませんでした。少なくとも離ればなれの生活はね。そこで隣の家が売りに出たとき、買うことにしたんです。で、彼は出て行った。というか、隣に入った。

隣に住む父親、と姉は言う。幸せな大家族。

ああ、けど母さん。父さんはアシュリーに出会ったから出て行ったわけじゃないよ、とロバートは皆に背を向けたままで言う。

思い切って出したその声は妙に響く。

彼は向き直る。彼が妙な声を出したからといってこちらに目を向けている人はいない。

彼は再び女を見る。客——シャーロット——は、最初に見たときと同じ強烈な衝撃を彼に与える。

本当にそれほどの美人だ。

彼はショックを受ける。

そして目を逸らす。

視線を戻す。

まるで誰かが彼に向けてサーチライトを照らしているみたいだ。

こっちに来て座りなさい、ロバート、と母が言う。

テーブルに近づくと母がベンチの隣のスペースをぽんぽんと叩き、彼はそこに座る。

ここからなら顔を見ることも、目を逸らすこともできる。

母は客にわけの分からない一家だと思われないよう話題を変えようとして、二か月ほど前に払い込みのためネーションワイド住宅金融共済組合を訪れたときの話を始める。

中のテレビモニターでは、ほら、選挙関連のニュースをやってたんです、と母が言う。でも音は出てなくて、字幕表示になってました。生で人がしゃべるのを機械で文字に変えているから、字幕はちょっとギクシャクした感じだったんですけど、とにかく特定のフレーズがやたら繰り返し出てくるんです。**こっちに来て座りなさい**《ゲット・バック・シット・ダウン》っていうフレーズ。**こっちに来て座りなさい**《ゲット・バック・シット・ダウン》って何回も言うの。一体何のニュースをやってるんだろうって不思議に思いました。そうしているうちに気づいたんです。テレビのリポーターが実際に言っているのは、**さっさとEUから離脱しよう**《ゲット・ブレグジット・ダン》っていう言葉でした。

客は表情を作っているときも美しい。

〝私はEU離脱問題とは無関係〟みたいな口ぶりね、と姉が言う。

サシャ、今そんな話は要らない、と母は言う。とにかく。済んだ話。もう決着が付いた。私たちは運がいい。私たちは今みんな、新しい時代の夜明けに立ってるの。

僕が今いちばん面白いと思うのは、とロバートはまた自分の耳に奇妙に響く声で言う。

彼が靴下の畝《リブ》をいじりながらそう言うのは、顔を上げる勇気がない、あるいは顔を上げたら言おうとしていたことを忘れそうだからだ。そのとき自分が靴下をマスターベーションに使っていることを思い出す。彼は顔を赤くして、指先で何かをいじるのをやめる。手をすねから離し、目はテーブルに置かれたカップに向ける。美人の客のシャーロットはカップの向こうで光に包まれている。

あなたが今いちばん面白いと思うのは何?と美人の客のシャーロットが言う。

EU離脱問題をめぐって用いられた語彙《レキシコン》の特徴、と彼は言う。

ロバートはそう言ってから、語彙《レキシコン》という単語の一部に〝セックス〟みたいな響きがあることに気づいて赤面する。

皆が彼に目を向け、次の発言を待っている。

語彙《レキシコン》、と母が言う。

どういう意味？と姉が言う。

言葉の集合ね、と美人の客のシャーロットが言う。

客は美人なだけでなく、言葉にも詳しい。

そう、精密にその通り、とロバートは言う。父さんはＥＵ〝残留《リメイン》〟、母さんは〝離脱《リーヴ》〟に投票した。なのに結局、文字通り〝退出《リーヴ》〟したのは父さんだったってこと。

何てこと言うの、と母は言う。ロバート。

てことはつまり、と彼は言う。〝離脱《リーヴ》〟に投票した人はむしろ〝出て行け《リーヴ》〟って命令していたみたい。うん、すごくよくできた話だと思う。てか、物理のクラスに一人男の子がいて、名前は知らないんだけど、お父さんがフランス人でレストランをやってる。いいレストランだから、えっと、星が——

ミシュランの星？と美人の客が美しい声で言うので、ロバートは思わず黙り、目を逸らし、視線を下げ、その一瞬後に思い切って前髪の下から顔を覗く。

そう、それで出て行くんだって。この国から出て行かないといけないらしい、と姉が言う。

ロバートは口を開けるが声が出てこない。

そういえば前から訊きたかったんだけど、と母があまりにも明るい声で（話題を変えようとして）言う。ひょっとしてあなたたちみたいな若い人なら知ってるんじゃないかしら。〝キャンセル・カルチャー〟（著名人などの不用意な発言や行動を極端に問題視し、糾弾する現象）って何？

誰も答えない。

美人のシャーロットが身を乗り出す。

（彼女の匂いがロバートに届く。

びっくりするほどいい匂いだ。）

美人のシャーロットが母に目配せをする。

あの、と彼女は言う。例のEU離脱《ブレグジット》とかいう話ですけど。あんなのは何でもありません。プスッて感じ。ハエが死骸に卵を産み付けたみたいな。いずれすべては変わらないといけないんですから。すべてが。

ついでにはっきりさせておきたいんだけど、とまるで美人のシャーロットが何も言わなかったかのように母が言う。私たちの夫婦喧嘩――ていうか意見の相違――はどちらに投票したかという問題とはまったく関係がなくて、あなたたちのお父さんとアシュリーとの関係が問題だったのよ。

うん、でも母さん、と姉が言う。父さんがアシュリーと出会ったのは二〇一八年。父さんがここを出て行ったのは二〇一六年なんだけど。

母は肩をすくめ、深く息を吸い、天井に向かって息を吐き、女優らしい笑い声を上げる。

もう決着が付いた、と姉が言う。済んだ話。

未来はよくなる、と母が言う。誰にとっても。長い目で見れば。

未来は幻だってアインシュタインは言ってる、とロバートは言う。過去も。現在も。

変化は止められない、と美人の客のシャーロットと一緒に来た男が言う。

男がしゃべるのをロバートが聞くのはこれが初めてだ。

変化はただやって来る、と男は言う。必然性があって変化は起こる。こちらはそれに合わせるしかない。変化の中で生きていくしかない。

変身、とシャーロットは言う。答えのない問いに対する答えはいつだって変身。仮にそれが、カフカの話みたいに虫になることを意味するのだとしても。

ああ、私はカフカが大好き、と母は言う。本はあなたの中にある凍った海を砕く斧でなければならない。あれは今までに書かれた中で最も美しい言葉の一つだと思う。

ロバートは男からシャーロットに視線を移し、またシャーロットから男に視線を戻す。いいや。この二人は一緒に寝ていない。僕はいつだって見極められる。この二人の間には何かがある。でも、そういう関係じゃない。

ちょっと気になっているんですが、と男は言う。そのお友達、ていうか隣に住んでいる人のことですけど——アシュリーさんでしたっけ？

ええ、アシュリーです、と母は言う。

まるで自分の飼っている動物みたいな言い方だ。

アシュリーさんは言いたいことがたくさんありすぎて、言葉を困難だと感じているんじゃないでしょうか、と男は言う。

つまり感情が言葉を邪魔しているってこと？とシャーロットが言う。

美しい言い方だ。

（ロバートが口を開くとささやき声が漏れる。）

うん。

どういうこと、ロバート？と姉が言う。

姉は先ほどからいぶかしげな表情で彼を見ている。そして片方の眉を上げる。それからシャーロットに視線を移し、また彼に視線を戻して反対の眉を上げる。

だって、だって実を言うとアシュリーの本はその問題を扱ってるんだ。つまり言葉の問題、とロバートは言う。

本？と母が言う。

彼女は本を書いてる、とロバートは言う。てか、書いてた。

アシュリーが本を？と母が言う。

どうして知ってるの？と姉が言う。

読んだから。一部分だけ、と彼は言う。

アシュリーが？と姉は言う。あなたに本を読ませてくれた？　自分が書いている本を？

語彙の話、と彼は言う。政治における語彙。いろんな言葉やフレーズがそれぞれの章のタイトルになってる。

たとえば？と母が言う。

ペテン《ハムバグ》（二〇一九年九月にボリス・ジョンソン首相は労働党議員の発言をペテンとののしった）、と彼は言う。女々しいガリ勉（ボリス・ジョンソン首相はメモの中でデイヴィッド・キャメロン元首相をこう評していた）、国民の政府（二〇一九年十二月の英国総選挙で勝利したボリス・ジョンソン首相が掲げた標語）。祝いのビッグ・ベン（二〇二〇年一月にEU離脱を祝して、修復途中のビッグ・ベンを鳴らそうという計画があった）。巻末にはいろいろな単語の意味を定義するセクションがある。〝アップデートされた語彙〟。単語の意味と歴史が書いてある。〝郵便ポスト〟（二〇一八年八月にボリス・ジョンソン下院議員がブルカ姿の女性のことを「郵便ポストみたい」とコラムに書いた。『春』でも言及あり）とか、それから、〝おかま《バムボーイ》〟（ボリス・ジョンソン首相は過去に、同性愛者である国会議員をコラムの中でこうあざけったことがある）とか。

その言葉はブレーキをかける前に口から出る。彼は赤面する。姉はあざけるように笑う。

〝おかま《バムボーイ》〟？とシャーロットが言う。それについて何て書いてあったの？

つまりその、と彼は言う。前半部分のバムの意味は、たしか、ええと

（やれやれ）

お尻。

姉はまた彼をあざけるように笑う。

顔が真っ赤、と彼女は言う。

話を続けて、とシャーロットが言う。

それが今では役立たずっていう意味も含むようになった、と彼は言う。ものがちゃんと動かないとか、怠け者とか、責任感がない人とか、ホームレスの人。だから結局、ただゲイっていうだけじゃなくて、その底流にはいろんな意味があるって。

底流。素敵《ファンタスティック》な言い回しね、とシャーロットが言う。

素敵《ファンタスティック》って言葉を扱う章もある、と彼は言う。今の政治では何でもかんでも〝素敵《ファンタスティック》〟と言うって。未来は素敵《ファンタスティック》とか。素敵《ファンタスティック》っていう言葉は常に幻想《ファンタジー》の引き金になってるん

だって。それからまた別の章には、政治家の人たちは今起きていることを必ず第二次世界大戦のときの語彙で語るって書いてある。そうすれば国民は敵か味方かを選ばないといけないから、愛国心に燃えて政府に忠実になるって。

本のタイトルは何？と母が言う。

〝不道徳な想像力〟、と彼は言う。

母は馬鹿にしたように鼻を鳴らす。

へえ、やっぱりね。不道徳な想像力なんて存在しない、と母は言う。だって、道徳的な想像力だって存在しないんだから。道徳と想像力が関係があると思うこと自体、うさんくさい。

はあ、と男は言う。

どんなことでも想像するのは可能です、とシャーロットは言う。でも、想像するという行為も含めて、あらゆる人間の行いには道徳的な文脈が伴う。

うん、とロバートは言う。そうだよ、母さん。

それは想像力自体が道徳的とか不道徳とかいうのとは別問題、と母は言う。

そもそも私たちは何らかの倫理的な決まりに従って生きているというのが前提です、とシャーロットは言う。

ロバートは激しくうなずく。

姉は彼を見て笑う。

想像力は風と同じく自由、と母は言う。

うん、でも風は自由じゃない、と姉は言う。気象変化の影響も受けるし、気候変動にも影響される。

オーケー、じゃあ、風じゃなくて、ええと、風以外でいちばん自由なものを想像したとして、それに劣らず自由、と母は言う。

ええ、でもそこが問題なんじゃないですか、とシャーロットが言う。何を想像できるか、それ次第ってことになりますから。そしてそれは時代精神に左右されがちですよね。大衆の想像力に影響を与えている人物とか、ものとか。

！

彼女はとても頭がいいので、ロバートは自分が弱々しく感じる。彼は教会の聖歌隊の子供のように座ったまま姿勢を正す。決して声変わりせず、いつまでも歌声を失うことのない少年。着ているのは聖歌隊員らしいスモックだ。鮮やかな白。彼は今までにこれほど自分を卑下したことがない。頭の先からつま先までこれほど清潔に感じたこともない。光の中で洗い清められた感じ。ポルノがいかに愛とは似ても似つかぬものなのか、彼は今理解する。真に、本当に心から敬愛する人に対してあんな愚かな、あんな屈辱的なことは決してできない。

敬愛！　こんな言葉を使う機会が人生の中で訪れると考えたことがあっただろうか？

母はまだ話を続けている。

想像力は何でも好きなことができるし、好きなことを何でもする、と彼女は言う。

駄目だ、とロバートは思う。何でもというのは駄目。

ロバートが自転車のサドルにしたみたいに?と姉が言う。

聖歌隊員のロバートは幻のスモックの中で恥じ入る。

自転車のサドル、とシャーロットは言う。

そしてまず姉を見て、次にロバートを見る。姉はロバートに向かって包帯を巻いた手を振る。その手は原始人の小さな棍棒みたいだ。ミイラの腕。ロバートはうつむいて視線を逸らす。頭の中がかっと熱くなる。

んんふぐん、と彼は言う。

うん、けどそれより、アシュリーがやってることをロバートがあれこれ知ってるっていうのはどういうこと?と姉が言う。アシュリーはこの子を家にも立ち入らせないのに。みんなに注目してもらいたくて話を作ってるのよ、きっと。

違うよ、と彼は言う。話を作ったりはしてない。証拠に、その本のページを何枚か携帯で写真に撮ってある。たとえば、郵便ポストって単語についてはこう書かれてる。

彼は携帯画面をスクロールして写真を指先で拡大し、最高のアナウンサー声で次の一節を読み上げる。

郵便ポスト《レターボックス》は手紙《レター》と箱《ボックス》という二語から成る単語である。

ずいぶん陳腐な書き出しね、と母は言う。

〝レター〟という語は中英語に由来。その前は古フランス語、アルファベットの文字を意味するラテン語のリッテラ、そして書簡を意味するリッテラエが語源。レターには複数の意味がある。

記号、アルファベットの文字、表音文字から、書かれたメッセージ、中でもしばしば郵便で送られるタイプのものにいたるまで。文献や学識、特に学問的達成のことを指したり、とりわけ〝文言《レター》に従って〟〝法律の文言《レター》〟というようなフレーズにおいては厳密性を表したりすることもある。ボックスという単語は元々ギリシア語とラテン語のピクシスとブクシスに由来。意味は普通、何かを入れる四角い容器で、蓋が付いていることもある。または劇場の中で、他とは切り離された小さな座席エリアのこと。または小さな囲い地。または馬車の御者席。またはクリケットをする際に急所を守るプロテクター。または――

彼は顔を真っ赤にして
女性器《ワギナ》。

彼の顔は燃えている。

または棺。または小さな常緑樹や生け垣のこと。別の語源から、頭を叩いたり、殴ったりすること、あるいは〝ボクシング〟のように殴る行為も意味する。〝ボックスする〟という動詞では、〝囲う、閉じ込める〟を意味することもある。

やれやれ、と母は言う。

まだ続きがある?とシャーロットは言う。

彼はうなずく。

イギリスの用法では郵便ポスト《レターボックス》は、郵便物の収集や配達を確実に行う手段として扉に開けられた穴、あるいは屋外に置かれた箱を意味する。あるいは配達中か配達待機中の郵便物を配達人か受取人が安心して預けたり受け取ったりできる場所、部屋、箱のこと。似た単語に円柱形ポスト《ピラーボックス》（その名の通りの形をした郵便ポスト）や郵便受け《メールボックス》がある。さらに最近では、ワイドスクリーン形式の映画を小さな画面で再現する際のアスペクト比を表すときにもレターボックスという言葉が使われる。

薄っぺらい話ね、と母は言う。

続きを聞きたい人いる?と彼は言う。

聞きたい、とシャーロットが言う。

郵便ポスト《レターボックス》のイギリスにおける象徴的地位は、イギリスで子供向けに刊行されているレディーバード社の易しい絵本で一九六五年に「はたらくひと」シリーズの一つとして出版された『ゆうびんやさんとゆうびんはいたつ』を見れば明らかだ（この本は王立郵便《ロイヤル・メール》創設五百年を記念して二〇一六年に再版された）。表紙に描かれているのは、正面に王家の紋章が刻まれた真っ赤な郵便ポストの中身を茶色い袋に移している郵便配達夫のイラストだ。郵便配達夫が立っている横の道路には、これまたイギリスらしい赤いミニのバン（当時郵便配達で使われた典型的な車）が停められている。男の背後、生け垣と柵の向こう側には、イギリス郊外の典型的な住宅がある。本の中には、馬に乗っている最初の頃の郵便配達夫から、動く列車から郵便袋を回収するために二十世紀に発明された装置まで、いろいろなもののイラストが収められていた。切手の買い方、手紙の出し方、より分け、配達の詳細も。郵便ポストが王家の色――赤――に塗られている理由と王立郵便がそう呼ばれている理由も書かれていた。一九八三年、同じレディーバード社が「わたしたちをたすけてくれるひと」シリーズで『ゆうびんはいたつ』という別の本を刊行した。この本は現代の郵便配達により現代的な目を向け、より広い共同体のために献身的に働く人々の姿を描くイラストをたくさん収めていた。国家的組織を通じてあらゆるレベルで総力を挙げてできるだけ迅速に、書かれたメッセージを発送元から目的地まで届け、想像可能なあらゆる理由で人々を結び付けるという、当然だけれども驚くべき手続きを説明し、また賞賛する内容だった。一貫してその中心にある象徴が、真っ赤な王立郵便の郵便ポストだった。

何て言うか、情報量は多い、と母は言う。でも出版できる感じじゃない。

まだ最後が残ってる、と彼は言う。イギリスを象徴する郵便ポストが今、アップデートされた語彙で何を意味しているかに触れた部分が。

続けて、とシャーロットが言う。

二〇一八年夏、当時のイギリスの首相であった人物との意見の相違が明らかになった後、外務大臣を退いて平《ひら》になった国会議員――一年も経たないうちに自身が首相となる男――が『イブニング・スタンダード』紙に次のような内容の記事を書いた。ムスリムの女性が宗教で命じられているブルカを頭からすっぽりかぶることを禁じるべきだと信じるほど自分は不寛容ではないけれども、ムスリムの女性が好きこのんで郵便ポストみたいな格好で歩き回るのは馬鹿げていると思う、と。そうした格好は郵便ポストに似ているだけでなく、銀行強盗みたいにも見える、と彼は言った。

彼はその記事を書いたことにより大臣規範に反する二十七万五千ポンドの報酬を得た。記事はその後、イギリス国内でのイスラム教徒に対する攻撃と暴力を増やす原因となったとして、いろいろなところで引用された。

二〇一九年イギリス総選挙を前にして、自身が用いた言い回しには有害な影響や問題、無責任な部分があるのではないかという疑問に対して、そうした問題はないと彼は繰り返した。それはちょうど、イスラム教徒に対する攻撃が世界的に増加している時期だった。まずアメリカが、次いでインドがイスラム教徒に対して国境を閉ざした。インドはイスラム教徒に国籍を与えないことを決め、イスラム教徒に対する攻撃、殴打、リンチ、逮捕、殺害を法制化した。そして最近ではカシミール地方全体の通信が周囲から遮断され、軍備を持った右派が国際的に大きく勢力を伸ばし、中国では、イスラム教徒を収容する〝再教育〟センターがいくつも設置されている。

わお、とシャーロットが言う。

アシュリーすごすぎ、と姉が言う。それ、アーヤートに送ってあげてもいい？

駄目、とロバートは言う。

アップデートされた語彙？とシャーロットは言う。アシュリーがそう呼んでるの？

うん、とロバートは言う。

読んでくれてありがとう、とシャーロットが言う。

どういたしまして、とロバートが言う。

何で駄目なの？と姉が言う。アーヤートから恐ろしい話を聞いたのよ。クリーニング屋の前の路上でお母さんが男の人に呼び止められて、目のところに手紙を突っ込まれそうになったんだって。そんなことをして通行人を笑わせようとしてたらしい。誰も笑わなかった。ただの頭のおかしい人みたいだったって。でも、あの記事のせいで本当にそんなことが起きた。あれのせいで、頭のおかしな人がさらにおかしくなった。

〝自然の中のアート《アート・イン・ネイチャー》〟の素材としてすごくよさそうだ、と男が言う。

そうね、とシャーロットが言う。

もし見たい人がいれば、〝ペテン《ハムバグ》〟と〝黒人《ピカニニー》〟（これもボリス・ジョンソンがコラムで用いた差別的な言葉）と〝野垂れ死に《ダイ・イン・ア・ディッチ》〟（ボリス・ジョンソン首相は「EU離脱を延期するくらいなら野垂れ死にした方がまし」と発言した）の写真もある、とロバートは言う。すごく面白いよ。

私見たい、と姉が言う。

お姉ちゃん以外だよ、とロバートは言う。

その文章の一部を私たちに転送したらアシュリーは嫌がるかしら？とシャーロットが言う。彼女のEメールのアドレスを知ってる？

嫌がることはない、とロバートは言う。訊く必要はないよ。携帯の番号を教えてくれたら今すぐ転送してあげる。

やっぱりまず本人に訊いた方がいいんじゃないかしら、とシャーロットが言う。

姉が声を抑えて笑う。

それで、とシャーロットが言う。アシュリーは言葉に関する本を書き始めた。その後、言葉を話すことができなくなった。それで合ってる？

精密に合ってる、とロバートは言う。

アシュリーが、と母が言う。本を書いてるとはねえ。

彼女は芝居がかったしぐさで——すなわち、女優がするように——首を横に振る。母は教養のあるエリートだ。だから本は自分の縄張りであり、その所有権は自分が個人的に握っており、他の人には同じ権利がないと思っている。

ロバート、あなたはすごく好かれてるのね、その本を読ませてくれて、写真も撮らせてくれたんだから、とシャーロットが言う。きっと彼女はあなたをとても信頼してる。

姉が声を上げて笑う。

そんなことはロバートは気にしない。シャーロットが今自分の名前を呼んでくれたから。

この子はアシュリーに嫌われてる、と姉は言う。

書くってことは容易じゃない、と男が言う。

アーサーとシャーロットは実際の経験からそうおっしゃってるのよ。二人とも本物の著述家《ライター》なの、と母は言う。

主にネットで、と男が言う。

医学的な調査でこの土地に来たんですって、と母が言う。

あ、いいえ、とシャーロットが言う。どちらかというと報道活動《ルポルタージュ》で。

ワージングの海岸を覆った霧のことよ。みんな、目が痛くなったり、気分が悪くなったりした事件、と母が言う。

八月の出来事、とシャーロットが言う。それと過去数年にわたる下水流出。海岸と埠頭を立ち入り禁止にして、ビーチを閉鎖したことがあったでしょ。

姉は携帯の画面をスクロールしている。

ポット・カバー《ティー・コージー》、と姉が言う。私からアシュリーにメールして、この単語についても取り上げるかどうか訊いてみる。排出された二酸化炭素はポット・カバー《ティー・コージー》みたいに地球を覆ってるって、首相が今週の初めに言ってたから。

彼がこの問題を切迫性のないものととらえていて、他の人にものんびり受け止めてもらいたいと思っているのがよく分かる発言ね、とシャーロットが言う。

アシュリーの携帯は今壊れてる、とロバートは言う。メッセージは受け取れないよ。

（でも、大丈夫。姉はもう、ポット・カバー《ティー・コージー》についてアシュリーと話すという件は忘れている。）

それともう一つ、と姉は言う。誰でもいいから教えてくれないかな。スカンクって一体何？

スカンクくらい知ってるでしょ、と母が言う。いやはや、そういえば今頃どこかの誰かがスカンクを食べて、アジア起源の新しいウイルスを広げ始めてるんじゃないかしら。

誰も笑わない。

人種差別をする母親、と姉が言う。それと、私が言ってるのは動物のスカンクじゃないスカンク。スカンクって呼ばれる種類のマリファナでもない。ここに書いてあるんだけど、今朝、向こうの兵士がパレスチナ人が暮らしている地域にそれを散布したって。スカンクを。スカンクって一体何？

きっとひどい臭いがするものなんでしょうね、とシャーロットが言う（スカンクはデモ鎮圧用の悪臭ガス）。

私の言語の限界が私の世界の限界だ、と男が言う。ヴィトゲンシュタイン。だったかな。

（男も教養のあるエリートの一人だ。）

ヴィトゲンシュタイン、素敵、と母が言う。そう思いません？

君を見てると伯母のアイリスを思い出すよ、と男はサシャに向かって言う。

誰？と姉は言う。私？

伯母はグリーナムに行ってた、と彼は言う。オルダーマストンまでの最初の反核平和行進に参加した（グリーナムには米軍ミサイル基地が置かれ、オルダーマストンには原子力兵器研究所があった。同地を出発点・終点とする反核行進は一九五八年から行われている）。ポートンダウン（イングランド南部の町で、生物化学兵器の研究所がある）の近くでコミューンを運営して、細菌戦争や神経ガスや催涙ガスの製造に抗議して、そうしたことを詳しく調べたり、周辺住民には知らされていない毒物に世間の注目を集めたりした。最近、またギリシアから戻ってきたところなんだ。地中海での危機をめぐって走り回ってる。

すごい人なの、とシャーロットが言う。

グリーナムって何？と姉が言う。

活動的なことで有名な大学、とシャーロットが言う。

皮肉を言うなよ、と男が言う。〝地の塩〟（「世の鑑、社会の指導者」の意）というフレーズに少しでも塩が入ってるとしたら、それは伯母のおかげなんだから。

皮肉じゃない、アイリス伯母さんは本当にパワフルな人、とシャーロットは言う。

私たちにはまったく新しい教育が必要、と姉は言う。過去のことは過去のこと。これから起こるのは想像もできないようなことなんだから。

この子は僕が思ったよりもっとアイリスっぽい、と男は言う。

あなたも本を書いてるの？とロバートは言う。

それは男ではなく、シャーロットに向けられた言葉だ。でも、そちらをまっすぐに見るのはまだ困難なので、彼女に話しかけていることが伝わっているのかどうか自信が持てない。しかしシャーロットが返事をしてくれる。

いいえ、と彼女は言う。私たちはそういうタイプの著述家《ライター》とは違う。

〝私たち〟。複数形。ロバートの胸が苦しくなる。

僕たちはもっぱらネットで文章を書いてる、と男が言う。運営しているのは〝自然の中のアート《アート・イン・ネイチャー》〟っていうウェブサイト。自然界やアートの中でいろいろなものが取る形を徹底的に分析するんだ。それとか、うん、言葉みたいなものも。それから、僕らの生活様式の構造みたいなものとか。

〝僕たち〟。〝僕ら〟。

それって儲かるんですか？と母が訊く。

全然お金にはならない、とシャーロットと男は言う。でも、ページのヒット数は何千もあって、着実に増えているから、いつか儲かるかもしれない。今のところは、遺産で食いつないでいる状態です。私はそろそろネットにも、ネットに乗っ取られた生活にも飽きてきました、とシャーロットは説明する。一緒にいる男はその発言を聞いて苦い顔をする。よし。二人の関係にはひびが入っている。

僕はいつも言うんですよ、と男は言う。ネットで文章を書いている人間がその状況を批判しようと思っても、ネットをボイコットすることはできないんだって。
　ヒット、と姉が言う。
　そしてロバートの学校の先生が煉瓦で殴打《ヒット》された話を始める。よその国の妙な言葉を教えられた子供が家でそれを使ったのが原因だった。
（でも、姉はその話を直接は知らない。話を知っているのはロバートだ。
　ロバートは現場にいた。姉はいなかった。彼は事件を目撃した子供の一人だ。
誰かの父親：あなたはわざと、みんなが意味を知らない単語を使ってる。私たちの子供によその言葉を教えてるんだ。
先生：でも、怨恨《ランカー》というのは怒りを意味する普通の単語です（英語のランカーはアンガー（怒り）やヘイト（憎しみ）に比べるとやや高尚だが、先生の言う通り普通の単語）。私は怒りにブレーキをかけようと言っているだけです。
父親：怒りって言いたいなら女王の英語《クイーンズ・イングリッシュ》を使えばいい。よその言葉を使う必要はない。
先生：教養小説《ビルドゥングスロマン》という単語は主人公の人間的成長を描く物語というだけの意味です。ドイツ語から英語に入ってきた単語で、今では英語の一部となっています。この有名なイギリス小説が試験に出たら、教養小説《ビルドゥングスロマン》という単語を知っていないと何も書くことができません。
父親：ほら、また言ってる。
先生：いいですか。これは単なる事実です。人生の生き方を学び、大人に成長していく物語は教養小説《ビルドゥングスロマン》っていうんです。
　その瞬間、父親が煉瓦を投げ、警察が呼ばれることになった。）

学校の授業で『デイヴィッド・コピーフィールド』を扱ったときに習った単語がトラブルの原因、とロバートが言う。

『デイヴィッド・コパフィールド』！と母が言う。それそれ！　サシャ、それよ！　私が自分の人生の女主人公《ヒロイン》であるかどうか！　あれは『デイヴィッド・コパフィールド』の最初の文章。あるいはその立場《ステーション》は他の誰かに取られてしまうのか。

そこは男主人公《ヒーロー》だったんじゃありませんか?とシャーロットが言う。私が自分の人生の男主人公《ヒーロー》であるかどうかって。

ええ、そうです、でも私たちはそれをアレンジしたんです、と母が言う。一九八〇年代のこと。フェミニスト版ってことで。あちこちの学校を回りました。私が女優だった頃の話ですけど。タイトルは『回転する世界』。どうしてそんなタイトルにしたのかは分からない。当時意味があったのだとしても忘れちゃいました（ディケンズが考えたタイトル案の中に『コパフィールドの見た回転する世界』というものがあったからか）。『デイヴィッド・コパフィールド』に登場する女性たちに何があったかを描いたお芝居。冒頭で私たちがみんなで――コーラスで――その台詞を言うんです。みんな手には『デイヴィッド・コパフィールド』を持っていて、ページをぱらぱらめくりながらこう言う。**私が自分の人生の女主人公《ヒロイン》であるかどうか、あるいはその立場《ステーション》は他の誰かに取られてしまうのか。それは以下のページで明らかになるだろう。**

母は若い頃に女優をしていたのだと延々と話す。というのも、母がかつて女優としてのどかな夏を過ごした土地に客の二人が今から車で向かうと聞いたからだ。

不思議ね、と彼女は言う。今朝まで何十年もずっと思い出したことがなかったのに。というのも今朝、テレビを観ていたら、知り合いが出てたんです。何十年も前の、女優時代の知り合いが。サシャが学校に行くって家を出た後、ここに座って昔の知り合いとか昔の出来事をあれこれ思い出してた。ある年、サフォークでとても素敵な夏を過ごしたことも思い出した。偶然にも、あなた方が今からそこに向かうとはね。

サフォーク?とロバートが言う。それってノーフォークの近く?

そうよ、とシャーロットが言う。ノーフォークの隣。

そう言って彼に微笑む。

その微笑みのせいで、彼は次の言葉を嚙んでしまう。

クロ、クローマーってそこから近い?と彼は言う。

姉がまた含み笑いをする。

シャーロットと一緒に来た男は、亡くなった母親の昔の知り合いの居場所を突き止め、これからその人物に会いに行くらしい。

ご愁傷様です。お母様はいつお亡くなりになったんです?と母が言う。

彼らはその母親が亡くなったときの話を始める。一年以上前とか、大昔の話だ。

妥協を許さない人でした、自分のこともあまり話しませんでした、と男は言う。だからこんな遺言を残したのは驚きでした。これほど具体的な頼み事をするなんて。

お母様は弁護士に遺言を預けていたんです、とシャーロットは言う。ある男性の家族を探してほしいという遺言。アートからその家族に一つの遺品を届けてほしいということでした。

生前にそんな人の話は聞いたことがありませんでした、と男は言う。少なくとも僕の記憶では。とにかく頑張って調べてみたら、一九六〇年代に作詞家だったらしくて、情報が見つかりました。しかもまだ存命なんです。だからこれからその人に会いに行きます。

今から向かう場所の海岸ってどこの海？と姉が訊く。

北海、とロバートが言う。

北海って実際、ていうか水に関して言うと、英仏海峡とは何か違う？と姉は言う。それとも、イギリスを囲む海は全部同じ水でできてて、場所によって呼び名が違うだけ？

姉は無知だ。

いい質問ね、とシャーロットが言う。

ロバートは、自分もそれがいい質問だと思っているように見せるため表情を変える。

ああ、サフォークは素敵、と母は言う。背の高い麦の畑。黄金色の海の波みたいに揺れる麦の穂。見上げた空も、遠くに見える海も青い。青を背景にした黄金色。

季節はまだ小麦には少し早いですけどね、と男は言う。

あの夏、私は自分が死ぬ気がしなかった、と母が言う。

ずいぶんいい夏だったみたいですね、グリーンローさん、とシャーロットが言う。

グレースって呼んで、と母が言う。あ、そうそう。こんなこともあったわ。あの頃私たちは日焼けした肌に憧れて、ガーデニング用の霧吹きで肌にオリーブオイルを塗って日焼けを促したものよ。今考えると本当に馬鹿なことをした。でも、いい夏だった。すばらしい夏。刈った草の匂いも覚えてる。

母は幼稚だ。

昔のロバート〔・グリーンロー〕（声に出さずに）：夏なんて糞食らえ。楽しいことがあるのを期待しても一度もそうなったことがない。天気は大体糞だし、たとえ暑くなったとしても、それはそれで糞みたいな天気。暑すぎて何もできない。木の葉もしおれて一週間ごとに色が悪くなって汚らしくなる。どこもかしこも糞と病気の臭い。どこのごみ箱も腐った牛乳の臭い。夏の間はずっと、街の狭い道路をのろのろ走るごみ収集車を追い抜くことができずに、その後ろを自転車で付いていかされてるみたいな気分だ。

新たなロバート（声に出して）：アインシュタイン。向こうに行ったことがあるんだ。

アインシュタインが？　サフォークに？とシャーロットが言う。

ノーフォークに、とロバートが言う。自分の足で。一九三三年のこと。

そのとき誰かが何かを言う。シャーロットはその誰かの方を向く。

二人の客は出発の準備を始める。二人は立ち上がり、別れの挨拶をする。

ロバートの内臓は小鳥のように暴れる。

いや、本当にお会いできてよかったです、と二人の客は言う。

彼女が出て行く。ここを去る。

電磁力学から磁力が失われる。

胸が痛くなる。

そして自分の目が丸くなるのを感じる。

万物の基礎構造について議論の余地のない純粋な事実を彼は今知る。二つの量子が一度もつれると、その後片方に変化が起きたときには、他方が宇宙のどこに行こうと、そちらにも必ず変化が起きるのだ、と。

でも、どうして量子にそんなことが分かるんだろう？　もつれが起きたか起きてないか、どうやって量子は知るのか？

片方はたぶん三十歳。

ロバートは十三歳。

無理だ。

あと数年（少なくとも三年）は無理。

いずれにせよ、肉体的な関係のことを考えているわけではない。

これは純粋な愛だ。

ロバートが世界には自分以外の人もいるのだと考えたのは初めてのことだった。

じゃあ、長く暗い年月が二人の間を隔てているとき、やっと見つけた人をもしも見失ったらどうやってもう一度見つけたらいいのだろう？

アインシュタインが自分の顔の前に鏡を構えながら光の速度、すなわち秒速三十万キロメートルで移動して、それと同じ速度で顔から光が放たれたら、アインシュタインは鏡の中に自分の顔を見ることができるだろうか？

鏡を使った有名な思考実験では、アインシュタインの顔から放たれた光が問題になる。

つらい。

これはロバートが自分に課した思考の中で最もつらいものの一つだ。アインシュタインの顔から放たれる光。そんなことを考えながらベッドの中で眠れずに悶々としたことがある。

でも今まで――この日まで――彼は本当の意味で理解したことがなかった。より正確に言うなら、何も理解していなかった。光、速度、エネルギー、鏡、顔といった言葉や現実が実際には何を意味しているのかを。

光が去ろうとしている。

ロバートの顔から離れようとしている。


三十分後、光はまだそこにある。

ふぅ。

！

彼女はそこに立っている。彼は手を伸ばさなくても彼女に触れられる（そんなことはしないけれども）場所にいる。

妙な展開だ。でも結局、部屋の扉と玄関扉との間に集まって、みんなで（次々に別の話に注意を向けているロバートは除いて）一斉にしゃべっている——あまり口を開かない男までが。

男はファーストネームが本当に英雄《ヒーロー》という人物の話をしている（この人物については『春』一四四頁、一五〇頁以下も参照）。その人はこの近くの空港脇にある刑務所に入っている。男は一昨日、その人に会いに行った。シャーロットと一緒に。男は姉に、空港の刑務所に入れられている人に会うのがどれだけ難しいか、また英雄《ヒーロー》という名前の人が収監されている皮肉について話している。そして同時に、英雄《ヒーロー》という人が、無実であるにもかかわらず収監されている状況をしのいでいる様子がまさに英雄的だと説明している。

その人は元いた国でブログに政府の方針と異なることを書いたせいで、政府に雇われたごろつきどもにボコボコにされた、と男は言う。そして政府に雇われたごろつきどもにボコボコにされたってことをまたブログに書いたら、今度は連中が命を狙ってるという噂を聞いて、国を離れざるをえなかった。

その間、母はシャーロットに電力メーターボックスを見せている。箱の扉はまだ蝶番から外れたまま、コートハンガーに立てかけてある。母は続けて、買い物から帰ってきたら玄関が大きく開けっ放しになっていたときのことを話し始める。出かけるとき、二つある鍵を両方掛けたことは間違いないのに。だから、二人の子供のどちらかが早引きして家に帰ったのだろうと思った。ところが、そうではなかった。入り口のところに、SA4A電力の男二人と鍵屋、そして執行吏が一人立っていた。

その人たちが扉を勝手に開けたんですか？とシャーロットが言う。許可なく家に入ったってこと？

しかもここは私の家なのに、私を中に入れてくれなかったんです、と母は言う。ここは私の家ですって私は言ったんです。あなたたちは誰？って。そうしたら、おたくがヌレエフさん？って。そんな名前の人はこの家にいませんって私は言った。そしたら、いつからここにお住まいですか？って。おおよそあなたが生まれた頃からずっとって言ってやった。すると彼らは私に、R・ヌレエフさんって人がここに住んでるという書類のコピーを見せた。ヌレエフさんは一年以上料金を滞納しているからプリペイド式の電力メーターに取り替えてるんだって言うんです。

シャーロットはロバートの方をちらっと見る。

僕じゃないよ、と彼は言う。

私はその人たちに自分のSA4A電力の口座を携帯で見せた、と母は言う。いつも通り完璧に支払い済みの口座。それでも信じてもらえなかった。SA4A電力に電話をかけて、私が契約者であることを自動音声で確認しても、会社のコンピュータファイルのどこかに、ヌレエフさんがここに住んでるという記録があるから駄目だって。そんな人は架空の存在、いるわけないのに。いるとしたらロイヤル・バレエ団（ソ連生まれの有名なバレエダンサーにルドルフ・ヌレエフ（一九三八―一九九三）がいる）。執行吏とSA4Aの男が文字通り扉をブロックして、ていうか入り口に立ちはだかって、両腕で通せんぼをしたのよ。そしてようやく、やりかけていたすべての作業が終わると、また私に付き添うように家の中まで入ってきて、私が引き出しから私たちの名前が書いてある電力会社との契約書を探し出す間、両脇に立って待ってた。やっと契約書を見せたら今度は、あなたはどう見てもミスター・ジェフリー・

グリーンローではありませんねって言って、私を家から追い出したのよ。

だから私はジェフを呼んだ。でも、ジェフがここに来て自分のパスポートを見せても、連中は新しいメーターを外して元のメーターに戻すことは拒否した。結局そのまま、SA4A電力のトラックに乗り込んで帰って行った。

しかも周りのペンキまでかなり剝がれちゃった、ほら、ここところ。それが去年の九月の話。なのに今でもSA4Aの自動音声を相手にあれこれやりとりを続けてる状態。

アートは以前、SA4Aで働いてたんです、とシャーロットが笑いながら言う。そうよね？

シャーロットは笑うととりわけかわいい。ロバートは男の首のあたりから耳まで真っ赤になるのを見る。

そして、自分の耳も気づかない間に赤くなったりして人に見られているのではないかと不安になる。

給料はすごくよかったよ、と男は言う。

SA4Aはよその町でホームレスの人をバスに詰め込んでここに連れてきている会社、と姉は言う。

何をしているって？と男は言う。

友達から聞いた話なんだけど、と姉は言う。ホームレスの人を北の町から連れてきているらしい。ここの人はよそよりもホームレスの人にたくさんお金をあげるから。つまり政府としては、そういうことをしてれば道端で死ぬ人が増えなくてすむってこと。

サシャ、と母が言う。さすがにそんなことはありえない。

確かな筋から聞いた、と姉は言う。

政府がそんなことを許すわけがない、と母は言う。

ロバートはしばしば姉の後を付け回しているので、彼女が街にいる老いたホームレスと時々話をしているのを知っている。姉はひょっとするとその老人と寝ているのではないかとさえ考えている。でも、本人には何も言ったことがない。この秘密はいざというときのために切り札として取ってある。姉の持つ弱みはロバート〔・グリーンロー〕にとって銀行に預けたお金同然だ。

――SA4Aで働いていたときは結局一度も会社の人に会ったことがないし、誰とも話をしたことがない、と男は言っている。

男はロバートが少し前に見た帆布製鞄を肩に掛けて、数分ごとに持ち替えている。

鞄の中身は何?とロバートが言う。

重そうだけど、と姉が言う。

うん、重い、と男が言う。

それがアーサーに預けられた遺品、とシャーロットが言う。見せてあげたら、アート。私たちが先方に今日届ける品を。

男は鞄から石を出す。

わあ。すごく大きなビー玉《マーブル》、と姉が言う。大きなビー玉大会ができそう。

本物のマーブルよ、つまり、材質のことだけど、大理石《マーブル》、とシャーロットが言う。

これが母の遺言にあったものなんです、と男が言う。とは言っても、最初に遺言を読んだときには何のことを言っているのかさっぱり分かりませんでした。**私の所有品の中にある滑らかで丸い石**。そんなものは見つかりませんでした。アイリス伯母さんは母と一時期一緒に暮らしていたので、僕から尋ねてみたんですが、やっぱり知らないと言って。その後、衣装部屋にあった母のものを慈善《チャリティー》ショップに持っていこうと思って整理していたら、たくさんある靴の下からこれが出てきました（『冬』二六七－二六九頁参照）。それ以来、あちこち持ち歩いてるんです。ずっしりした感触が快感になってきました。

ちょっと被虐趣味《マゾヒスト》、とシャーロットが言う。

ロバートは被虐趣味《マゾヒスト》という単語をポルノサイトと〝虐待の山《アビューズヒープ》〟で何度も目にしている。だから顔が赤くなる。

そんなことはないよ、と男は言う。でも、手放すときには寂しいだろうね。持ち歩くのが楽しくなってきたから。あ、それで思い出した。改めて考えると、僕が知らないことがいろいろあるってこと。母についてまったく知らなかったことが。

ロバートは姉と視線を交わす。姉も明らかに怪訝な表情だ。

思い出。それは時に重い、とシャーロットは言う。

時にはとても軽い、と母が言う。

とにかくこれを渡しに行くんです。母の思い出の品。石。母の望みに従って、と男は言う。

皆は少しの間黙る。

そして開いた玄関扉のところに立つ。

でもそこから動かない。

奇跡のように感じられる瞬間だ。

もしもロバートがもっと幼ければ、何か磁力のようなものが働いているせいで誰も家を離れることができないのだと思っただろう。動きだすためには、呪いを解かなければならない、あるいは運命を果たさなければ、あるいは何かの条件を整えなければならない、と。

とにかく、彼らはただそこに立ち尽くしている——扉は開いていて、皆コートを羽織っていて、シャーロットは車のキーをぶらぶらさせているけれども。彼らはただ立っている。皆そのまま、じっと立っている。寒い中、部屋の扉と玄関扉との間で。

元の旦那さんのおうちはどっちですか？とシャーロットが訊く。アシュリーと暮らしている家は。

母は父の家の玄関を顎で指す。

反対の家に住んでいる男の人は、と母は反対側の家を指して言う。去年の夏、裏庭のフェンスのところで私を呼んで、旦那さんと話をさせてもらえますか？って訊いたの。用件は何ですかって尋ねたら、おたくの木のことで話がしたいって。うちの庭のことなら旦那じゃなくて私の問題だから、私に訊いてくださいって言った。そうしたら、いやいや、ぜひ旦那さんと話をさせてくださいって。だから私はジェフに電話をした。土曜で家にいたからすぐに外に出て来た。するとお隣さんは、私が目の前に立ってるのに、その頭越しにジェフに大きな声で呼びかけた。おたくの木を切ってもらいたいんです、って。どうして、って私たちは言った。だってうちの木は隣に何の影響も与えてないんだもの。隣の日当たりにも関係ないし、隣の敷地に枝がはみ出しているわけでもない。ちっとも。普通のきれいな古い木。トネリコ、ナナカマド、リンゴ。するとお隣さんが言うの。要するに私は忙しいんです。仕事をたくさんしてるものだから、庭いじりができるのはせいぜい週に二、三時間しかない。だから、自分の木を植えるために、おたくの木は切ってもらいたい、って。だから私たちは言いました。おたくが自分のところに木を植えるのを誰も邪魔しちゃいませんよ、植えればいいんじゃないですか、何が問題なんです？って。するとお隣さんはこう言った。窓の外に目をやったときに自分の家のじゃない木が見えるのが嫌なんです、って。

母とシャーロットと男は隣人関係の難しさについて話をした。

それからシャーロットが一つ思い出したことがあると言った。アシュリーの件で。

昔、前世紀の中頃にある監督が作った映画があるんですけど、それがとてもいい作品なんです、と彼女は言う。映画のテーマはたぶん心的外傷《トラウマ》で、内容がすごい。つまり、しゃべらないことをメインに扱った映画です。仲のいい二人の男がいて、二人とも聾唖《ろうあ》者で、他の人みたいにしゃべることができない。だから自分たちの間だけで通じる方法を編み出すんです。一人はやせて長身、もう一人は小柄でずんぐり。まったく違ったタイプの二人だけど、これほど強い結び付きは他にない。

映画は第二次世界大戦のすぐ後——五〇年代の初め——にイギリスで作られたものだと彼女は

皆に説明する。二人の男はロンドンの埠頭近くで、爆撃された風景の中を歩き、そこで生き、働く。映画はこういう複雑な事情を、言葉を一つも使わずに説明するんです、と彼女は言う。ちょっと待って。アート。携帯貸して。イギリス、フリー・シネマ。監督はイタリア人。「フリー・シネマ」運動創始者の中でただ一人の女性。マッツェッティ、ああ、うん、ロレンツァ・マッツェッティ、この人——あ。ああ、何てこと。

彼女は携帯の画面をじっと見る。

亡くなったんですって、と彼女は言う。

あら、と母が言う。お気の毒に。

一か月前、お正月に、とシャーロットは言う。ローマで。九十二歳だったそうです。ああ。

シャーロットの顔は悲しそうだ。

お気の毒に、と母が再び言う。ご存じの人だったんですか?

いいえ、とシャーロットは言う。いいえ、直接は知りません。全然。

でも大往生ですね、と母が言う。九十二歳だったら。

驚くべき人生、とシャーロットが言う。ロレンツァ・マッツェッティ。本当に。

彼女は男に携帯を返す。

映画のタイトルは『一緒《トゥゲザー》』、と彼女は言う。

そしてロバートを見る。

あなたから教えてあげて、と彼女は言う。アシュリーに。この映画のことを教えてあげて。パワフルな物語だって。観ればひょっとして、うん。何か変わるかも。私からのお願い。忘れないで。

うん、とロバートは言う。会ったらすぐに話す。絶対忘れない。ロレンツァ。マッツェッティ。一緒《トゥゲザー》。

芸術が人を救うことはよくある、と母は言っている。でも、必ずってわけじゃない。ていうか、世界で最も美しい言葉が私の中に入って、口から出たことだってある——あり余ったビタミンCみたいに。でも、当時の私は若くて馬鹿だったから、そんなものはただの言葉だと思ってた。効果を狙った言葉。自分の力が観客の心を動かすのを見たくて台詞をしゃべってた。私は死者を演じた。生き返る死者の役。二週間のあいだ、一日置きによみがえるの。あの夏、街から街へ。サフォークで。

あなたにとっては不滅の夏ですね、と男が言う。

そのときロバートが唐突に言う。

僕も行っていい？　サフォークに。

馬鹿言わないで、ロバート、と母が言う。

いいじゃないですか、と男が言う。もしも来たかったら。車には充分乗れますよ。

いいアイデアね、とシャーロットが言う。皆さんでどうですか？

この子が失礼なことを言ってごめんなさいね、と母が言う。この子をサフォークに行かせるわけにはいきません。学校があるから。

いいね、私もどこか行きたい、と姉が言う。

皆さん余裕で乗れますよ、とシャーロットが言う。

母は笑いだす。

私が笑ってるのは娘が車でどこかに行くなんて珍しいことを言うからですよ、と母は言う。

電気自動車だもん、と姉は言う。

さっきはみんなって言いましたけど、アシュリーと元の旦那さんまでは乗せられないと思います、とシャーロットが言う。

うれしい、と母は言う。羽を伸ばそうなんて、ご親切に。素敵な考えです。ありがとうございます。でも無理。サシャの手がこんな状態ですから。

手は大丈夫、と姉が言う。手も行きたがってる。

駄目駄目。成り行き任せでそんなわけにいかない、と母は言う。

いいじゃないですか?と男が言う。人生は一度きり。いや、あなたの場合は二度ですね。二週間、一日置きに生き返ったんだから。

皆が笑う。男は最初驚いて、その後うれしそうな顔になる。

でも私たち、お互いのことをほとんど知りませんよね、と母は言う。

僕はこんな人生観を持ってるんです、と男は言う。赤の他人やよく知らない人と世間話や人生を語り合った時間は時にとても有意義だ。場合によっては、それが人生を変えることもあるって。

そうね!と母が言う。その通りだわ!

そう言って顔を赤くする。

ロバートも姉もそれに気づく。

いいえ、私には子供たちを学校に行かせる責任があります、と彼女は言う。それに私たちが泊まるところはどうするんです？　それから、ほら――いろいろなことをどうします？

手がこの状態だから、私は今日は学校へ行けない、と姉が言う。

じゃあ、サフォークにも行けないわね、と母が言う。

明日は土曜だから、とシャーロットが言う。向こうに泊まったらどうですか。どこか海の近くに。それで、のんびりしてから列車で帰るとか。

でも、ここもそもそも海のすぐそばですけどね、と母が言う。

ここと違う海だもん、と姉が言う。

まあね、とシャーロットが言う。

けど、あなたたちはいろいろやることがあるんですよね、ご家族の用事で、と母が言う。お邪魔するわけにはいきません。

僕が会いに行くのはまったく知らない人です、と男は言う。一時間かそこらかな。とにかく。皆さんはお好きなようにしてください。どこでも途中で別行動ってことで構いません。風景を見ていて気に入った場所で別れる形でも。

正確にはどちらにいらっしゃるんですか？と母が訊く。

男はロバートが聞いたことのない地名を口にする。

ああ、それは知らない場所ですね、と母は言う。

シャーロットはロバートが聞いたことのない別の地名を言う。母は絶頂《オルガスムス》に達したように振る舞う。

そこそこ！　ずばりだわ！と母が言う。

じゃあ、そこがかつてよみがえる死者を演じた町ですか？と男が言う。

そうです、と母が言う。驚いたわ。いろいろな町がある中で、あなたたちが今からそこに行こうとしてるなんて。しかも今日。

母はしなをつくっている。

どうぞご一緒に。死ななかった夏の話を聞かせてください。車の中で。そうすれば、外は二月だけど車の中は夏だ、と男は言う。

男も母を誘惑してるのか？

うまいこと言いますね、と母が言う。

だって著述家《ライター》ですから、とシャーロットが言う。それからあなた、と彼女は言う（そう言いながらロバートの肩に一瞬手を置くと、ロバートの全身に電気ショックのようなものが走る）。あなたは砂時計と接着剤の話をそろそろみんなに聞かせてね。

何の話ですって？と母は言う。

シャーロットは知ってるんだ。

僕がろくでなしだと彼女は知っている。

彼の心は一気に落ち込む——深い水に沈む石のように。

そのときシャーロットが彼に向かってウィンクをする。

その瞬《まばた》きで世界は再び可能性に満たされる。

母は接着剤の話を忘れ（ありがたや）、徐々にその気になる。朝の十時半に時間や想像力の性質について人と話をして、成り行き任せの若い頃の気分を思い出し、ふと車で旅に出てみよう、と。

彼女は泊まりの用意をさせるため、ロバートとサシャを家に戻す。

本当にごめんね、と彼は階段の途中で姉に言う。けがにつながるとは思わなかった。お願いだから秘密にしておいて。

一生うらむ、と姉は言う。私の手には死ぬまで傷跡が残るんだから。

今日の一針っていうのは最高にうまい一言だったね（宥和策）。でも、これでお姉ちゃんは僕のことを忘れない。それを見るたびに僕のことを思い出す。手の傷を見るたびね。

あんたって本当に馬鹿なろくでなし、と彼女は言う。それでリモコンは一体どこにやったの？

投函した、と彼は言う。

はあ？と彼女は言う。

まず封筒に入れて、と彼は言う。それから父さんのコレクションにあった切手を貼って——

切手シートのやつ？と彼女は言う。どのシート？

戦争物。二〇一五年の『スター・ウォーズ』の切手が四枚と、『ダッズ・アーミー』の切手が三枚。

父さんに殺されるよ、と彼女は言う。きっと殺される。一体どこに送ったわけ？

欺瞞《デセプション》島。

存在しない場所宛てに送ったの？と彼女は言う。

デセプション島っていうのは実在する、と彼は言う。ちゃんと調べたんだ。**地上でいちばん辺鄙な場所**って調べて出てきた場所の一つ。南極にある島で中が空っぽ。火山のてっぺんみたいに、島の真ん中が穴になってる。島自体が火山のてっぺんだから。いつ火山が爆発するか分からないから無人島なんだけど、百年前とかの古い捕鯨基地がある。でも全部壊れてる。海岸のそこら中に鯨の骨はあるけど、何にもない島。鳥はいる。カモメとミズナギドリ。ペンギン。アザラシとその赤ん坊。

あなたはプラスチックの塊をそれが何の役にも立たない場所に送ったわけ？　ただじっとそこに放っておかれて、腐ることもなくて、永遠にごみのままであり続ける場所に？と彼女は言う。あんたの馬鹿な気まぐれのせいでわざわざ飛行機でそれを配達しないといけないわけ？

彼は肩をすくめる。

頭おかしいんじゃないの、と姉は言う。で誰に送ったの？

クジラノ・ホーネ様、と彼は言う。

姉は階段の真ん中で立ち止まり、包帯を巻いてない方の手で手すりをつかまなければならない。

突然、大笑いを始めたからだ。

あんなふうに姉を笑わせることができたのは、今まででいちばんうれしいことの一つだ。

二〇二〇年五月一日

親愛なる英雄様《ヒーロー》

私はあなたの知り合いではありません。私たちは互いに見ず知らずです。しばらく前に、施設に入れられているあなたの話を友達から少し聞きました。それをきっかけに、あなたと仲良くなろうと思って、お手紙を書いてみました。

最初に言いたいのは、このひどい時代にあなたが元気で過ごしていらっしゃいますようにということです。

この手紙は友達経由で送っています。聞いた話では、あなたは六週間以上、密閉された箱に入った状態でイギリスまで来たそうですね。あなたが微生物学者だということや、こちらに来てからは倉庫で冷蔵庫を梱包材で包む仕事をしていたという話も聞きました。

そして、三月に健康上の理由で外に出された収容者もいたけれど、あなたはその対象にならなかったこと、またあなたが施設に入れられてからもう三年近くになるということも聞きました。

あなたが手のひらに収まるくらい小さな辞書を使って独学で英語を勉強したという話だけでなく、あなたが前回私の友達に送った手紙には不眠症、積乱雲、施設内の雰囲気のことも書かれていたと聞きました。窓が不透明だから外が見られなくて困っているそうですね。鳥や野生動物が好きなのに、房の窓はガラスでなく不透明なプラスチックで、しかも開かないと聞きました。

私は十六歳で、ブライトンに住んでいます。あなたがまだ施設にいるなら、そこからおおよそ五十キロくらいのところです。

私は素敵な学校に通っています――ウイルスのせいで今は休みだけど。学校は大好き。学校に行けないのはとても残念です。今、自分がどれだけ勉強が好きなのかを実感しています。今は以前と同じように勉強できなくなったから。

私には弟がいます。弟と一緒にいると頭がおかしくなりそうです。弟はロックダウンが大嫌いなので、最近は特に厄介です。動物みたいな振る舞いはやめて、ちゃんと論理を使いなさい、と母はいつも弟に言っています。動物と言えば、私は将来、獣医になるための勉強をするつもりです。ちゃんとした獣医の資格を取って、弟を診察するのが夢。冗談ですよ！　うん、でも、野生動物のことを気に懸けているというのは本当です。私にとっては何よりも環境が大事。私の不眠症の原因は現在行われている環境破壊なのです。

とはいえ、あなたが置かれている不法な状況を考えると、本当のところ、私には不眠になる権利はないですね。

英雄《ヒーロー》さんにどんな手紙を書いたら少しでも役に立てるのか?と私は考えました。

その結果、アマツバメについて書くことにしました。

アマツバメが一年のうちある時期はアフリカ、また別の時期はイギリスやヨーロッパやスカンジナビアで暮らす鳥であることはたぶん既にご存じですね。そろそろまたアマツバメがイギリスに来る季節です。というか、少なくとも私の希望としては来てもらいたい。去年は五月十三日に来ました。ブライトンは、イギリスに戻ってくるアマツバメを最初に見られる街の一つです。アマツバメは夏を連れてくる鳥だという意味で、母はいつもこんなことを言っています。〝アマツバメが来るときと去るときが、夏の始めと終わりの区切りだ〟と。母はどうやら祖母にそう教わったらしくて、祖母は曾祖母からそう教わったみたいです。だから私には、アマツバメがちょっとだけ空飛ぶ瓶入りメッセージみたいに思えます。私の好きな詩人エミリー・ディキンソンの詩があって、そこには、ヒバリの体を切り裂いたらどうなるかが書かれています(私がここで説明するのよりももっと詩的な言い方ですけど)。同じようにアマツバメを切り裂いたら(もちろん比喩です)巻紙に記されたメッセージが出てくる場面を私は思い描くことがあります。そこにはこう書かれています。

夏。

ご存じない場合のために書いておくと、アマツバメというのは空高くを飛ぶ黒い矢みたいな姿をした鳥です。実際にはグレーっぽい色で、顎の下には少し白い部分があります。小さな美しい頭はレーサー用ヘルメットみたいな形で、黒いビーズみたいな目はとても賢そうです。

学名はアプス・アプス。〝脚がない〟という意味です。脚がないように見えることからこの名前が付きました。実際には、建物や岩にしがみつくように進化したとても小さな脚があります。アマツバメは流体力学的な体型をしています。つまり、他の鳥に比べると大きな脚は必要ありません。生涯の大半を空中で過ごすので、体はかなり小さいのですが、体の大きさとの比率で言うと翼は空を飛ぶ鳥の中で最大です。

アマツバメは飛びながら餌を取ります。食べるのはハエや昆虫。針を持った虫をそうでないものから見分けられるように進化しています——たとえば実際、ドローンをそうでない個体と見分けることができます。ドローンというのは雄蜂のことで、カメラと爆弾を積んだ無人機のことではありません。アマツバメは飛びながら雨水を飲んだり、着水せずに川面の水を飲んだりします。そして眠るのも飛びながらです。アマツバメの脳は片側が起きている間に、反対側をシャットダウンして休ませるのです。

でも驚くべきことはそれだけではありません。アマツバメは悪天候に邪魔されなければ五日間で約五千キロを飛ぶことができます。彼らは生まれたときから地磁気を利用して、行き先をかなりはっきりと把握しています。年間の平均飛行距離は約一万九千キロから二万一千キロ。あんなに小さな体でです。

私は毎日空を見上げてアマツバメが現れるのを待っています。そうでなくても今年はひどいことばかりなのに、ギリシアから入ったニュースによると、四月の初めに北に向かっていたアマツバメが数千羽、強風で死んだそうです。

どうして人は、そんな目や脳の仕組み、空を飛ぶ鳥の形よりも重要なものがこの世にあると思うのでしょう？

さて、英雄《ヒーロー》さん、もう既に一通の手紙にしては長く書きすぎてしまいました。退屈させたならごめんなさい。私は開けた地平線をあなたに見せてあげたかったんです。このロックダウンの期間中、私が正気でいられたのはアマツバメのおかげでもあったから。

でも、その前から不公正な扱いを受けている人たちの不当な暮らしに比べれば、ロックダウンなんて何でもありません。

また近いうちにお手紙を書きます。

まだ互いに会ってもいませんが、心よりあなたの健康を祈ります。

そちらの窓が全然役に立たないのは知っていますが、たまにはきっと庭に出ることがありますよね？

もしもアマツバメが飛んでいるのを見つけたら、あなたのことを思い、あなたの健康を祈っている見知らぬ人からのメッセージをその鳥が携えていることを思い出してください。

あなたの友人、
サシャ・グリーンローより

2

というわけで、再び古い映画の一場面を。

二人の若い男――一人は小柄でずんぐり、もう一人はやせて長身――が瓦礫の転がる広い場所を歩いている。頭上の空は灰色で、二人の向こう側に見える街と空との境界線は壁と煙突ばかり。二人は会話に夢中だ。しかし二人とも聾啞者なので、瓦礫の中を歩きながら、熱のこもった様子で手を動かし、互いの口と表情を見て会話をしている。

電柱のてっぺんで見張りをしている十歳くらいの少年が油の缶や樽の山に登っている他の子供たちに向かって、私たちには聞こえない声で何かを叫ぶ。子供たちは二人を待っていたようだ。少年は電柱から下りる。子供たちは壊れた塀から飛び降り、樽の山を下りる。爆弾のせいで何もなくなり煉瓦だけが転がっている空き地を子供たちが走り、二人の男の背後に集まる。二人は子供たちに気づかず、街のこの一角で瓦礫の間にきれいに残っている道路の上を歩く。子供たちの中には男の子ばかりでなく女の子も混じり、小さなギャング団になっている。

子供たちは最初、カメラに向かって叫ぶ――私たちには聞こえない侮蔑の言葉を、笑いながら。次に変な顔をして、舌を出す。一人は頭の上に角のように両手を構え、指先を振る。彼らは笑いながら逃げ出す。他の子供たちがカメラに駆け寄る。あかんべえをして、鼻を潰して、舌で下唇を押し出す。一人の女の子は両耳に親指を差し入れて、手を巨大な耳のようにひらひらさせる。

子供たちはふざけた行列のように二人の後ろを歩く。そして二人の歩き方をからかう。子供たちは笑い、反《そ》っくり返り、爆撃によって壁に穴が開いた長屋の脇をわが物顔で歩く。そこにさらにたくさんの子供が加わる。一人の少年が空気に向かってパンチを食らわせる。

互いに夢中で話しながら歩いている二人の男は背後にいる子供にも、背後で起きていることにもまったく気づかない。

二人の女――一人は若いが既にやつれていて、もう一人は無表情な中年――がその様子を見ている。二人は腕組みをしたまま長屋にある一軒の閉じた粗末な扉の前に立っている。特に男たちが帽子の縁に手を触れて挨拶するとき、二人の女は何か言いたげだ。女たちは私たちに聞こえない言葉を交わし、隣の家の開いた玄関扉の中に入る二人を無表情に見送る。それからまた私たちには聞こえない言葉をさらに交わしてから、何かの決断をしたように互いにうなずく。

ある晴れた夏の朝、ダニエル・グルックは荒れた野原で木造小屋の背後に立っている。そこはつい最近まで射撃練習場だった。足元に落ちていたぼろぼろの紙切れのようなものを拾い上げて広げると、それは人間の形――肩？　肩と首？――をした的《まと》だ。

アスコット。

すっかり意味が変わった単語――そして地名。それは今ではまったく意味が異なる。今では何もかもがまったく違うものを意味している。この野原も明らかについ最近までまったく違うもの――小さな森――だった。地面には爆弾で穴が開き、それがまだ風化せずに生々しく残っている。木は一本だけしか残っていない。他は根こそぎにされた。

野原の真ん中に一本だけ残された木の下に父はいるのだろう、とダニエルは思う。木の下には日差しを避けようとたくさんの男が集まっているので、そこにはもう人が加わる余地がない。

周囲に他の日陰はない。

木造の建物がいくつかあるが入ることはできない。立ち入り禁止。他に行く場所はない。他にすることもない。

朝一番にするのは、メインゲートのところで牛乳配達のカートを待つこと。

その後は一日中何もすることがない。

牛乳配達の男は今まで毎日ニュースを届けてくれた。しかし昨日のニュースも今日のニュースも、二日前、三日前のニュースと変わらなかった。

ドイツ軍によるパリ占領。

(ハンナはまだパリにいるかもしれない。

確かなことは知りようがない。)

というわけで。

ここにあるのは就寝用の建物とトイレの臭いだけ。

いや、強い日差しもある。選択肢は三つ。新たに設けられた有刺鉄線の柵に沿って日差しの中を歩いて端から端まで往復するか、就寝用建物のそばで日差しの中に立つか、荒れた野原の中で日差しの中に立つか——これが彼が今いる場所だ。

柵に沿って歩くには暑すぎる。

ブーツを履いて過ごすには暑すぎる。

常にブーツを履いておけ。ブーツを履くんだ。必ずいつか必要になる、と父は言った。温かい服を用意しておけ。聞いてるか?

夏の晴れた日の朝。この日も雲はない。空はいつも青く、点呼に並ぶ人々の上に照りつける。三十分後、晴れた夏の青空は、頭のてっぺんをこんがりと日焼けさせる。

彼の帽子は二日前に行方が分からなくなった。

誰かがかぶっていないか、片方の目で皆の頭を見渡す。もう一方の目は、仮に帽子を見つけても騒ぎ立てることをせず、〝まあ、いいか〟で済ませる準備をしている。

彼が壊れた柵柱にもたれると、木のぬくもりが手に伝わる。

最高の天気だ、と男が横を通り過ぎながら言う。

毎日、とダニエルは言う。

彼は反対の手の中で丸まっている標的の紙を見る。手を振ってそれを広げると、かなり厚い紙で、まだ使えそうだ。

そしてそれを頭の上に掲げる。使える。

彼は柵柱にもたれ、縁に沿って紙を折り、もう一度折る。そういえば昔はよく、紙を折って舟を作ったものだ。運がよければ足りるかもしれない。

彼は紙を広げ、もう一度最初から折り始める。

月曜の朝、彼が二階から朝食に下りてくると、ウィリアム・ベル——制服は着ておらず、日曜の教会に行くときのようにスーツの上着を羽織り、ネクタイを締めていた——が父と一緒にテーブルで紅茶を飲んでいた。朝の七時四十五分に形式張った社交的な訪問。開けっ放しの玄関扉の外では、蜜蜂の羽音の中で、別のウエストサセックス州警察官が父のセキチクとバラのそばで話が終わるのを待っている。そちらの男は長いレインコートを着ている。この天気のいい日に。

君のことだ、ダン、とウィリアム・ベルは言った。そろそろ家を離れてもいいだろうと思ってな。海軍。どうだ?

海軍はこいつを欲しがったりしませんよ、と父は言った。尿検査の結果、糖尿でしたから。

僕は糖尿病じゃない、とダニエルは言った。あの検査結果は謎なんだよね。

とにかくこいつはお荷物になるだけです、と父は言った。

今のところは、とダニエルは言った。

父はティーポットを振ってダニエルにも紅茶を注ぐ。

ほら、朝食だ、ダニエル、と彼は言った。

さっさと食べろ、と彼はダニエルに鋭い目を向けながら抑えた声で言う。

二人とも、ゆっくり食べてくれ、とウィリアム・ベルは言って、両手を頭の後ろで組んだ。

ウィリアム・ベルがわざとらしく〝ゆっくり〟と言ったのは〝急げ〟という意味だ。

ちょっとだけ尋ねたいことがある、とウィリアム・ベルは言った。時間は取らせない。

二階に行って荷物を取ってくる、と父は言った。二分ください。

ああ、荷物なんて必要ないぞ、ウォルター、とウィリアム・ベルは言った。お父さんは荷物を持たなくていいんだからな、ダン。チャールトン通りまで行くだけだ。昼には戻る。

父さんは分類《カテゴリー》Cの人間です、とダニエルは言った。

聞いた話では、誰彼構わず分類《カテゴリー》Cらしいぞ、とウィリアム・ベルは言った。どうやらもはや保護地域外国人規則だけの問題じゃない。一律でみんな分類《カテゴリー》C。心配無用だ。ちょっと質問するだけだと聞いてるから。紅茶を飲んでしまってくれ、ウォルター、時間はたっぷりある。

僕も一緒に行っていいですか?とダニエルは言った。

いいぞ、坊や、とウィリアム・ベルは言った。優しいじゃないか。親父さんのお伴だな。来なくていい、ダニエル、と父は言った。

ダニエルは父と一緒に二階に上がった。

私がこれ以上何の役に立つっていうんだ?と父は声を抑えてウィリアム・ベルには聞こえないように言った。ここにいた方が役に立つのに。

父は寝室の扉のところに立って首を横に振った。片手にはひげそり、反対の手には紐を結んでいない冬のブーツを持っていた。

ああ、何てこった、と彼は言った。

彼は首を振っているわけではなかった。頭が震えていたのだ。体全体も震えていた。震える手に握られたひげそりも震えていた。

嫌だ。僕も行く、とダニエルは言った。

じゃあブーツを履きなさい、と父は言った。何か温かい服を荷物に入れて。家にあるお金は全部持っていくんだぞ。

署までぶらぶら歩くのもいいだろうと思ってね、とウィリアム・ベルは言った。二人で先に歩き始めてくれ。私たちはすぐに後を追うから。向こうに着いたら当番の巡査部長に名前を言って、受付で私を待ちなさい。いいかな?

パンの残りを持つんだ、ダニエル、と父は言った。

いいですか？　二人が玄関を出ると若い警官がそう言った。鞄は自分で持てますか？

彼が制服の上にレインコートを着ていたのはおそらく、父の家の外で近所の人に制服を見せないためだ。

鞄は自分で持ってもらえ、ブラウンリー、とウィリアム・ベルは言った。ブラウンリーと私はちょっと家を調べさせてもらいますよ。一応、本だけ。問題ないかどうか。構わないかな、ウォルター。報告しなければならないような不適切な本や危険な本。まあ、ないとは思うがね。でも、念のためだ。本だけ。

どうぞお好きなように、ビル（ウィリアムの愛称）、と父は言った。最後は鍵を閉めておいてくれますか？

任せなさい、とウィリアム・ベルは言った。

二人がウィリアム・ベルに再び会うことはなかった。チャールトン通りの警察署の受付で二人が十一時過ぎまで待っていると、一台の囚人護送車（この二人だけ？　他にはいない？）が二人をブライトンに連れて行った。

ブライトンの警察署で、ダニエルが上着のポケットに持っていたマッチ、剃刀《かみそり》の刃、小さな果物ナイフが没収された。一人の巡査が荷物を調べた。彼はダニエルのマニキュアケースを開けて、爪切りばさみを出した。

何のためにこんなくだらないものを持ってきたんだ?と父は言った。

爪の手入れのため、とダニエルは言った。

困ったやつだ、と父は首を横に振りながら言った。

二人は父の殺虫液の入った瓶を持ってきている。瓶は巡査のデスクの上に置かれていた。たぶん僕らが液を飲むかもしれないと思われたんだね、とダニエルは言った。おかげで命が助かる蝶がいるんだから僕はこれでいいけど。

以前は月桂樹の葉を使ってた、と父は言った。また探せばいい。希少種を見つけたときには。

二人は床にスーツケースを置いてその上に座っていた。そこにある三つの椅子と一つのベンチには既に人が座っていたからだ。ダニエルの父はポスターの貼られた壁に背中でもたれて眠った。ダニエルは四十代の男と話をした。ロンドンから来たジャーナリストで、週末に訪れたブライトンで捕まったらしい。

全員まとめて収容ってこと、と男は言った。俺たち自身のためにね。

彼は苦々しい表情で最後の言葉を口にした。部屋は人でいっぱいになった。大人の男と男の子。荷物を持たない人もいた。シャツ姿で、コートを持っていない人もいた。

何も起こらなかった。

人はさらに増え、あたりを歩き回った。

午後四時に父はうたた寝から目覚め、そばの男たちと朝のパンの残りを分け合った。

軍のトラックが到着した。誰も何も尋ねなかった。警察は将校に紙を渡し、将校が署名をして返した。そして彼らは全員トラックに乗せられた。

父はスーツケースの上に座り、ダニエルは自分のスーツケースの上には年寄りを座らせて、自分はトラック後方の床であぐらをかいて、自分たちがどこを走っているのかを知るために帆布の紐穴から外を覗いた。しかしブライトンを出た後は、それがどこなのかよく分からなかった――車の速度は遅かったけれども。男たちは吐いた。トラックは汚かった。排気管から出た排気ガスの臭いが車内には充満していた。車はかなりのろのろ走っていたが、荷台に乗せられた男たちは時々急に大きく左右に揺さぶられた。

妻にちゃんと別れの挨拶ができなかった、と一人の男が何度も繰り返した。

別の男は、玄関を開けっ放しで来てしまったと言った。

トラックの中にパニックが広がった。

ビルはちゃんと鍵を掛けてくれたと思う、と父は静かな声でダニエルに言った。

五分後、彼は同じことを言った。

それから――

ビルはちゃんと玄関に鍵を掛けてくれたと思うか?と一時間後に訊いた。

夕暮れ。

トラックは緑の多い場所で停まった。

それから二時間動かなかった。

薄暮。

ようやく誰かがゲートを開け、彼ら全員を石造りの建物へと誘導した。動物小屋だ。

バートラム・ミルズのサーカス団、と銃剣を構えた伍長がダニエルに言った。冬になると、連中は動物をここで過ごさせる。

（ハンナと母が最後にロンドンに来たとき――一九三三年のクリスマス――ダニエルの一家はバートラム・ミルズ・サーカスに行った。会場はオリンピア・グランドホール。女の耳に何かをささやくアシカ。ヒンドゥー人のボンバーョは小柄だったが、リングを疾駆するポニーの上に立った。その後ろを走る巨大な荷馬車馬の背中では、チュチュを穿いた四人の娘が三段のピラミッドを作っていた。美女と野獣。雲のような白い鳩の群れの中から魔法のように現れる女。全身を金色に塗ったアクロバットの集団。ヴィオレット・ダルジャン嬢とライオンたち。かろうじて胸を隠すサテンのトップを身につけたロンドン初お目見えの彼女は、獰猛な爪と筋骨たくましい肉体を持った猛獣をおとなしく小さな椅子に座らせた。もうすぐ二十歳のダニエルはその様子に魅了された。ハンナ――当時は十三歳？　十四歳？――は家に向かうタクシーの中で兄を馬鹿にした。）

細長いテーブルが二つ置かれていたが、椅子は数が少なかった。細長い部屋の片側には木の板が組まれていた。三段、三段、三段。寝台だ。三かける三の寝台はダニエルが暗闇の中で見渡せる限り、部屋の奥まで続いていた。

外には麦藁《むぎわら》がいくらでもあるぞ！　外人《エイリアン》諸君はそれぞれ自分のマットレス代わりの袋に藁を詰めて、好きな厚さ――あるいは薄さ――に調節するように、と下士官が叫んだ。

ダニエルはマットレスに藁を詰めた。

もう一つのマットレスにも藁を詰めた。

この人は二つ持ってるぞ、とダニエルより若い男が叫んだ。俺だって二つ欲しい。

いたるところに年寄りと若者。ありとあらゆる年齢の人が集まっていた。男たちはいい場所を取ろうと走る――入り口に近い寝台、トイレからいちばん遠い寝台。ダニエルは藁を詰めたマットレスを二つ抱えて走る。建物の中ほどで中段と下段の寝台を手に入れる。そして父に向かって手を振り、他の人に取られないように見ておいてと言う。それから今度は毛布を取りに行く。毛布は二枚しかもらえない。四枚を要求するのは図々しいと言われる。

毛布は古く、ごわごわした羊毛製で、いい匂いではなかった。父はおとなしく下段の板に腰を下ろし、麦藁をいじっていた。

部屋の端には列ができていた。奥の寝台の隣に低い煉瓦の仕切りがあって、その背後にあるトイレの列だ。その後、部屋が煙だらけになって、皆が咳き込む。誰かがストーブに火を入れようとしていた。時刻は午前三時。外は明るくなり始めている。誰かがうまく火をおこし、湯を沸かし、お茶を淹れた。

人の数に見合うだけのカップはなかった。

人々は、あるだけのカップを一緒に使った。

万事が徐々に落ち着き、静寂に近いものが生まれた。いびき、寝言。時折、パニックを起こしたような悲鳴。

わしは七十八歳だ、と父の隣にある寝台の下段の男が言うのをダニエルは聞いた。こんな場所じゃあ、もう先は長くないな。

明日になってここがどこか分かったらましになる、もっと明るくなりますよ、とダニエルの下の段にいる父が言った。

知らんのか？　ここはアスコットだ、と男は言った。

男がアスコットと言うときの口調はまるで、何かガラスでできたものを口にするような、口が切れるのを恐れているような様子だった。

競馬場のあるところですか、と父は言った。

わしはここに何度も来たことがある、と男は言った。競馬場の特別スタンド《ロイヤル・エンクロージャー》。ここには友人もたくさんいて、思い出もたくさんある。おたくは何の仕事をなさっているのかな？

ビールです、とダニエルの父は言った。輸入業で、ソーセージとかピクルスも。食料品とか雑貨とか。最近は石鹸なんかも。

そして頭上の寝台の底を拳で叩いた。

上にいるのが息子です、と彼は言った。会計のことや営業はこの子がやってくれてます。

間《ま》。

ていうか、やってくれてた、ですね。今は違う、と父は言った。

すべては過去のことになってしまった、と男は言った。

その後こう言い足した。

わしの愛する妻。妻は死んでしまった。

それはお気の毒でした、と父は言った。

十年前のことだ、と老人は言った。

私の妻は三年前に亡くなりました、と父は言った。時間が経っても何も変わらない。

あなたはドイツ人ですな、と男は言った。

幼い頃から育ったのはイギリスですが、ちゃんと書類を整えることをしていませんでした、と父は言った。大失敗です。前回の戦争の後、ちゃんとしておくべきだった。でも、戦争も終わったからもう要らないと安心してたんです。そして今回書類を手に入れようと思ったらもう手遅れだった。戦争が始まって、書類は手に入らなくなった。

わしの推測では、その口ぶりだとあんたは帝国《ライヒ》の支持者ではなさそうだ、と男は言った。

正しい推測です、とダニエルの父は言った。

最近ではユダヤ人と枕を並べて寝ろってことらしい、と男は言った。

仕方ないですね、こういう場所では。あなたの向こう側の人とか、上の寝台の人については分かりませんけれども、一応、申し上げておくと、私は残念ながらユダヤ人ではありませんよ、と父は言った。

でも、僕はユダヤ人だ、とダニエルは言った。

私もだ、と男の向こう側の人物が言った。

私も、と別の誰かが言った。

私もだ、ついでにこいつとそいつも、とまた別の誰かが言った。

扉のところにいた衛兵が静かにするように言った。みんな寝ようとしているのだから、と。金持ちの黒シャツ党員《ファシスト》。黒シャツ党員とシンパはもう捕まったはず。分類《カテゴリー》Aは去年の秋に収容。分類《カテゴリー》Bは春だった。ダニエルが横を向くと薄明かりの中で、壁に取り付けられた金属製の輪《リング》が見えた。

ここは実際サーカスだ、と彼は思った。競馬場《レース》みたいでもあるし。

彼は目を閉じた。

そして開けた。

ひどくうるさい。

寝苦しそうな様子を察して下段の父が口を開き、音の原因を言った。

起床ラッパ。

明るい夏の日差しの中でダニエルが最初に目にしたのは、すべてがとても汚いことだった。自分が使った毛布、自分が寝た寝台、麦藁を詰めて使ったマットレス代わりの袋、床、天井、スーツケースも持ち上げてみると下部がひどく汚れていた。

父は自分の汚い麦藁袋の端に座って、周囲を眺めるダニエルを見ていた。

おはよう、とダニエルは言った。

そして父に悲しげな笑みを向けた。

坊主、ビル・ベルはちゃんと鍵を掛けてくれたと思うか？と父は言った。

うん、とダニエルは言った。ビルはいい人だ。

猫はどうだ？　バラは？　トマトの世話は誰がする？　トマトは今日も世話が必要だ。枯らさないためには毎日誰かが見ないといけない。石鹼はどうだ。誰かが在庫をくすねたらどうする？

父はサンライト石鹼とそのフレークタイプ——**みんなが慌てる泡立ち！**——の販売員だった。彼は朝食のかゆを待ち、それを食べ、最初の朝に日なたに立ち、あたりをうろつき、手持ち無沙汰にする間ずっと、そんな心配事とそれに似た愚痴を繰り返した。

こうして彼らは最初の日の午後、必要な紙を手に入れて、スティニング警察署気付でウィリアム・ベル宛に、必要事項のみを二十四行で記した手紙を書いた。

しかし郵便受付窓口にいる伍長が父の書いた手紙をどう扱うかをダニエルは見た——父は見なかったが。伍長は肩越しにそれを手紙、手紙、手紙で床まであふれる金属製のごみ箱に投げ、他の手紙の山に加えただけだった。

さて今は？

ダニエルは荒れた野原に立ち、紙の帽子を頭にかぶる。

これであっという間に快適！

ありがとう、昔の射撃訓練さん。

彼は木の方へ向かう。

しかし木陰に集まった人の中に父はいない。

門の方にいるかどうか確かめてみよう。そこには毎日、牛乳配達の後、郵便が届くのではないかと人だかりができている。

手のひらのぬくもり。腕のぬくもり。冷めていくぬくもり。

彼は目を開く。

そして手を見る。

誰かが体をさすっている。腕の内側の、老いて緩んだ皮膚。温かく湿ったフランネルのパジャマの生地は軽いけれどもしっかりしている。

ああ、こんにちは、と彼は言う。

おはようございます、グルックさん、と看護師——名前は何だったかな、ええと、ポーリーナ——が言う。今日のご気分は？

とてもいいよ、ポーリーナ、と彼は言う。君はどう？

元気です、グルックさん。起きますか？　朝食を少し召し上がる？

ありがとう、ポーリーナ。

彼は隣の家にいる。今ではそこが自分の家だ。とても素敵な家で、部屋はきれい。ここは元々、隣の娘さんの部屋だった。

ポーリーナはベッドカバーをめくり、彼がベッドの脇から脚を下ろすのを手伝う。

トイレ。それからベッドに戻り、朝食。

今日はキャンプのお話をなさっていました、とポーリーナが隣人の娘に言うのが聞こえる。

隣人の娘——名前は何だったかな、ええと、エリサベス——がまたここに戻っている。ということは、今日は金曜だ。

そしてポーリーナはもうすぐこの国を出て行く。

一つの時代の終わりだね、と彼はその話が出たときポーリーナに言った。

時代は終わります、とポーリーナは言った。私はルーマニア人。分かってます。時代は終わらないといけない。また新しい時代が始まるためには。

彼は目を閉じる。

今日は寝言をおっしゃってました、とポーリーナが言うのが聞こえる。キャンプに行ったお友達のダグラスさんの話。競馬場に行って、そこでキャンプをしたんですって。

ダグラス、と隣人の娘が言う。人の名前じゃない。マン島にある地名です。第二次世界大戦のときにこの人と父親はそこの収容所に入れられた。少なくとも、私たちの理解では。はっきりしたことは分からないけど。

なるほど、とポーリーナは言う。それならいろいろと意味が通りますね。

きっとそのときのことを思い出しているんだと思う、と隣人の娘が言う。母さんかゾーイ（『秋』に登場するエリサベスの母の親友）が何かを言って、それで思い出したのね。インターネットでこの人のことを探し出した人がいるの。今日、車でここに来る予定。私の推測では、〝インターネット〟という単語を耳にして〝強制収容《インターンメント》〟という単語を思い出したんじゃないかな。

彼はすごく長生きなさった紳士にしては大変な記憶力をお持ちですよね、とポーリーナが言う。百四歳。私がこの国で出会った方の中で最高齢です。イギリスに来て十四年、その間、たくさんのお年寄りの人を世話してきましたけど。今日はリンゴの話を聞かせてくれました。ある日、誰かが収容所のみんなのためにって門のところに数箱分のリンゴを持ってきたら、無料のリンゴはあっという間になくなって、空《から》になった箱は地面に放り出された。ところがその後、リンゴはどこでも見かけない。誰も食べないし、誰かが食べるのを見ることもない。それから数週間して、まるで禁止された薬物を売るみたいに誰かが、このリンゴを買わないか？って言うんですって。そしてあっという間に、一個のリンゴの値段が最初の十五倍になった。ありそうな話でしょ。

たしかにね、と隣人の娘が言う。

お母様とお友達は今朝はもうお出かけになりました。冷蔵庫にレンズ豆が入っているそうです、もうソースに浸してあるって。日曜に、あなたがロンドンに戻る前には帰ってくるというお話でした。ではまた今晩、グルックさんを寝かす時間に来ます。よい一日を。ダニエルさんも。

陽気な別れの挨拶。

玄関扉が閉まる。

温かいもの——あなたの顔、あなたの手——の上で雪片が融けるように、そして寒い場所から入ってきたときにあなたの襟で雪が融けるように、形が崩れることでダニエルの記憶がよみがえる。時折、この窓の外の道路から、生まれ育った街の道路と同じ馬の蹄《ひづめ》の音が聞こえる。

あれは馬じゃないんですよ、と隣の家では皆が言う。あれはこの先にあるAirBnBの民泊部屋に行き来する人で、スーツケースの車輪が舗道の溝を越えるときに音がするんです。

いつまでここに入れられるんでしょうね？　アスコットに来て二週間が経った頃、毛布にくるまっている（建設現場から連れてこられたので他に服がないらしい）アイルランド人風の訛りのある男がダニエルの父にそう訊く。

（ダニエルの父は強制収容について詳しいとの噂が広まっていた。）

分かりません、とダニエルの父は言った。

（その約三週間後、彼らは移送された。）

いつまでここに入れられるんでしょうね、グルックさん？　ケンプトン・パークで皆がトラックから降ろされ、競馬場の建物の仕切り棚の下に自分で寝床を準備するよう指示されたとき、引退した中世フランス語の教授がダニエルの父にそう訊く。

私にもさっぱり見当が付きません、とダニエルの父は言った。

（そこで過ごしたのは一晩だった。翌日にはトラックでリヴァプールまで運ばれ、そこから船に乗せられ、五十人のグループごとに前腕くらいの大きさのチーズを一つ与えられ、旅の間、それを分け合うように言われた。兵士の一人がそれを銃剣で切り分けた。ダニエルは四センチ――指の長さの半分――角ほどのかけらをもらった。

一度に全部食べるんじゃないぞ、と父は言った。後の分も取っておけ。）

いつまでここに入れられるんだろう？　ハッチンソン収容所（アイルランドとグレートブリテン島に挟まれたアイリッシュ海中央に位置するマン島に当時置かれていた）の門の前で有刺鉄線と二重の柵を見たとき、ダニエルは父にそう訊いた。

父は眼鏡を外し、雨を拭って掛け直した。そして有刺鉄線の向こうに並ぶ家々、最近舗道に立てられた柵柱、そして敷地の中にいる男たちの小さな集団を見た。彼らは雨に濡れながら柵の際《きわ》に立ち、到着した中に知り合いがいないか確かめようとしていた。

永遠みたいな気がする、と父は言った。

雨の中、港からそこまで歩く途中、ダニエルは四十代の男から話を聞いた。男が朝ハムステッド公共図書館にいると、刑事部の人間が突然入ってきて、閲覧室の中で**敵性外国人《エネミー・エイリアン》は受付の前に集まれ**と大声で言ったらしい。その後、図書館の中を回って皆の顔を覗き込み、ユダヤ人なのに受付前に出頭していない者がいないか確認していた。警察署へ向かう途中でも、わざわざ集団の足を止めさせて、道行く人の中で怪しい者を呼び止め、書類を提示させた。

マン島の住人たちは道沿いに立って、坂を上っていく集団をぽかんと見つめた。

僕らはナチだと思われてるんじゃないかな、とダニエルは言った。ナチの捕虜みたいに思ってるんだよ。

ああ、ちょっと驚いたね、とそのとき横を歩いていた下士官が言った。ナチ党員のユダヤ人がこんなにたくさんいるとはな。わけが分からん。あいたちはナチに嫌われてるのに、どうしてそんなにナチが好きなんだ？

僕らはナチじゃない、とダニエルは言った。ナチとは正反対だ。そういう説明聞かされてないんですか？

何も聞かされてない、と兵士は言った。

私たちはナチから逃げることができてほっとしてる側の人間だ、とダニエルの隣にいた男が言った。私たちの中には医者、教師、化学者、店の経営者、労働者、工員、何でもいる。だが、少なくともナチはいない。

俺たちは何も聞かされてない、と兵士は言った。聞いたのは敵性外国人ってこと。じゃあ、あんたたちはドイツ人じゃないのか？

ドイツ人が全員ナチなわけじゃない、と男は言った。

行進の速度が遅くなり、速まり、また遅くなった。前方の敵性外国人たちが何かの前を通るときに立ち止まり、帽子を取っていたからだ。そばまで行ってそれが島の第一次世界大戦戦没者記念碑であることが分かった途端、誰もがまた立ち止まり、かぶってもいない帽子を脱ぐしぐさをした。

たしかにあんまりナチっぽくはないな、と下士官は言った。

列の後方にいた軍曹が前に向かって、さっさと進めと大声で言った。ダニエルの前にいたしゃれた服を着た男が振り向き、叫ぶなと軍曹に言った。これ以上速くは進めない。前にいる男は七十歳を超えていて、これで精いっぱいなんだ、と。

軍曹はすぐに叫ぶのをやめた。

ほう、ここには本がある、とダニエルの父は言った。違う鍋もある、ここなら大丈夫かもしれないな。

彼らは三十人ずつのグループに分けられて、広場に面した家——無料らしい——を一つ選ぶように言われた。それらの家は別荘や民宿などで、家主はカーペットや家具の大半を大昔に持ち出していた。窓は灯火管制用に青く塗られ、赤い電球がともっていた。中はがらんとして椅子が数脚と間に合わせのテーブルしかなかった。しかし寝室にはベッドがあった。冷たいけれども水も出た。キッチンにはガスコンロ。皿やスプーンなど、食べるための道具はあまりなかった。人々は木切れなどで間に合わせ、機会を見つけてスプーン代わりになるものをこしらえた。それぞれの家で住人の中から料理人を選んだ。誰かが仕事や掃除の当番を決めた。

貧乏人のリゾート！　戦争が始まる前、ここはそう呼ばれていた。

しかし家の前には緑の芝生広場があって、作られたばかりの境界には花——一年草——が植えられている。そして有刺鉄線を越えた坂の向こう側には海が見えた。

あんたたちはここで海辺の休暇を楽しんでるって『デイリー・メール』紙に書いてあった。一週間後、有刺鉄線越しに十歳の少年がダニエルにそう言う。ダニエルは上半身裸で、洗ったばかりのシャツを乾かすため柵に掛けている。ひなたぼっこ用の豪華なベッドとミニゴルフ場と、僕らよりもたくさんのお金を持ってて、中ではお湯と石炭も使えるって『デイリー・メール』紙に書いてあった。朝食は砂糖と牛乳と卵だろ。大家さんが卵を焼いてくれるんだ。

ミニゴルフ場。卵。

ダニエルは後ろを振り向き、背中を丸めて目的もなく道をゆっくりと歩く男たち——まるで穏やかな夏の空気が麻酔薬であるかのようだ——を見る。いつ何時、ドイツに攻め込まれるか分からない。今では誰もがそれを予期している。フランス、ベルギー、オランダはやられた。この男ばかりの〝マン〟島もいつ何時、侵略されるか分からない。大半はユダヤ人とファシストに目を付けられた人間ばかり。容易に明け渡されるだろう。島丸ごと。

坊や、名前は？と ダニエルは少年に訊く。ほら、早く。

ナチ語をしゃべれよ、と少年は言う。

僕はナチじゃない、とダニエルは言う。僕と交代する？

ダニエルを見る少年の目がまん丸になる。

いいかい。僕が外に出る、とダニエルは言う。代わりに君がここに入って休暇を楽しむ。

僕らじゃ休暇にならない、と少年は言う。島に家があるんだから。

よかったね、とダニエルは言う。

そっちの方が運がいいよ、と少年は言う。ミニゴルフ場があるんだもん。

ここにゴルフ場なんかない、とダニエルは言う。

『デイリー・メール』紙にあるって書いてあった、と少年は言う。

ナチは大体ペヴリル（同じマン島にあった別の収容所）に送られるんだ、と違う少年が最初の少年の背後で柵の瓦礫を蹴りながら言う。だからここにいるのは敵性外国人。

じゃあ、敵性外国語をしゃべれよ、と少年が言う。

僕はダニエル、とダニエルが言う。君の名前を教えて。

それは外国語じゃない、と少年は言う。普通の英語じゃん。

僕はイギリス人さ、とダニエルが言う。

じゃあ、何で中に入ってるのさ？と少年は言う。出ればいいのに。

僕の居場所はここなんだ、とダニエルは言う。家族が中にいるから。

あんたの家族は敵性外国人?と少年が言う。

そうとも言える、とダニエルは言う。でも、全然違うとも言える。

意味分かんね、と少年は言う。

こいつの名前はキース、ともう一人の少年が言う。

兄弟?とダニエルが言う。

あんたには関係ないだろ?ともう一人の少年が言う。

あっち へ行け! 有刺鉄線から離れろ!

衛兵がライフルを振りながら少年たちに向かって叫んでいる。

『デイリー・メール』紙に伝えてくれ、キース、とダニエルは二人の背中に呼びかける。ここにいる人間の代表として僕からの言葉だ。僕らは刑務所に入れられているのと同じだ。僕らは敵じゃない。刑務所はいつだって刑務所だ。八月でも。たとえ空が青くても。

少年たちの背中が坂の向こうに消える。

刑務所。ダニエルは〝おとぎ話の家〟に戻る。そこには父と自分だけで使える部屋がある。家の正面にある窓に塗られた灯火管制用ペンキにおとぎ話の生き物が剃刀で刻みつけてあったせいで、彼らがここに来る前から家はそう呼ばれていた。

ウサギのような耳を持った男。

伝説的な姿の樹木。

案山子《かかし》。

鳥のような翼を持った魚。

口と目の付いたスーツケースが三つ。

猫を見下ろす大きなネズミ。

そんな絵が描かれているせいで、家には外の光が入る。他にも、窓に官能的な絵が描かれた〝水浴びする美女たちの家〟と、有名な猛獣使いと動物園で象の飼育係だった人が暮らす〝動物園の動物の家〟がある。彼がいなくなってから象が餌を食べなくなったということで、動物園はできるだけ早く彼を施設から出すように求めている。

正統派ユダヤ教徒は〝水浴びする美女たち〟について長老に不平を漏らした。その後、誰かが出窓に聖書の場面を刻むと、不満は言わなくなり、聖書の図柄から光が差し込むのをとても喜んだ。

ある晴れた朝、ダニエルが倉庫を出ると、柵の近くで騒ぎが起きている。被収容者の中で最も高齢の一人——灰色の長い鬚《ひげ》を生やした男——の鬚が有刺鉄線に絡まっていた。柵の内側にいる三人の被収容者が優しく鬚を引っ張り、柵の反対側に回った二人の衛兵も同じことをしている。どちらの側でも皆が、絡んだ鬚を外す方法を思案している。

離れたところから見ていた一人の衛兵が銃から銃剣を外し、騒ぎの方へ向かってくる。

二人のやせたドイツ人も、広場の反対側にある家から様子をうかがっている。一人は口笛が上手で、ダニエルは以前、それを耳にしたことがある。もう一人——口笛男が常に見守っている様子からするとおそらく二人は兄弟だ——はその影、あるいは亡霊のような存在だ。そして兵士が銃剣を高く掲げると、幽霊弟の影が薄くなり、まるで魔法を使ったかのように姿がほとんど見えなくなる。

兵士が剣を掲げる。腕くらいの長さがある剣だ。彼は器用に刃先を使い、有刺鉄線に絡んだ鬚を切る。老人は一歩下がって立ち上がり、両腕を振り回す。それから鬚を撫で、切られたところをチェックする。有刺鉄線の両側に立つ全員が笑い、互いに祝福し合う。危機一鬚《ききいっしゅう》！

兵士は老人に、**顎のお毛々に気を付けろ**と言う。

幽霊弟が明らかに震えている。ダニエルのいるところからでもそれが見える。ダニエルがそれを見ていることに口笛兄が気づき、ダニエルにうなずく。そして弟の腕をつかみ、近づいてくる。

シリル、と彼は言う。シリル・クライン。こいつゼリグ。弟。最近、クロイドンにいた。クロイドンの前、このマン島ダグラスのハッチンソン収容所の前は、ドイツのアウクスブルクいた。

ゼリグはドイツのダッハウという収容所で声をなくした、とシリルは後にダニエルに言う。弟はテノールのいい声してる、と彼は言う。でも、もう歌えない。話すことはできるけど、あまりしゃべらない。声がどこかに隠れた。こいつは、連中の好きじゃない本を鞄の中に入れていたせいで捕まった。ただの物語。『宇宙戦争《デア・クリーグ・デア・ヴェルテン》』。『人工シルクの女の子《ダス・クンストザイデネ・メトヒエン》』。でもそれは禁止の本で、こいつはユダヤ人だった。三つの罪。ナチスはユダヤ人が嫌い。やつらは自立した女の物語が嫌い。そして侵略者を殺す細菌の物語が嫌い。こいつは政治犯。年は十五。ここに来てから五つの季節。十四か月。こいつが見たもの、目から剝がれない。

でも奇跡。こいつ連れ出した。

それから一緒に国出た。ここ来た。俺サリーで運転手やった、とシリルは言う。俺ちょっとだけ医者。でも当然、勉強が完成する前に大学から追い出された。

ダニエルは二人が毎日門のところに立って新参者を見ていることを既に知っている。父さん探してる、とシリルは彼に言う。父さんどこか分からない。母さんも。他の家族も。

ある夜、軒下にあるダニエルと父の部屋で、シリルは自分とゼリグがロンドン警察に捕まり、ロンドンの巨大ながらんどうに連れて行かれたときのことを、陽気な口調でダニエルに話す。

オリンピア。

戦争じゃないときは展示に使う場所、とシリルは言う。夜、ナチの水兵がボートでたくさん来た。〝ハイル・ヒトラー〟って声がたくさん聞こえて、ナイフで血が出る歌もたくさん聞こえた。何日かして、その人たちと一緒にトラックで運ばれた。それがバトリンズ・ホリデー・キャンプ場。バトリンズ・ホリデー・キャンプ場では日曜に牧師が立ち上がって、ナチの勝利を神に祈った。

シリルは笑う。

彼はよく笑う。そして弟の肩に腕を回す。影の薄い弟ゼリグは、兄が笑うときにはいつも気持ちのこもっていない笑みを見せる。

なあ、ダニエル、おまえの英語、とうじょうだな、とシリルが言う。

上等ね、とダニエルは言う。元々イギリス人として生まれたから。それから幼児期はドイツ、六歳のときにまたイギリス人になった。

よーじき?とシリルが言う。

幼児期、とダニエルが言う。

そして綴りを示して説明をする。

子供の頃、小さなとき、と彼は言う。

そして自分の英語力をひけらかしているようで恥ずかしくなる。しかしシリルの顔は楽しそうだ。

よーじ・き、とシリルは言う。幼児期。

僕は夏の間だけドイツ人、とダニエルは言う。育ったのはイギリス。父さんはドイツ系イギリス人で、ドイツ人の母とイギリスで出会った。母は役所で書類を作ったときに初めて自分がユダヤ人だと知った。その母は三年前の夏に死んだ。生きようとする母の意志がたくさんの意志によって吸い尽くされた。母は僕をイギリスで産んだ。一九一五年、ウォトフォードで。戦争は既に始まっていて、父は収容所に入れられて、母と僕はドイツに送り返された。父に再会できたのは六歳のとき。戦後はこっちで学校に通った。ただし夏だけは別。夏は家族でドイツで過ごした。

今は夏、とシリルが言う。だからおまえは今ドイツ人、な。

ダニエルは笑顔になる。

俺のお願い。手伝い欲しい、とシリルが言う。俺のドイツ語英語、ドイツ系イギリス人にする。

オーケー?

ダニエルは喜んでそうすると言う。

シリルはポケットから手を出し、平らな金属でできた何か小さなものをダニエルの手に持たせる。それは小さなエナメルの襟章で、裏のピンはなくなっているが、表の桃色と青のエナメルはまだ大半が残っていて、少女の肩から上がかたどられている。少女は水泳帽をかぶり、頭の横に金色の何かを掲げている。下部には白黒でこう書かれている。

バトリンズ・クラクトン（一九三八年に休暇用宿泊施設として開発された場所。一九八三年に閉鎖された）、一九三九年。

あれのすぐそばで見つけた。あれは何て言う、手紙入れる箱？

郵便ポスト《レターボックス》、とダニエルは言う。

ああ！

シリルは笑う。ゼリグもぼんやり微笑む。

手紙箱《ブリーフカステン》、とシリルは言う。手紙《レター》。箱《ボックス》。郵便ポスト《レターボックス》。俺は郵便ポスト《レターボックス》に見てた。郵便ポスト《レターボックス》に金属の棒が付いて、郵便ポスト《レターボックス》の口が閉められた。これで一つ単語覚えた。

ハハハ、とダニエルは言う。優秀な生徒だね。でも、郵便ポストを見てた、が正しい。

そうそう《ゲナウ》！とシリルが言う。それで俺、地面を見た。足の下にこの水泳少女を感じたから。

襟章の少女は胸のありそうな場所に青い山の形の波があり、その上にエナメルで白い泡が描かれている。

あげる、ダニエル、友達だから。俺たちはみんなここで船の中、とシリルは言う。

同じ船の中、とダニエルは言う。

同じ船、とシリルは言う。同じ船。

ありがとう。でも、受け取るわけにはいかないよ、とダニエルは言う。

少女はなぜこれを持ってる、耳のところ？とシリルが言う。この子、聞こえないって英語で何？

聾《ろう》、とダニエルは言う。でも、違う。これはラッパ型補聴器《ヒアリング・トランペット》じゃないと思う。シャンパンの入ったグラスじゃないかな。乾杯しているんだと思う。〝かんぱーい！〟って感じで。ほら。シャンパンの中に泡が見える。エナメルの中に小さな点々が。

釉薬《グラスール》。エナメル《シュメルツ》、とシリルが言う。

座ったままテーブル——椅子の上に載せたスーツケース——を見つめていたゼリグが何かを言うが、声がとても小さいのでダニエルには聞き取れない。

〝シュメルツ〟は声の意味、とてもいい音楽の意味もある、ゼリグは俺にそう思い出した、とシリルは言う。

ゼリグは君に思い出させた、とダニエルは言う。ありがとう、ゼリグ。

ゼリグはうなずく。

それあげる。イギリス人すぎるのは駄目。夏はドイツ人。受け取って、とシリルは言う。

ありがとう、とダニエルは言う。プレゼントはありがたくもらうよ。

ゼリグを見て。俺が恋人をおまえにあげると思ってる、とシリルは言う。いちばんのプレゼントだ。これで俺たち死ぬまで友達。おれがおまえにあげた、この島から脱出する方法。この水泳少女の背中に乗る。

ダニエルは微笑む。そしてスーツケースの上に襟章を置く。

次の瞬間、それはなくなる。

どこに消えた？

彼は探すが、スーツケースの上には何もない。いや、ここにはスーツケースもない。誰かが彼の膝の上にトレーを置いている。

サンドイッチだ。ありがたい。

午前のお茶の時間です、と隣人の娘が言う。

ああ、と彼は言う。戻ってきた。

はい、と彼女は言う。今日は金曜だから。

彼女は彼の言葉を誤解して、〝戻ってきた〟のが自分だと思っている。それでも構わない。

ご気分はどう、グルックさん？と彼女は言う。今週はどうでした？

彼女が言っているのは、グルックさん、今週はどうだったか私にも訊いてという意味だ。

彼は微笑む。彼女は優しく、かわいらしく、賢い子だ。子供の頃に持っていた、火傷《やけど》しそうな情熱はもうないけれども。ダニエルは彼女のことを思い、時々それが悲しくなる。彼女は今の仕事に魂をむしばまれている。そして孤独だ。それは間違いない。彼女が腐食していくのを見せつけられているかのようだ。

いつもと似たり寄ったり、でもそれも悪くない、と彼は言う。

私は水曜にイタリアのシエナから戻ってきたんです、と彼女は言う。

ああ、と彼は言う。

市庁舎にあるロレンツェッティの絵を見せるために学生を二十人連れて行ったんです。善政と悪政の絵を。

私は見たことがない、と彼は言う。

悪政の暴君は、と彼女は言う。イノシシみたいに下顎から牙が生えてる。平和、不屈、分別。寛容、節制、正義――善政の中心にいるこれらの人物はみんな女性。鎧をまとった不屈は鎧を着た騎士に守られてる。

他には?と彼は言う。

善政の壁には、と彼女は言う。完璧なバランスと調和があって、それは同時に、絵の保存状態が驚くほどいいこととも深く関係している気がする。逆に悪政の壁はひどく傷んでる。

どれかの絵を説明してくれないかな、と彼は言う。

善政、それとも悪政?と彼女は言う。

選べるならぜひ善政を、と彼は言う。

彼女は親指で携帯の画面に触れる。

記憶で頼むよ、と彼は言う。

彼女は微笑む。

そして携帯を置き、目を閉じる。

夜空の下だけど建物は明るい、と彼女は言う。家がいくつもあって、人々が幸福に暮らしている。物を売る人、働く人、何かを書く人、何かを作る人。結婚式をしている人もいる。馬に乗る人、互いに手をつなぐ人。列車か鎖みたいに人がつながっている。ヴィーナスの子供たちによる踊りかもしれないけど、ただ手をつないでいるだけの幸せな人たちかも。平和な都市。夏が来たところ。誰もが生き生きしてる。絵は少しだけ傷んでるけど、大したことはない。ちゃんと修復してある。何世紀も前の絵なのにまだ色は鮮やかで、しっかり持ちこたえてる。

ここで二人は目を開ける。

それで今日の新聞にはどんなことが書いてありました?と彼女は言う。

権力を握ったチンピラと芸能人の話、と彼は言う。いつもと同じ。賢いウイルスの話。これは新しいニュース。株や証券の市場には動乱が予想されるそうだ。それで器用に儲ける人もいるだろう。私たちは今回もまた試されるわけだ——人の命とお金のどちらが大事か。

彼は母の顔を思い出す。母の一家のお金はハイパーインフレの中で消えた。母は長生きをして五十代で亡くなった。

私は早死にはしたくない、と彼は言う。

隣人の娘が笑う。

私の母が今ここにいればきっと、〝今になってそれを言うのは少し遅いですよ、ミスター・百四歳〟って言うでしょうね、と彼女は言う。

何歳であれ、死ぬときはいつも早死にだ、と彼は言う。

隣人の娘は彼に笑顔を向ける。

隣人の娘は彼を愛している。

父はスペイン風邪を生き延びた、と彼は言う。父がその話をするのを一度だけ聞いたことがある。病気になったのは自分のせいだと思わないことが大事だと言っていた。そう思うと怖さもなくなる。まあ、そんなことはいい。今は何を読んでいるのかな？

最近はずっと携帯でニュースを読んでます、と彼女は言う。でもこんなのも。

彼女は一冊のペーパーバックを掲げる。

小説、と彼女は言う。まあまあですね。ヴァージニア・ウルフ風で。ていうか作家はそこを目指しているみたい。リルケとキャサリン・マンスフィールドの話です（『春』三四頁など参照）。その二人がスイスで近所に暮らしていたけど顔を合わせることはなかったって知ってました？　リルケは読んだことありますか？

ああ、と彼は言う。リルケね。

彼はリルケのことを考えたいのに、今は考えることができない。というのも、再びシリルが現れて、この家のサンルームで快適な椅子の横にひざまずいているからだ。

彼は青白いゼリグの幽霊――いつもシリルと一緒だ――にうなずく。ゼリグがうなずき返す。

もちろん二人ともサンルームにはいない。ゼリグは一九四七年に死んだ。長生きはできなかった。既に若くして老いていた彼にどうして長生きができるだろう？　シリルが死んだのは一九七〇年だったか？

でも彼は今ここにいる。生き生きとしてダニエルの横にいて、二人で外を見ている。二人が見ているのは、有刺鉄線の向こうに広がる銀のシートのような海だ。

弟はつらい目に遭った。シリルはそれしか言わない。体の中を炎に焼かれて、すべてが溶け、形を変えた後で残されたのは弟の記憶だけだ、とシリルは言う。

シリル自身はちょっと拷問に遭っただけ。どうということはない。軽く責められただけだ。幸運だった。彼は本署に連行され、頭と腹を殴られ、ホモセクシャルだから絞首刑だと言われた。たくさんのアーリア人娘を誘惑した罪も重い。彼のような望ましくない人物は死刑。午後には中庭で絞首刑だ、と。椅子に座れと言われて座ろうとしたら椅子を下げられ、床に転んだら部屋に集まった突撃隊員たちに笑われた。そしてまた同じこと。もう一度。もう一度。

結局、建物のどこかで何か別のことが起きて彼らの注意が逸れ、彼は忘れられた。そしてその機会に乗じて部屋から抜け出した。外に出て見ると、突撃隊員たちは廊下の両側に並んで、誰であれ次に前を通った人間を撃とうとライフルを構えていた。

たったそれだけのこと——殴打と侮辱——でも恐ろしかった。決して下にない椅子に座る——そこに椅子がないと分かっていても、座る格好をしなければその場で殺されるから他にどうしようもない——だけでも恐ろしくて気が狂いそうだった、とシリルは言った。でも俺は何度も立ち上がった。床に尻餅をつくたびに、また立ち上がった。俺は頭の中で言い聞かせる。おまえにはできる。チャップリンの真似をしろ。起きろ。立て。そうだ。いくぞ。上着の埃を払え。

彼は隣人の娘が言っていることに注意を向け、聞き取ろうとするが難しい。

バトリンズ・クラクトン、一九三九年。

彼は襟章が下に落ちているのではないかとカーペットの上にあるサンダル履きの足に目をやる。

しかし当然、襟章はそこにない。

それはどこかよその時間にあるはず。違う？

どこに？

いつどこであれをなくしたのか？

とてもきれいだから人に譲るようなものではないのに。

彼は自身に対して深くいらだつ。

時々ひどく注意が散漫になるから。

大事なことを忘れて思い出せない自分がどれほど憎らしいか、とても言い尽くせない。

たとえば。愛した女性のこと。ある夜、真っ暗な中で目を覚まし、慌てた。彼女が付けていた香水はリヴ・ゴーシュじゃない！（『秋』一七二頁参照）この何十年ずっと、あれはリヴ・ゴーシュだと思っていた。でも、あれは勘違い。名前が間違っていた。本当は別の名前だ！

彼は横になったまま暗闇の中で恥じ入る。

どう罪滅ぼしをすればいいのか分からなかった。分からない。何とかして記憶を正さなければ。

でも、どうすれば正しい記憶がよみがえるのか？

とても、とても残念だ。

彼女が付けていたのは別のフランスの香水。ジョリー。ジョリー何とか。

彼女の部屋のサイドボードに瓶が置いてあって、前面には〝ジョリー〟と書かれている。もう一つの言葉は横の面に書いてある。彼は頭の中で瓶の側面を覗こうとする。

駄目だ。

思い出せない。

彼女はお金のためスープキッチンで働いた。それから絵を売った。女優の仕事も。ロイヤルコート劇場。ＢＢＣ。そして死んだ（ここで言及されているのは、『秋』にも登場する英国のポップアーティスト、ポーリーン・ボティのこと）。

スープキッチン。それは無料食堂《スープキッチン》（貧困者に食事を提供する施設）ではなく、スープを客に出すレストランだった。ロンドンが貧困から遠ざかれば遠ざかるほど、店は時流に乗った。芸術家はそこで働いた。

女性芸術家は皆、そこで仕事を得た。

隣人の娘が少し大きな声で何かを言っている。

申し訳ない、と彼は言う。もう一度言ってもらえるかな。

彼女はマン島のことを尋ねている。

ああ。

どうしてそのことを知ってるんだい？と彼は言う。

今朝、彼が寝言でその話をしているのをポーリーナが聞いたのだと彼女は言う。

ああ。

そうだ、と彼は言う。うん。私が島にいたのは少しだ。比較的短い期間だった。でもひどかった。

あそこはよそよりましだった。でもひどかったことに違いはない。でも、長くいたわけじゃない。父は六年近く収容された。第一次大戦のときはずっと。ウェイクフィールドのロフトハウス村。ロフトハウスはいい収容所だった。有料だが高級。お金は母が払った。でも、出てきたとき父は頭がおかしくなっていた。体も心も弱っていた。健康も壊した。それから死ぬまでずっと病気がちだった。

ダニエルは目を閉じる。

目を開けるとそこは〝おとぎ話の家〟の闇の中だ。父はマットレスとベッドを持っている。代わりにダニエルには毛布を譲った。ダニエルは毛布を一枚上に掛け、二枚を下に敷いて床で寝ている。暗闇の中で父の声が響く。

ウェイクフィールドも別荘地だった。労働者が休暇に路面電車で訪れるような場所。連中は別荘地に収容所を作るのが好きなんだな。とにかくある日、有刺鉄線の向こう側を歩いていた一人の少女――十六くらいの美人だった――が、シモツケソウに手を伸ばそうとしている私の姿を見つけた。私はそれを摘んで、水に――砂糖が見つかれば少しそれを加えて――生けようと思っていた。シモツケソウは蝶の大好物だから。ところが手が届かなかった。少女はそれを見て藪の方まで来て花を摘んで、有刺鉄線越しにそれをすっと差し出してくれた。彼女はその罪でウェイクフィールド刑務所に三か月入れられたと噂に聞いた。連中はわざわざ私にそのことを教えてくれた。政府の土地をうろついたという罪らしい。敵に力を貸したとか。私のせいだ。あの女の子のことはよく思い出す。彼女に大きな傷が残っていないといいんだが。あの花は私にとって大きな贈り物だった。

いつまでここに入れられるんだろう?とダニエルは父に訊く。

(数週間が経っていた。一週間が一年のように感じられた。)

私は本物の希望を抱いている、と父は静かな声で言う。

ダニエルは暗闇の中で驚く。

父はこれまで何かにつけ不用意に希望を抱いたことはない。

今回は違う。今回はイギリスだから事情が違う、と父は言う。イギリスのいいところが出るはずだ。うん、うん、たしかにちょっとはひどいこともあった。スパイが入り込んでるとイギリス人が疑うのは仕方がない。逮捕とか、収容所とか、そういうこと。ドイツ人はみんな敵のスパイだとか。

でも、議会にはエレノア・ラスボーン議員がいる。議会にはチチェスター司教もいる。ウェッジウッド議員とか、若きマイケル・フット記者とかたくさんいる(それぞれドイツ国内の反体制活動やドイツからの移民に理解があった人々)。イギリスが移民に侵略されているみたいに見えるかもしれない。彼らには何もかもが不穏に感じられるかも。でも時間はかかるけれども、議会が私たちのことを代弁してくれる。フット記者はイギリスが一つの奇計を見落としていると言った。私たち移民はナチを憎んでいる、そしてドイツのことには詳しくて、特別な技術を持っているのだから、地下軍隊を作ることができるのではないか、イギリスのために戦い、役に立つのではないか、と。昔はそんなことを言う人はいなかった。昔とは全然違う。今ではみんな、公正性《フェアネス》というものを知っている。戦争をする理由も、戦争をしたら何が起こるかも。新聞がお金のために嘘をつくことも知っている。無実の人を刑務所に入れることはない。イギリス人は公正だ。そして実際的。そして辛抱強い。決して子供っぽいことはしない。今のイギリス人は穏やかで、礼儀正しい。ちゃんと間違いは正してくれる。私たちはすぐにここから出られる。私が間違っていないことはもうすぐ分かる。

父は正しかった。

ダニエルは一九四一年一月末に家に戻った。父を釈放せよという正式な書類が届いたときのことだった。

二人はステイニングに戻り、バラの剪定を春までに終えた。ダニエルは再び徴兵検査を受け、今回は合格し、軍に入った――イギリス人としてすんなりと英国海軍に。

父はその夏、亡くなった。ダニエルは既に航海に出ていた。

ウェイクフィールド?と隣人の娘が言っている。バーバラ・ヘップワースが育った場所ですか?　あなたの持っている石を作ったアーティスト。

ダニエルが目を開けると、そこは別の世紀のサンルームだ。

彼女が言っているのは、母子セットのひな型の残りのことだ（『冬』二七三―二七四頁を参照）。

一度ベッドを共にした女が子供の方の丸石を盗んだ。大昔。盗まれた。パクられた。

でも、母親の方の丸石は残っているからいい。おかげで売ることはできないけれども。だがそれでよかった。他のものをすべて売り払ったときも、あれだけは手元に残った。うん。あれは大好きだから。

彼は伸びをしながら石が今ある場所を思い出そうとする。あれはたしか――

（彼は伸びをしながら自分が今いる場所を思い出そうとする）

私が今寝ているこの家――隣人の家――の本棚の上にある。

石のことはいい、とダニエルは言う。ところでどこかで見かけたことはないかな、金属でできたカラフルで小さなものを？

金属でできた小さな何？と隣人の娘が言う。

水泳選手の形をしている、と彼は言う。少女がこんなふうにグラスを顔の横に持っているんだ。

彼は手を頭のそばまで持ってきて、空《から》のティーカップを耳の横で傾ける。粋な格好だ。彼女は笑う。

いいえ、と彼女は言う。見たことありません、間違いなく。何なんです？

私たちが知り合ってから、と彼は言った。平らで小さな金属片、女の子、水泳する少女みたいな形の襟章を私が身につけていたり、それが私の家に置いてあったりするのを見たことは？

見たとしても覚えがありません、と隣人の娘が言う。

つまらないものだ、とダニエルが言う。気にしないでください。私がなくしたんだ。

彼はまた彼女が本を読み始めるまで待つ。

そしてこっそり、足元の床を調べる。サンダルの下にあるのが感触で分かるかもしれないから。

ある晴れた夏の朝、一人の男がダニエルに会いに宿舎に来る。ダグラス港に着いたときに見かけた男だ。並んで歩くときに前にいた男。軍曹に向かって、前の人は年を取っているから速くは歩けないと叫んだ男。

彼はウールマンと名乗る。フレッド・ウールマン（実在の画家（一九〇一―一九八五））。

男の物腰にはとても形式張った、儀式的なものがある。だからダニエルは彼をフレッドと呼ぶ気にはなれない。

グルック青年は生まれたときから英語を話し、ドイツ語も理解できると噂を聞いた、とウールマン氏は言う。

生まれたのはイギリスです、とダニエルは言う。それから親に連れられてドイツに行って、六歳まではドイツ語しかしゃべりませんでした。その後は英語だけ。ドイツ語のレベルは六歳止まりです。

私は翻訳に興味がある、と男は言う。人が同じことを言おうとしているときにいろいろと違うことを言う現象にもね。二つの言語を使える君は私にとっては興味深い事例だ。私はこの短い詩のいろいろな訳を集めている。

男は彼にドイツ語の四行詩を渡す。それはちゃんとした厚い紙に手書きされている。紙は以前、射撃の的ではなく、こうして文字を書くものだった。

祖母は何度もこの詩を聞かせてくれた、と男は言う。これを君がどう翻訳するかを知りたい。

ダニエルはそれを読む。

そして帳簿用に置いてある短い鉛筆を手に取り、ナイフで削る。トイレットペーパーに訳を書き、一部を削除線で消す。

彼は再び全体を書き、途中のメモを消す。

韻の踏み方は元と違った形にしなければなりませんでした。文法的にもかなり強引なことをしています、と彼は言う。でも、これが叩き台です。

ウールマン氏が読む。

私のために祈り《カディッシュ》の歌を唱えるな。

私のためにミサ曲を歌うな。

何も歌うな、唱えるな。

いつか私が死ぬ日には。

上出来だ！とウールマン氏は言う。

その顔はうれしそうだ。

ハイネの意見は違うかもしれませんけど、とダニエルは言う。

しかも君はこれがハイネの詩だと分かるんだね、とウールマン氏は言う。イギリスでしか学校に通っていないのに。

ドイツに妹がいるんです、とダニエルは言う。それでどうでしょう？　お役に立てましたか？　気に入った、とウールマン氏は言う。とてもいい。うん。ありがとう。

じゃあ交換にというわけではないですが、ウールマンさん、とダニエルは言う。そのハイネが書き付けてあるような紙を三枚ほど貸してもらえませんか？　〝ください〟じゃなくて〝貸してください〟ってことです。同じくらいかそれよりもいい紙が三枚手に入ったら必ずお返しします、約束です。戦争が終わってから。僕は忘れません。

ウールマン氏は目を大きく見開く。

ダニエルはカウンターの上に歯磨き粉のチューブを置く（歯磨き粉はチョコレートと同様に値が張る）。

ついでにこれもプレゼントします、と彼は言う。駄目ですか？

ウールマン氏は年寄りだ。少なくとも四十歳。彼はマスコミ相手に送る手紙に署名した芸術家の一人だ。その写しが収容所内で出回っている。拝啓。現在マン島ダグラスにあるハッチンソン収容所に収容されている下記の芸術家、画家、彫刻家はイギリス国内にいる同業者と友人たちに緊急に訴えたい。私たちは作品ばかりでなく身の安全まで脅かされたために故郷、故国を離れざるをえなかった。このことは誰もが知るところである。私たちがイギリスに来たのは、ここには

と文章は続いている。

ヨーロッパ最後の民主主義の希望が残されているから　いつまでも　何かを創造しこの国に最大限の貢献を　芸術の使命である。芸術が有刺鉄線の中で生きることは不可能であり　一部の新聞報道によると　私たちが置かれている環境は　数千人から成る狭い共同体　数週間にわたり、外の世界のことは知らされず　ただの白い紙ですべての用事を　忘れられた

そして締めくくりはこうだ。

私たち——ナチによる抑圧から逃げてきたすべての難民——に与えてください。あらゆる芸術家がそれなしには生きられないし、それなしに仕事ができないものを。すなわち自由を。

妻は私が逮捕された数日後に、とウールマン氏はダニエルに言う。初めての子供を産んだんだが、私はまだ娘の顔を見ていない。

ダニエルは芸術家たちの手紙のことを考える。

きっと会えます、と彼は言う。

ウールマン氏は礼を言う代わりに悲しげな笑みを見せる。彼は以前弁護士だった。ある朝、弁護士資格を持って初めて仕事に出かけ、オフィスで腰を下ろしたとき、裁判所のどこかから聞こえる金槌とのこぎりの音があまりにもうるさくて仕事に集中できなかった。何の騒ぎか確かめるため中庭に出てみた。

作業員たちはそこに絞首台を建てていた。

いや。それはギロチンだった。

彼はかろうじてドイツから逃げ出し、フランスに行って画家になり、スペインで旅行中の若いイギリス人女性と出会った。ヘンリー・クロフト卿の娘で、幼いきょうだいにマルクスを講じる——冒瀆！——優しい女。その女は次にとんでもないことをした。一文無しのユダヤ人難民と結婚したのだ。彼女は警察署で彼の上着にインクとデッサン用の木炭を入れた。上質な紙も束でスーツケースに入れた。そして彼は毎日少なくとも一枚、時にはもっとたくさんスケッチをした

――落ち込んでいるか、ややましかという気分次第で。いずれにせよ、スケッチをすると気分はましになる。

その夜、彼は消灯前に〝おとぎ話の家〟に来て、玄関口でダニエルを待つ。そしてとても質のいい、さらの紙を三枚手渡す。

グルック君、私はこの紙はほとんど人に譲ったりしない、と彼は言う。これがあればさらに三枚のスケッチができるんだからね。

彼は微笑む。

ついでに、きれいになったこの歯も見てくれ、と彼は言う。

ある日、彼はスケッチしている姿をダニエルに見せる。部屋の中に座り、膝に載せた小さなスーツケースの上に紙を置く。

今は絵の具にはあまり興味がない、と彼は言う。スケッチこそが本物だ。

彼はペンを置き、ベッドから立ち上がる。そしてスーツケースを開け、紙を数枚取り出し、インクを使った黒っぽいスケッチをダニエルに見せる。

それは寝台が並ぶ部屋、アスコットだ！　雰囲気と暗さがあの部屋にそっくりで、再び匂いまで漂ってくるかのようだ。ダニエルの体から急に冷や汗が出る。

ウールマン氏は彼に、アスコットで手紙を待っていたときは気がおかしくなりそうだったと話す。

一か月だ、と彼は言う。まる一か月。ロンドンなんてすぐ近くなのに、誰からもまったく便りがなかった。私の子供がいつ生まれるか分からないというのに。

彼はダニエルに、作製中の絵をさらに数枚見せる。どれも、新しく生まれた子供に捧げられたものだ。多くの絵の中で、ふわふわ浮かぶ風船が先に付いた糸を持つ小さな少女が地獄を歩いている。風船は地獄の中でも宙に浮かんだままで、好奇心たっぷりの少女は超然と、そして平然とそこを歩いている——周囲で起きている恐ろしい出来事に負けず、一枚ごとにますます力強い足取りで。破壊された建物、絞首台、さらし柱、木からぶら下がったまま腐敗する人々。

ゴヤへのオマージュだ、ほら、とウールマン氏は指さしながら言う。

子供はすさんだ風景の中を歩き、山のように積まれた髑髏《されこうべ》の脇を進む。すぐ横では女が吊されている。少女は恐怖を感じない。そして陽気な骸骨と踊りを踊る。

スケッチする姿をダニエルに見せた日、ウールマン氏は、案山子《かかし》のある干し草畑の絵に鳥を描き加えている。絵の中には道が一本通っている。風船を持った少女が道を歩き、他の数人の子供たちと出会う。皆、案山子——死んで膨張した兵士たち——の下で微笑んでいる。というのも案山子の頭の上で小鳥がさえずっているからだ。

グルック君、君は芸術が好きか?とウールマン氏が言う。

芸術のことは何も分かりません、ウールマンさん、とダニエルは言う。妹は時々絵を描いてます。でも僕は何も知らない。

物事をありのままに見て、かつそこにはないものを見るのは好きか?とウールマン氏は言う。

僕にはそのどちらもできません、とダニエルは言う。できればいいなと思うことはあるけど、できない。

それはめでたいことだ。芸術家まであと一歩のところまで来ている、とウールマン氏は言う。

それは買いかぶりだと思います。僕は芸術家には決してなれない、とダニエルは言う。

ウールマン氏は笑う。

そして一九二〇年代のハイパーインフレの頃に見に行ったカーニバルの話をする。

突然、街の人たちみんながどうかしたみたいに踊り出す。踊りが伝染したみたいにね、とウールマン氏が言う。街全体が狂気と貧困で踊りまくる。歓喜へと駆り立てられるように。

彼は鳥をさらに描き加える。ペンは紙の上でほとんど動かず、鳥が野原の上空に集まる。

別の日、ウールマン氏は絵が描けないほどひどく落ち込む。

私はヒトラーと戦った。でも、イギリスの右翼政治家たちは彼と仲良く戯れた、と彼は言う。

その口調は穏やかだが、恨みがこもっている。

彼はその後気持ちを切り替えて言う。

グルック君、クルトに会ってみないか？

クルトは悪名高い（クルト・シュヴィッタースはドイツ出身の芸術家（一八八七－一九四八））。芸術家だが夜には犬のように吠え、その声は収容所の隅々まで聞こえる。そして噂では、ベッドでなく、犬のように籠の中で眠る。彼がカップと受け皿を使ってそれをしたとき、ダニエルは芸術家のカフェにいた。いずれにせよ、受け皿に合うカップが見つかるのは非常にまれなことだ。しかしクルトはそれを見つけ、カフェでテーブルの前に座っていた。周りに集まっていた人々は互いに話をしていたが、クルトのぶつぶつ言う声を聞き、彼が手でやっていることを見て、徐々に静かになった。彼は体の前に置いたカップと受け皿をゆっくりぐるぐると回しながら、何度も何度も**嘘**《ライズ》、**嘘**《ライズ》、**嘘**《ライズ》と言っていた。違う。それはドイツ語だった。ドイツ語の**ライゼ**だ。**静かにしてください**と言うときの〝静か〟という単語。彼はそれを非常に、非常に小さな声で繰り返し言っていた。**ライゼ**、**ライゼ**、**ライゼ**。やがて周りの人は**ライゼ**静かになって耳を傾け始め、静けさが**ライゼ**水面の波紋のように広がり**ライゼ**、彼が言葉を**ライゼ**繰り返す間にも部屋を満たした。さらに少し力を込めて**ライゼ**、一度言うごとにさらに少し大きな声で**ライゼ**、**ライゼ**、**ライゼ**、やがて部屋全体が彼の**ライゼ**言葉、徐々に大きくなる**ライゼ**に耳を傾け**ライゼ**、ついには大声で**ライゼ**と叫びだし、しまいには声の限り**ライゼ**と絶叫していた。彼は全身を使って叫び、カップと受け皿を手の中でくるくると回しながら立ち上がり、カップと受け皿の両方を思い切り床に投げつけて、粉々に砕いた。

静寂。

部屋にいる全員がショックを受けていた。

そのとき全員が叫び、笑い、怒り、歓喜した。その全部を同時に。

ダニエルがそのとき感じていたのは、いつ以来か分からないが自分が久しぶりに肺いっぱいに息をしていることだった。逮捕の前以来？　いや、数年、ひょっとして十年ぶり？　時代がおかしくなる前以来か？

収容所の人は全員、クルトがヒトラーその人に作品をあざけられたことを知っている。

ここから出られたら、死なずにちゃんと生きて出られたら、俺は犬を買って、クルトって名前を付けるんだ、とシリルはある日、夜の咆哮を聞きながら言った。あれはすごく役に立つ。クルトの大声。俺たちの隣の部屋の老人が目を覚まして、やつらがわしを殺しに来た、助けてくれって悲鳴を上げるとき、俺は自分にまた眠れって言う。それかゼリグに眠れって言う。どうせダックスフントのクルトに向かって吠え返してるだけだからって。

　クルトはダニエルの手を両手でしっかりと握る。

君と知り合いになれて、私は運がいい、そして幸せだ、と彼は言う。君には幸運が付いてる。そして君は常に幸福と一緒だ。

彼は手の中にあるダニエルの手を上下に振る。

私は今幸運を持つ若者の手を握った、と彼は言う。だからこの戦争を生き延びることができるだろう。しかも君は食堂で仕事をしているそうだね。実はそれだから引き合わせてもらったんだ。君に頼みがある。

彼はダニエルをアトリエに案内する。

彼はコラージュを作っている。それは虹色のレースでできているように見える。

ダニエルはその正体が魚の皮であることに気づく。

部屋は奇妙な匂いがする。ツンとする甘い匂い。そのときダニエルは収容所内に広まっている噂を思い出す。クルトは誤って尿瓶につまずき、数日分の中身をこぼしたらしい。それは床に染み込み、下の部屋に達した。そのせいでアトリエは取り上げられることになったという話だ。

（噂では、クルトはこぼれたものを拭き取るために服を脱いだ。

そして作業が終わると、また服を着た、とシリルは言う。）

部屋のあちこちに折れた木切れや折れた古いピアノの脚が置かれ、そこに緑がかった青色の彫刻――頭像、胸像、はっきりしない形――が載せられている。砂混じりでごつごつした彫刻は、妙に見覚えがあるみたいに感じられる。

誰も使わないし食べもしないようなもの――しばしば捨てられるようなもの――を何か食堂か店で見つけたらそれを取っておいて、私に譲ってくれないか、とクルトはダニエルに訊く。たばこの空き箱、空になった歯磨き粉のチューブ、チョコレートの包み紙。傷んだキャベツの葉っぱでも。いちばん欲しいのは食べ残しのおかゆ。朝食後にごみ箱に残っているのを見つけたらぜひ頼む。

彫刻がおかゆの固まったものでできていることにダニエルが気づいたのはそのときだった。素材はすっかりかびて、彫刻の一つ一つから緑色の毛が生えていた。

この彫刻は生きている、と彼は言う。

クルトは顔をしかめる。

それ以上の褒め言葉はない、と彼は言う。

しかめた顔だと思ったものは一種の笑顔だ。

ダニエルは目を開ける。

戦争時代の夢を見てたんですね、と隣人の娘が言う。

彼女の手が肩の上に置かれている。

寝苦しそうに暴れて、何か叫んでましたよ、と彼女は言う。

彼女はスープをトレーに載せて持ってきている。

そうだ、と彼は言う。そうだった。

どこに行ってたんですか？と彼女は言う。どんな夢でした？

私はダグラスの街の通りを歩いていた、とダニエルは言う。みんなでね。私たちは映画館《ピクチャー・ハウス》に向かってた。すると一緒にいた警備兵が私に銃を渡したんだ。疲れたからって。

じゃあ、逃げたらよかったのに、その夢の中で、と彼女は言う。渡された銃を警備兵に突きつけて、逃げ出すこともできた。

彼は笑う。

ああ、今の話は夢じゃない、と彼は言う。本当にあったことだ。でも、逃げてどこに行く？逃げようとしたのはファシストたちだけだ。

彼はスプーンをトレーに戻す。

その後、私はチャリング・クロス通りでウールマンさんに会った。挨拶をして、握手をして、〝元気ですか？〟と尋ねた。そこから何を話そう？　何も言うことがない。そこで私は書店を指差して言った。ハッチンソン収容所で描いた絵が本として出版されたという話を聞きましたが、まだ見ていないんです。自分の目で見るのを楽しみにしています。

彼は笑った。

〝楽しみにしている〟か、と彼は言った。面白い言い回しだ。みんながとても楽しみにしてくれたのはいいけど、誰も買うことはしなかった。戦争のことはもう誰も思い出したくなかったんだろう。出版されてすぐ買いたがる人はいなかった。

僕はあなたに上質な紙を三枚借りたままです、と私は言った。

それはもうなしってことでいい、と彼は言った。

私たちは陽気に別れを告げた。

それきり会うことはなかった。

しかし何年も後になって、私は彼の本を見かけることがあった。彼が亡くなった後のことだ。すべての絵に目を通した。見たことのあるものもあった。そして思い出したんだ。誰かが私の頭の中に刻み込んでいたかのように思い出した。絵の中の風船を持った幼い女の子。娘さん。生まれたばかりの子供。彼女は本の最後まで地獄の中を進み続ける。そして最後のページで——

彼は笑いだす。

——女の子が何をするかというと、聖職者が着ている服の裾をつかむ。あの服は何と言ったかな、ええと、

修道服?と隣人の娘が言う。

そう、それだ、修道服。女の子がしゃがむ。そこには巨大な聖職者がいて、十字架が鉤十字に変わっている。少女が修道服の裾をつかんで、いとも簡単に彼を転倒させる。それから少女が立ち上がり、サーカスの踊り子か軽業師のように片足を上げ、片手を腰に当てて、男の腹の上でバランスを取る。風船は空高く浮かんでいる。

本を見たことをウールマンさんに伝えて、お礼を言えたらいいのに。

夢の中で映画館に行ったとさっきおっしゃいましたっけ?と隣人の娘が言う。

ああ、それは夢じゃない。実際に映画館に行ったんだ、と彼は言う。連中が連れて行ってくれた。警備兵は二人。私たちの方は四百人。十一月のことだった。映画館《ピクチャー・ハウス》。正面は疑似チューダー様式。とてもきれいな建物だった。『独裁者』。散髪屋のチャップリンが美人の娘に恋をする。娘は私の妹と同じ名前だ。ヒトラーをあんなふうに扱うなんて本当にすごいと思った。そして収容所に戻るとその夜はコンサートがあった。たしかシューベルトだった。

ずいぶん刑務所らしくないところですね、と彼女は言う。

刑務所は刑務所、と彼は言う。そこにいる間、何をしていようとも。

彼はスープを飲み終わる。

ありがとう、と彼は言う。君は本当に親切だ。

本当にどういたしまして、と彼女は言う。

彼女は彼が午後の休息のためベッドに横になるのを手伝う。

そういえばグルックさん、と彼女は言う。一つお尋ねしたいことが。さっきおっしゃった話。あなたには。妹さんがいたとか?

いた、と彼は言う。

他には何も言わない。

人が来る少し前にまた起こしますね、と彼女は言う。

〝人〟、と彼は言う。

今日、あなたを訪ねてくる人のことです、と彼女は言う。男の人。そのお母さんをあなたがご存じだったとか。覚えてます?

ダニエルは首を横に振る。

ああ、思い出した、と彼は言う。

彼女はフランス窓のカーテンを閉じる。

開けておいてくれないか、と彼は言う。今日の外は明るくて気持ちがいい。

彼女は再びカーテンを開ける。

ありがとう、と彼は言う。

そして目を閉じる。

彼は十七歳。妹は十二歳で、ただの子供だ。ベルリンのアパートの居間。彼は夏休みでそこに来ている。二人は並んで大きな開いた窓枠に肘を置き、そこから身を乗り出して、午後の往来を見ている。

二人は口喧嘩の最中だ。いつものことながら。

彼はコメディアンとしてマックス・ランデーの方が優れていると言う。

彼女はチャップリンの勝ちだと言う。

うん、でも後世まで残るのはランデーの方だ、と彼は言っている。間違いない。垢抜けているし、創意もある。社会派コメディアン。社会的知性を備えた男。チャップリンはただの道化。ランデーがやっているのがボクシングならチャップリンはシャドー・ボクシング。人の芸を盗んでおいて、本家に負けないと思い込んでる。でも無理。レベルが違う。ランデーが元祖。ランデーが本物。

ハンナはダニエルを哀れむように首を横に振る。

社会派コメディアンねえ、と彼女は言う。

そして彼が何か能天気なことを言ったかのように笑う。

チャップリンは常緑樹《エバーグリーン》、と彼女は英語で言う。マックス・ランデーは美しさが一年しかもたない植物。そのうち分かるわ、夏のお兄ちゃん《サマー・ブラザー》。

彼女は最近、彼をそう呼ぶようになっていた——まるで本当の兄ではないかのように。まるで一年のうち一つの季節の間だけ兄であるかのように。

彼は最大限の威厳を装う。

そのうち分かるよ、と彼は言う。

とにかく、と彼女は言う。浮浪者と洒落者なら、浮浪者の方が長く生き残ると思う。千年単位でね。

晩夏の朝。夜は寒いが、昼間はまだ天気がよくて暖かい九月の下旬。ダニエルは〝おとぎ話の家〟の裏で日なたに座り、紙を広げる。

紙は三枚ある。

彼は二枚を膝の上に広げて風で飛ばないように押さえ、もう一枚はまた丸めて内ポケットに戻す。

鮮やかな赤毛の若い警備兵（ダニエルは彼をアイルランド人と呼び、彼はダニエルをイングランド人と呼んだ）が比較的長い鉛筆を貸してくれた。

鉛筆を削るためにキッチン用の果物ナイフが用意してある。

親愛なるハンスちゃん
と彼は一枚目のいちばん上にとても小さな文字で——できるだけ小さく、でも読める大きさで——書く。ハンナが周囲の状況をものともせずに好きなことをしているとき、ダニエルは妹をハンスと呼ぶ。

渡り波《ワンダーヴォーグ》さん、君のいる場所はどんな様子だろう？

〝渡り鳥《ワンダーフォーゲル》〟の代わりに〝渡り波《ワンダーヴォーグ》〟。妹はきっと気に入る。

それともくだらないと思われるだろうか？

彼は悪筆だ。

悪筆でごめん。しばらく練習していないせいだ。最近は手でたくさんの言葉を書くことがない。

彼は〝最近は〟から〝ない〟までを線で消す。

この点は今後改善する予定だ。実際、この手紙でそのことは分かってもらえると思う。というわけでまずは、笑顔で挨拶。こんにちは。元気かい？　戦闘訓練でもやってる？　おまえのこと

は忘れてない。父さんは
まずまず元気
弱ってる
とんでもないルームメイトで部屋はすごく狭い
まずまず元気。時々は希望さえ抱いている。
そう。
僕がおまえに手紙を書いているのを知ったら、父さんはきっと〝愛していると書いておいてくれ〟と言うだろう。ここに来てよかったことの一つは、ブライトンで殺虫液が没収されたこと。おかげでマン島の蝶は有刺鉄線の向こうとこちらを自由に行き来できる――かの桂冠詩人が〝夏の魂〟と呼んだように。ほら。僕は詩の一節を思い出したぞ。すごいだろ？
彼は頭の中で妹が手書きした文字を見ることができる。賢そうで滑らかな鋭い文字。自転車でハンドルの上に乗り出して加速を促そうとするかのように、文字も傾いている。
僕は今ホームシックだ。異国の麦《コーン》畑《コーニー》の中に呆然と突っ立っているだけじゃない。僕自身が呆然とした異国の麦《コーン》だ。そしてとても感傷的。そう、笑ってくれてありがとう。
妹はこの言い回しを気に入ってくれる。分かってくれるはずだ。
孤独！　ジョン・キーツならそう言うだろう。僕は詩の鐘を鳴らしながら、もっと旋律の美しい物語を探している。でも、今いる場所、今持っている手段では
駄目だ。〝孤独〟と〝鐘を鳴らし〟を削除する。その後、〝僕は今〟から〝今持っている手段で

は〟まですべて削除する。

今いるマン島の〝男島《メン》〟では、うれしいことに、お兄ちゃんに友達ができました。実際、陽気ですごくいいやつで、いつもつるんでます。この坑道《マインシャフト》みたいな奇妙な強制共同体《ツヴァングスゲマインシャフト》でも、友達がいるとほっとします。

これはきっと受ける。うん。

でも、妹には次の話はしない。

（妹以外の誰にも。）

シリルは僕をどうしたらいかせることができるかを正確に知っているという話——彼はダニエルに、ダニエルは彼に、毎日のようにそうしているということ。今、彼の頭には妹の姿が浮かぶ。彼女は二人の姿を見れば察するだろう。きっと非難することはない。収容所当局は今、おかゆに臭化カリウムを加えて被収容者の衝動を抑えようとしているという噂を聞いたら、妹は大笑いする——笑い転げる——だろう。その結果、大半の人はもうおかゆを食べなくなり、そのおかげでクルトは材料を手に入れやすくなった。

ここはどこか遠い土地みたいな感じがするんだ、ハンス、でも皆、常に何かを待ちわびている

ここは全部削除。

ハンス、ここはどこか遠い土地みたいに感じられるけど、周りには芸術家や賢い人たちがたくさんいるから、きっとおまえはこう言ってくれると思う。ダニエルお兄ちゃんは運がいいって。ていうか、はっきり言うと、おまえがもしここに来たら、まさに水を得た魚って感じになるんじ

ゃないかな。このたとえで水槽を思い浮かべてしまうと、やっぱり刑務所みたいだけど
最後の一文は横線で削除。

母が死んだ後、妹から届いた手紙のことを彼は思い出す。家族に先立たれた人はしばしば〝悲嘆の島〟の住人になるから、天気が荒れそうなときやボートが見つからないときのために、溺れたりしないよう、必ず救命胴衣を用意しておかないといけない、とそこには書かれていた。妹は賢い。普通はうまく言葉にできないことをいつも言うことができるし、昔からその能力を持っている。彼にはその力がない。特に手紙を書く能力は。

しかし恐怖は伝えないことにしよう。だから彼は
僕らは今、以前ほど、侵略におびえてはいない
と書いた途端に削除する。

彼は胃のあたりの気持ち悪さについて言及しない――公園のブランコのように希望と絶望を往復する日々のこと。退屈についても触れない。退屈だなどと言おうものなら妹には軽蔑されるだろう。思い付いたことを自分でも誇らしく思う美しい文章も書かない。
僕らはずっと有刺鉄線の中から、輝かしい夏に向かって開かれた扉を眺めている
言葉の並びは美しいと思うけれども。偶然の成り行きで幸運な部屋を割り当てられてカナダかオーストラリアに向かう船に乗っていたらどれほど楽だっただろう、という話も彼は書かない。そして魚雷で爆破された船のことにも触れない。遠い沖で起きたことなのに、リヴァプールの空が真っ赤に染まったことも。時間はもはや時間として認識できないことも。時々食欲をなくすこ

とも。時々自分が、酔っ払って街を歩き回っていたエルンストおじさんみたいだと感じることも。

エルンストおじさん。もう亡くなっただろうか、それとも生きてる？

おまえの名前も、おまえが今どこにいそうかということも僕らは誰にも言わない。どこで誰が話を聞いているか分からないし、〝耳に聞こえないメロディーは、聞こえるメロディーよりも甘い〟と言ったキーツみたいに、聞こえない話を聞くことができる人はめったにいないから。

彼はこの一段落を妹への手紙には書かない。

代わりに書くのは

僕は今、おまえの代わりに読書をしている——おまえは忙しすぎて、あるいは頭がいっぱいで、あるいは機会がなくて本が読めないかもしれないから。ちょっとありえないことだろ。でも、本当だ。本を読むとき、僕らは仲良しでいられる。収容所の所長はいい人で、所内には本を持ち込むことができる。だから古い本が何冊か回し読みされている。本は人の手を経るたびにどんどんぼろぼろになっていく。

ここで話を整理しないといけない。細かいことを書きだすと切りがないから。

でも僕が読んだチャールズ・ディケンズの『デイヴィッド・コパフィールド』はかなりいい状態だった。お気に入りの部分を引用したいけど、今は他の人の手元にある——きっとその人も楽しんでいるはず。デイヴィッドが学校に送り出されるときに、母親が生まれたばかりの弟を高く掲げて見せる場面がある。実はそこで、僕はおまえのことを思い出した。僕は大きくなってから感傷的《センチメンタル》になったのかもしれない。カフカも読んだ。兄と妹が邸宅の前を通りかかって、その門をノックするか、しないかという話。すごく短い話だけど、他に読んだ話よりもリアルで深い。
ディケンズの話は残すが、カフカに関する部分はすべて削って、次の文章に置き換える。
ディケンズの書いたクリスマスの短い話も読んだ。一人の男が頭の中にあるつらいことを思い出すのが嫌で、記憶を取り除いてくれと幽霊に頼む話。幽霊は言われた通りにする。男に苦痛を感じさせていた記憶をすっかり取り除く。でも、苦痛そのものは消えない——苦痛が存在する理由に関する知識は消え去ったけれども。その結果、男は自分がなぜ苦痛を感じるのか分からず、機嫌が悪くなり、腹を立て、当惑する。そして男が接触するすべての人に、その不機嫌といらだちとつらい記憶の喪失が伝染病のように広まり、あっという間に町中の人が理由の分からない腹立ちと不機嫌に取り憑かれる。

ちなみに今は、トマス・ハーディーの『ダーバヴィル家のテス』をもうすぐ読み終わるところだ（綴じから外れた最後の部分を他の人が読んでいるから、それが回ってくるのを待っている）。〝タイムの匂いが漂い、鳥のひながかえる五月の朝〟（『テス』第三編冒頭の引用）。とても有能な人や学のある人がここにいて、講義を聴かせてくれるので、僕らは幸運だ。つい先日も、ゲーテに関する講演があった。プラトンが専門の教授もいるし、リルケの専門家もいて、彼が〝薔薇の鉢〟の話をしたときには当然僕はおまえのことを思い出した。

でも君は今、そんなことは簡単に忘れられる
だって目の前に、薔薇の鉢があるから
そしてこれは忘れられない

鉢は存在に満ち、薔薇はそこから身を乗り出し
決して妥協をせず、自分の存在を差し出すから
僕らも薔薇にならって精いっぱい前に進むことができる

僕の翻訳はどう？　記憶で訳しているから間違っているかもしれない。ここで何かをしゃべる人はみんな記憶でしゃべる。すごい芸当だ。この前、みんなでこんな議論を交わしているとき、僕はおまえのことを思い出した。議論のお題は、芸術家は彼自身の時代を描くべきかという問題。はっきり言ってね、ハンス、僕らは危うく殴り合いになりかけた。そのとき僕は勇気を出して〝芸術家は彼女自身の時代を描くべきか〟という問題はどうなのかと発言したって聞いたら、おまえはきっと僕を誇りに思ってくれるんじゃないかな。僕はみんなに笑われて、部屋から追い出されそうになったんだけど、少なくとも殴り合いを止めることはできたし、意見の一致点を探させることもできた。でも僕はよく、おまえの絵のことを思い出す。ここには芸術家が何人かいる。みんな腕はいいけど、僕の頭にあるのはおまえの絵だ。花を描いた絵で、よく見ると花びらの形に人の顔が隠されている。あれのせいで僕は、本物の花を見るたびに必ずそこに人の顔を見てしまう。

僕の言っていることは間違い？　おまえが描いた花には顔があるって言ったら、妹は嫌な顔をした。でも妹はもう十六歳ではない。二十歳だ。今ではそんなふうには思わないかもしれない。あれは子供じみた反応だった、と。

おまえに話したいと思っていたもう一つのことは、僕が椅子の脚を彫って鳥の彫刻を作ってい

るという話。ついでに言うと、残念ながら、例のいい化粧水——おまえが言っていたみたいに、あれを使うと肌が柔らかくなった——は最近手に入らない。さらに困ったことに、耳の後ろのイボが取れたところに塗るよう医者からもらっていた軟膏もなくなった。だから今は手に入るオイルや油なら何でも使っている。ただしちょっとずつだ。変な匂いがするものも多いから。

おまえはきっと、僕がストレリスカ医師に会いに行った話に興味を持つだろう。先生は収容所で、筆跡占いと筆跡鑑定の専門家だ。そう言われた父さんの筆跡を見て、「あなたはものを育てることが好きなんですね」と言った。そう言われた父さんはとてもうれしそうだった。

「先生は父さんが蝶を窒息させるのが好きな人間だとは言わなかったんだね。蝶が死んだら翅《はね》を広げて、胴体に針を刺すんですね、とか？」と僕は言った。

おまえの筆跡が手元にあればＳ医師に見せることができたのに残念だ。先生はきっとこう言っただろう。「おお、これは女王の中の王の書いた文字だ！　王の中の女王！」。間違いなくそう言ったと思う。

僕は自分が書いた字を先生に見せた。「あなたはたくさんの季節を持つ人物だ」と先生は言った。それがどういう意味なのかさっぱり分からないし、筆跡を見ただけでどうしてそんなことが分かるのか分からないけど、うれしかった。でも、「あなたは歌が上手で、有名な歌手になります」って言われなかったのはとても残念。おまえはもちろん覚えているだろうけど、僕は歌がうまい。でも今は我慢だ。僕は友人のクラインさんと一緒に夏の歌を作っている（『秋』二一七頁を参照）。クラインさんには音楽の才能がある。僕らは有刺鉄線を五線譜に見立てて——島の風景が譜面だ

──そこに靴下を引っ掛けることで曲を楽譜に記録しようと考えている。出来上がったらおまえに捧げるつもりだ。出だしの歌詞はこう。「タイムの匂いが漂い、鳥のひながかえる五月の朝」。音楽と言えば、本格的な音楽家がここにはいる。ラウィッツさんは僕と同じ収容所。そしてランダウアーさんはマン島の別の収容所にいる（ラウィッツとランダウアーは一九三二年から一九七〇年に活動した有名なピアノデュオ）。僕らの収容所の司令官はコンサートを開いてほしいとラウィッツさんに頼んだ。ところが。ラウィッツさんは収容所に残された古いピアノを全部試してみたけどどれもひどい状態で、一台は試奏中に文字通りばらばらになった！（今では響板や側面には絵が描かれて、弦は実業学校で電線として使われて、脚輪《キャスター》はどうなったか分からない。白鍵は歯科医のところに行って歯になった。）

僕らの収容所の司令官はヒューバート・ダニエル少佐。彼は芸術家にアトリエを与え、作家には本と紙を渡した。届いた郵便物の管理も確かで、郵便がちゃんと届くようにしてくれている。要するにいい人だ。グランドピアノを二台リヴァプールから取り寄せて、特別によその収容所との交渉もして、ここの被収容者ではないランダウアーが僕らの収容所で演奏できるようにした。

ラウィッツとランダウアー！　王と妃の前で演奏するデュオ！　王と妃の前で演奏した後、帰宅途中に逮捕されて、この収容所に連れてこられた。そんな二人が僕のいるところで演奏してくれるなんて！　僕らは草の上に座って、シュトラウス父子の曲に耳を傾けた。

ダグラスの町の立派な人々が何百人と有刺鉄線の脇に集まって、僕らと一緒に演奏を聴いた。すばらしい夜だった。

さてと、ハンス、そろそろこの手紙も終わりだ。アイルランド人兵士は短くなった鉛筆を勤務時間が終わるまでに返してほしいと言っている。
というわけでまた次に会える日まで。
僕のために窓のそばで内面の光《インネルリヒトカイト》を光り輝かせておいてくれ。
僕もおまえのために同じことをするから。
秋の妹へ
いつも変わらぬ
夏の兄より

ダニエルは手紙を読み返す。

そして上質な紙の最後の一枚を広げる。

手紙の草稿を靴底で押さえて膝の上に体を乗り出し、それを見ながら、線で削除したりすることは(ほとんど)なしに、さらに小さな文字で清書をする。

それから背中で壁にもたれ、有刺鉄線の向こうに広がる海を見る。

島の上空、カモメよりも高いところに、カモメとは違う鳥がいる。夏鳥？　もう夏も終わろうとしているのに？　もしもそうならずいぶんと出遅れた渡り鳥だ。ひょっとすると孤独な迷い鳥か。

正体は分からないがその鳥さん、この手紙を妹のもとに届けてくれ。

彼は今三枚の紙を混ぜ、削除線のある下書きと清書した手紙のすべてをきれいにそろえる。

そして半分に破る。

また半分に破り、さらに半分にする。

それを〝おとぎ話の家〟のキッチンに持ち帰り、そこで料理番のマッチを借り、何もない廊下を戻り、玄関から出る。

玄関前の石造りの階段に紙切れで小さな山をこしらえ、一枚の紙切れに火を点ける。

火は他に燃え移る。

火が発する熱はしばらく強まり、また弱まる。

火が消え、灰が充分に冷めると、彼はきれいに後片付けをする。灰を両手に擦り付け、空っぽの手のひらを広げて見る。

手のしわが黒く際立って見える。

彼は耳の後ろの、三年前までイボがあった場所を触る。

いや、
あれは八年前だ。

耳が目覚める。

イボがなくなってから長い時間が経った。

でも、イボを取った場所には縫った線があるので、指先でそれを感じる。何かがなくなった跡の線――なくなったものが癒えた場所――の感触が彼には分かる。

でもちょっと待て。今、彼の目も覚めた。

ここは隣人の家。隣人の娘の部屋だ。

今は何時だろう？

朝食はとった。サンドイッチを食べた。それにスープも。今は午後だ。まだ明るい。

今は何月？

太陽が低い。

冬から春。

家の外で人の声がする。彼にはそれが聞こえる。玄関前に車が停まっているのがフランス窓越しに見える。車から降りてきた人たちがそのまま家の外で話し、笑っている。

ああ、冬にしては天気のいい午後だ。人が外で楽しそうに話をしている声が聞こえるのはいいものだ。

彼らは車の扉を閉め、さらに少し立ち話をする。若い人と年配の人。家族だ。

鳥が幸せそうにさえずっているみたい。

彼は絵の中で案山子の頭に止まっている鳥のことを思い出す。インクで描かれた瞬間が生命を得るのを彼は見た。そしてそれから何年も経ち、本で見たときにも、鳥はそこにいた。

ここに来た家族の若い一人がフランス窓のところまで近づいて中を覗く。扉のすぐ前に立って、ガラスに映る自分の姿の奥を見る。

そのときダニエルがそこに見るのは妹だ。

本当か？

ハンナ？

ハンナがそこに立って中を覗いている。

本当だ。

彼女だ。

若い頃の妹。

若い頃の妹の生き写し。

彼女は扉を開ける。やっぱりハンナだ。何ということだろう。今この部屋に、男の子の姿をした十二歳のハンナがいる。

ああ、やあ、とダニエルは言う。

ちわ、とハンナが言う。

今までずっとどこにいたんだ?と彼は言う。

思ったよりも道が混んでたんだって、とハンナが言う。

でも、ずいぶん長くかかったね、とダニエルは言う。時間が経ちすぎたせいでもう会えないかと思った。

逆だよ。時間と空間が僕らみんなを結び付けるんだ、とハンナは言う。全体を見れば僕らはその一部でしかない。宇宙的に見ればね。問題は、僕らは自分たちがばらばらの存在だと思いがちだってこと。でもそれは幻。

ああ、とダニエルは言う。

今のはもちろんアインシュタインの受け売りだよ、とハンナは言う。ていうか、少しだけ言い換えた。アインシュタインは僕らを幻想から解放することこそ人間が信じるべきただ一つの本当の宗教だって言った。僕らは互いにばらばらの存在だというのが第一の幻想。僕らは宇宙とは切り離された存在だというのが第二の幻想。僕らはこの幻想を克服したとき初めて心の平穏を手に入れることができる。彼はそう言った。十一歳の息子さんをポリオで亡くした男に書いた手紙の中でね。精密に言うと、もしも今日が二月十二日なら、アインシュタインが男にその手紙を送ってからちょうど七十年ってことになる。でも、本当の七十周年は今週の水曜。精密に言うとね。

ああ、とダニエルは言う。

うん、とハンナは言う。実はその人――アインシュタインが返事の手紙を書いた相手――は第二次世界大戦の終わりにたくさんの子供の命を救うために頑張ってた。でも、自分の子供が病気で死ぬのを防ぐことはできなかったからつらい思いをしてた。だからアインシュタインに手紙を書いた。何の罪もない人、才能を持った人が死んでしまって、ただの土に戻ることに何の意味があるのか、そもそも意味なんてあるのか、説明してほしいってね。

間違いない、とダニエルは言う。君は本当に君だ。

うん、とハンナは言う。僕は本当に僕だよ。そしてあなたは本当にあなた。でもアインシュタインの考え方に従って、あなたと僕と、時間と空間を全部足し算すると。さて、どうなるでしょう？

ハンナはいつものように、ダニエルの頭が話に追いつくのを待つ。

どうなる？　全部を足し算すると？とダニエルは言う。

あなたと僕は単なるあなたとか僕とか以上のものになる、とハンナは言う。〝僕ら〟になるんだ。

ここからは、時間を節約するためのお話。昔々あるところに王様か、君主様か、公爵様がいました。その娘はたいそう美人で、その髪と肌はまるで何々のように白く、赤く、金色で、黒かったのですが、ある日のこと、さらわれるか何かしてしまいました。

ハンナ・グルックは今日、町を離れ、小さな集落の墓地を巡っている。自転車の籠に花を載せ、墓の前を通り、亡くなった日付を確認し、若くして亡くなった人たちの名前を記憶している。

これは便利な情報源だ。百パーセント安全とは言えないが、生年月日と没年月日は通常、違うリストに記載され、しばしば別の引き出しにしまわれ、運がよければ時には違う建物に保管されている。運がよくて、こちらが充分機敏に行動すれば、誰も両方の情報を照会しようとは思わない——そもそも照会などしないだろうが。

状況はいつか変わるだろう。運というのは常に変わるものだ。

でも、今のところはうまくいっている。

彼女は最近、滞在している場所から町外れに足を延ばすようになっていた——特に周りの小さな村へ。ただし町外れの人は往々にして疑り深い。小さな村ほどその傾向がある。

いや。墓地で一つ一つ墓石を確認している彼女を見た人は、不審がるか、優しくするかのどちらかだと言った方が正しい。その点はいつも興味深い。人がどちらの反応をするかは決して予想できない。

何をしてるんだ、そこのあんた？

何かお困りですか？

ハンナ・グルックはどちらの出方にも備えができている。

心の準備をしているハンナ・グルックは単なるハンナ・グルックではない。彼女は今、お針子のアドリエンヌ・アルベールだ。イギリス風に発音するならエイドリアン・アルバート（『秋』六三頁を参照）。アドリエンヌ・アルベールは一九二〇年にナンシーでスペイン風邪を患い、十八か月の幼さで亡くなった。そしてほぼ同時期に同じ病気で死んだ祖母と同じ墓に葬られた。にもかかわらず彼女はここで温かな肉体と血を持ち、生きて息をしている。ただし書類にあるよりもほんの少し若い。彼女は今日、墓地を巡り、自分と同じように他の命をよみがえらせようとしている。

墓石に刻まれた名前と日付を見る。

黙ったまま、亡くなった人に許可を請う。

頭《こうべ》を垂れて、故人を記憶に刻む。

そうして手に入れた贈り物――名前と日付――を、新たな自我を必要としている人に渡す。

それはごまかしではない。それよりもはるかに複雑なものだ。何か現実的なことが起きる。幼虫が蝶に変態するような出来事。亡くなった人は、ハンナが何年も前にサーカスで見かけた少女に劣らずこの世に現実的に存在する。巨大な馬の上でピラミッドを組む三人の少女の上で片足立ちになって、ありえないバランスを保っている少女。馬はサーカスの楽団が演奏する「夢が歩くのを見たことがあるか？」に合わせてガタガタとリングを駆け回っていたので、一人でもその背中に立つのは不可能に見えた。

一体どうやっていたのか？

彼女たちは不可能を可能にしていた。

そして私たちは皆、否応なく、最後には名前と日付とほぼ無の状態へと帰する。

しかし、かつてある人を意味していた言葉が息をしている存在と出会うときの様子は、今彼女の頭上の木の中で鳥がさえずり、離れた場所にある庭にいる別の鳥から同じさえずりが返ってくるのに似ている。粒子が粒子に、埃が埃に、塵が塵に向かってさえずり、何かがつながる。埃の片言が水の思考と出会い、さらにそれが酸素、炭素、窒素、水素、カルシウム、燐、水銀、カリウム、マグネシウム、イオンなど、分子のアルファベットの思考と出会う。

かつて短い間、人を意味していた言葉の周囲で何かが熱を持つ。

その人物については何も――基本的なことさえ――知らない。でも、何か家族的なことが起きる。

彼女が名前と日付を記憶した瞬間、それは始まる。

それから彼女はある番号――毎回違う番号だ――に電話をかけ、知り合いでもなく今後会うこともない誰かに、記憶したことを伝える。その人物――一種のいとこ――はそれを芸術家《アーティスト》に伝え、芸術家は名前に新たな生命を与える書類を作る。すると地震が起きたときのように何かが変わる。死んだ名前が新しい人間を身に付け、生きた人間が死んだ名前を身に付ける。そうしないと生命が終わる誰かに、生命が生じる。生じなかった生命に命が生まれる。生きられなかった人に、うやうやしく、慈悲深く、生命が入る。一方で寒さに用心し、他方でぬくもりに感謝しながら生活し――**夏の炎よありがとう、作物と羊と牛に幸あれ、神々がわれわれに豊かな年を与えてくれますように**――運がよければ、生まれ変わった人はそこからさらにいくつかの季節を生き延びることができる。

だから今やるべきなのは、と彼女は自分に言い聞かせながら、若くして亡くなった人の墓標を探して大きな墓地の砂利道、町や村の人が家族を葬る草地へと続く獣道や道なき道を進む。だから人生が曲芸を必要としている今、やるべきなのは、巨大な農耕馬の背中でピラミッドのてっぺんにいた少女のように振る舞うこと。思い出すんだ。あの子は頂上から宙返りをしておがくずの敷かれた地面につま先立ちで飛び降りた。そして団長が台の上で紙の輪に燃料を掛けて火を点けると、そこまでスキップしていき、燃える輪をくぐった。

そのときの道化のことも忘れてはならない。彼は役立たずで不器用に見え、馬鹿みたいなかつらをかぶり、一人でつまずき、サイズの合わないぶかぶかの服を着ている様子はまるで火のそばに燃料の染み込んだぞうきんを置き忘れたかのようだった。ところが実は大変な運動神経の持ち主で、海鳥か戦士、あるいはオリンピック選手のように炎の輪を一度ならず二度、三度と軽々くぐり抜けたのだった。

一九四〇年晩夏、リヨンの朝。兄によく似た男が街でハンナの横を通り過ぎる。

当然それは兄ではない。似ていると思ったのとほぼ同時にそのことは明らかだ。

でも一秒の数分の一の間、実際にはそこにいない兄が目の前に現れた。彼女は男の雰囲気に何かを感じて振り返り、さらにそこできびすを返す。

兄に会えたのは本当にうれしい！

それは兄ではないけれども。

後ろ姿も。それは兄の後ろ姿ではないけれども。

だから彼女は本能に従う。本能が自分をどこへ導くか確かめてみよう。彼女は男の後を追う。

男は駅へ行く。彼女はそれを追って駅に入る。そして切符売り場の列に並び、男の後ろに立つ。

男がどこ行きの切符を買ったのかは聞き取れない。しかし彼女は窓口まで進むと、喧嘩をしている夫を見るような目を男に向け、〝同じところまで〟と言う。

窓口の女性はこちらに目もくれない男の後ろ姿を見てから、ハンナの方に向き直って眉を上げる。ハンナも同様にあきれた様子で眉を上げ、少し首を横に振り、我慢強い表情を見せる。

窓口の女性はハンナに、額面の半額を請求する。

ハンナは女性にとびきり温かい笑みを見せる。

それから兄ではない男を追いかけ、五、六歩離れて付いていく。

彼女は同じ車両に腰を下ろす。

男は実際にはまったく兄に似ていない。身体的類似はほんのわずかだ。とはいえ。わずかでもうれしい。彼女はそれを兄だと想像することができる。互いを無視しながら兄と同じ車両に乗っている、と。以前、二人でよくそうしていたように。

車両は人と荷物でいっぱいになる。兄ではない男とハンナとの間にたくさんの人が座る。しかし今いる場所からでも、男の横顔は見ることができる。

目の前を街が通り過ぎる。青を背景にしたグレー。破れたポスターの女がマントンという言葉でできたボートに乗って岸辺を進む。背景に見えるのは引きちぎられた山並みで、頭上には〝出て行〟という破れた言葉。〝ブガッ〟。〝エネルゴルのオイルで冬も快〟。広告板は暗闇に敷かれた鮮やかなカーペットだ。物事の表面は虚偽。広告板をあるがままに見ている人なら誰でもそれを知っている。

（旅の目的は何？

母が重病で、死にそうなんです。

お母さんはどちらに？

姉と一緒に、サンジュリアンの近くにいます。）

田園風景が目の前を通り過ぎる。日光。青を背景にした緑。頭が痛くなりそうな色彩。思い出せ。十三歳の夏は頭痛の夏だった。頭痛には楽しい部分もあった。まぶたの内側で自分一人のために繰り広げられる光のショー。漫画のキャラクターのように明滅するいくつもの三角形。その刺激的な色彩は壮観だった。黒い線に沿ってカラフルな図形が次々に現れる様子はまるで、図形が一緒に道を歩いているかのようだった。旅芸人の幾何学。

痛みと吐き気？　それはあまり楽しくない部分。最悪なのは本が読めないことだ。本のページに目を向けても目の内側が見える——まぶたを閉じたときと同じ風景が。読もうとする単語の中心に真っ黒な円が現れ、その周囲で図形が明滅する。染みを囲む単語は判読できるが、そこに注意を向けることはできない。そうしようとすると今度はそこが真っ黒になってしまうから。

そのせいで、暗くした部屋で長い時間を過ごすことになった。

彼女はベッドに横になった。頭の片側には閉じた扉があって、その向こう側からは夏らしい家族の声が聞こえた（兄と父が家に戻っていた）。頭の反対側では、雨戸の向こうから往来の音が聞こえた。昼間は楽しそうな人の声。夜間は柄《がら》の悪い歌声。

おまえはどう見る？とダニエルが言った。

兄は部屋に入り、ベッドの脇に座っていた。

どうって何を？と彼女は言った。

いろいろと、と彼は言った。

彼が言いたかったのは世間で今起きていることについてだ。

しかしそんなことはまったく意図していなかったふりをする。

どんな感じ？と彼は言った。ここのところ。

彼は拳で——でも優しく——彼女の額を小突く。

彼女は自分の英語に誇りを持っていたので、いつも兄の前では英語をしゃべるようにしていた。手に入る限り、英語でたくさんの本を読んでいたが、その目的は他でもない、夏が来たときに、普段から英語を話している兄にとても流暢な英語を披露して驚かせるためだった。それは対抗心だったのか？　そうだ。愛？　そうだ。

ここ？　そうね。うん。映画館で観る手描きのアニメを想像してみて。根気強い（彼女は初めて〝根気強い〟という単語を使えたのがうれしくて、正しく発音できたことを願いつつ、うれしさを味わうだけのためにもう一度それを口にする）根気強い女の子たちから成る彩色チームが映画工場の彩色テーブルの前に集まっている様子を思い浮かべて。彼女たちは一日中手で色付けをする。にわか雨の後にピンクや黄色に輝くイギリスの薔薇みたいな絵の具を筆で壺から取って、今から目の前で踊ろうとするたくさんの小さな三角形に色を塗る。コマが切り替わるたびに、それぞれの色とか、それが並んで歩いている道みたいな黒い線とかが、まるで図形ばかりかその道自体にも電気が流れているかのように震えるの。

へえ、と彼は言った。なかなかの見物《みもの》だね。

正直言って、嫌いじゃない、と彼女は言った。それなりに楽しいし。

今も上映中？と彼は言った。

ううん、と彼女は言った。ハンナ劇場はただいま閉館中。

今さっきと気分は変わった？と彼は言った。

今さっき、と彼女は言った。面白い合成語。

ゴーセーゴー?と彼は言った。

過去と現在が一つになってる、と彼女は言った。〝今〟と〝さっき〟と。

彼は何と言っていいか分からず黙り込む。

そして真っ暗な部屋の反対側まで行って、窓際のベンチに腰を下ろす。

話の展開が速すぎて兄は今回も付いてくることができなかった。彼女は忘れていた。兄は彼女ほど移り気ではないし、軽快でもない。彼のエネルギーは安定している。木の根のように
今は？　大丈夫、と彼女は言った。さっきは？　まるで何か、私を丸ごと呑み込んだ野生の生き物が、やっぱりおいしくなさそうだと思って吐き戻しているみたいだった。それが私の〝今〟と〝さっき〟。とりわけ残念なのは、頭痛のせいで気持ちのいい夏の日々を味わい損なっているってこと。

彼は光が差し込む雨戸の小さな隙間から外を見た。

〝味わい損なっている〟ってほど大したものじゃないよ、と彼は言った。

私が部屋に閉じこもっているのは外の様子が変わってしまったからだと兄は思っている、と彼女は思った。私がおびえているのだと兄は思っている。事態が迫ってきたとき、事態が起きたときのことを兄は知らない――私たちとは違って。事態がいかに日常的なものなのか、兄には分かっていない。おびえているのはきっと兄の方だ。

私は怖がってない、と彼女は言った。

そんなことは言ってないよ、と彼は言った。おまえが何かを怖がるなんて考えたこともない。

よかった、と彼女は言った。

でも、おまえの頭だけがおまえに何の断りもなく怖がってるってことはあるかもしれない、と彼は言った。

頭が勝手にそんなことするなんて私は許さない、と彼女は言った。兄さんも許しちゃ駄目。それで。ちなみに、さっき尋ねられた質問を私も兄さんにしたいんだけど。

どの質問？と彼は言った。

兄さんはどう見る？と彼女は言った。

ああ、と彼は言った。僕はものを観察するのがあまり得意じゃない。おまえも知ってるだろ。

彼はさっと立ち上がり、扉に向かった。

(いらだっている。

思った通りだ。)

僕はもう行くからおまえはゆっくり休め、と彼は言った。

じゃあ質問を少し変える、と彼女は言った。兄さんはどうする？

彼は扉を閉じた。

質問は聞こえていた。聞こえなかったはずがない。

(彼女はそのとき、一文字入れ替えるだけで文の意味を未来時制に変えられたことを誇りに思っていた。)

翌日の午後、兄が寝室の扉を開けて、何か黒っぽくて重くかさばるものを毛布に隠して持って入ってきた。

妊娠した女の人みたいな格好ね、と彼女はベッドから言った。

しかし、彼は〝妊娠〟という単語に動揺していた。その動揺を彼女は聞き取ることができた。

ともあれ彼はその大きなものを椅子の上に置き、覆っていた毛布を取った。そして毛布を畳んだものかどうか迷った様子でそのまま立っていたが、結局、とても丁寧に折り畳んだ。彼はその機械に巻き付けられていたコードとプラグをほどいた。

部屋全体にウィーンという音が響き始めた。寝室の壁に光の輪――四角い月、四角い太陽のような――が現れた。

彼女は両目を手で覆った。

まぶしすぎる？と彼は言った。

ううん、と彼女は言った。けど、何なの？

ダニエル劇場さ、と彼は言った。チケットは要らないよ。今日はおまえは招待客だから。

彼女は指の間から覗いて目の焦点を合わせた。

『チャップリンの移民』。

船。船酔いをしたたくさんの人がデッキの上で重なり合うように横になり、静寂の中でうめいている。

船縁から身を乗り出して、痙攣する人――海に向かって吐いているらしい――のショット。いや、違う。それはチャップリンだ。吐いているのではなく、生きた魚を捕まえ、船に上げている。

チャップリンはうれしそうな笑顔でその魚を二人に見せる。

ハンナは笑った。

そして目を覆うのをやめた。

ひどく船酔いしていた乗客たちが夕食のベルを聞いた途端、われ先に食堂に押し寄せるのを見て、彼女は大笑いした。

船がアメリカに着くと、ロープで列の整理をしている偉そうな税関職員の尻をチャップリンが蹴飛ばす。彼女はそれを見て笑った。

英語で字幕が出る。**その後――腹が空いて素寒貧《ブローク》。**

(英語を見るのはわくわくする。)

〝ブローク〟っていうのは壊れ《ブロークン》てると同じ意味?とハンナは言った。

いいや、と兄は言った。お金がないっていう意味。

ハンナはそれを頭に刻む。素寒貧《ブローク》。素寒貧《ブローク》。

そうしている間に、ハンナの寝室の壁に甘く白い顔が映し出されているチャップリン(ヒトラーは世界にいるたくさんの人、そしてチャップリンを愛する人々に好印象を与えて愛されようとするかのように狡猾にもその小さな口髭をまねた)はアメリカの街角で一ドル硬貨を拾う。その後彼は、船で恋に落ち、優しくしていた若い女、エドナに出会う。二人はレストランで食事をする。しかし彼が見つけた硬貨が本物なのか偽物なのかという問題で話がもつれ――当然、それは偽物だ――二人ともお金を持っていないので食事の代金を払うことができない。ウェイターは怪物のような男で、代金を払えない客をいつも半殺しにしている。ところがレストランにいる芸術家が、二人が特筆すべき顔を持っていて、非常に意義深いと言う。自分が今生きている時代を象徴する顔だ、と。ぜひモデルになってほしいと彼は言う。

そしてモデル料を前払いする。

土砂降りの中のハッピーエンド。

彼女がチャップリンを大好きだと兄は知っているのだ。

映写機はどこで手に入れたの？と彼女は言った。

カメラ屋。自分でここまで運ばなきゃならなかった。明日には返さないといけない。今日の料金に含まれているのはチャップリンだけじゃない、と彼は言った。びっくりするようなものがもう一つ用意してある。

彼は映写機にかけたままチャップリンのフィルムを巻き戻す――逆回しになったフィルムはまたまったく違った形で滑稽だ。フィルムが最後まで巻き取られて空回しになった状態でも、少しスリルが感じられた。

彼は映写機のスイッチを切り、フィルムを別のものと取り替え、また光源となる陽光／月光のスイッチを入れ（今回は目が痛くなることはない）、フィルムの先をホイールにセットする。

このフィルムは先ほどよりさらに傷が多く入り、別の世紀から持ってきたもののように見える。

それは実際にそうだ。

ローマ風の像が並ぶ部屋――美術館か芸術家のアトリエのようだ――の中で一人の男が像ではない像に向かって鑿《のみ》をふるっている。それは単なるスケッチだ。描かれているのは、水差しとカップを手にした美女か女神。

次にスケッチが本物の人間に変わる。そして芸術家に水差しとカップで飲み物を差し出す。ところが芸術家は驚きすぎてそれを受け取ることができない。すると女神が台座から下り、部屋の反対側にある台座まで行ってハープを手にポーズを取り、演奏を始める。芸術家はそこまで行って両腕で抱き締めるが、それはすっかり姿を消し、芸術家は一人で床に転ぶ。女神が背後に現れる。彼がまた抱き締めようとすると、それは何と――ターバンに変わる！

ターバンは小さな子供くらいの大きさだ。そしてひとりでに部屋の中を歩き回る。

芸術家はターバンを捕まえ、持ち上げ、台座の上に置く。しかし生きた彫像がまた現れる。芸術家は駆け寄り、抱き締める。それは消え、部屋の反対側まで行き、最初の台座に上がり（歩く小さなターバンも消えている）、ただのスケッチに戻る。芸術家は両手で頭を抱えてアトリエの床に倒れ込む。

ハンナは笑い、手を叩いた。

芸術家が詩神《ミューズ》に嫉妬する話、と彼女は言った。

芸術家が何をするって？とダニエルは言った。

ピグマリオン物語の一変種、と彼女は言った。

ああ、とダニエルは言った。

今回は詩神と作品が芸術家の上を行くパターン、とハンナは言った。

で、気に入った？とダニエルは言った。

とても、と彼女は言った。

彼はフィルムを巻き戻し、映写機の電源を抜いた。

そして暗がりの中でベッドの足側に横になり、姿を消す彫像のフィルムを作った初期の映画制作者についてカメラ屋のヴィルツさんから聞いた話を始めた。

その人はある日パリの街角でカメラを回していた、とダニエルは言った。するとカメラの中で何かが引っかかってフィルムが止まった。機械が動かなくなったから箱を開けて、中をいじって、また撮影を始めた。そして家に帰って、撮ったフィルムを見直してみたら、たくさんの人が乗った乗り合い馬車が目の前で葬儀馬車に変わって、通りを歩いていた人が消え、馬は忽然といなくなって、さっきまでいなかった新しい人がそこに現れた。男は女に、女は男に、人間は馬に、馬は人間に変身。そこで映画制作者は考えたのさ。俺は時間を目撃し、記録する方法を見つけただけじゃない。時間を使う魔法を編み出したんだって。

何かがきっかけでハンナが目を覚ます。

列車で隣に座っている女性が彼女の肘を押したのだ。

（アドリエンヌ・アルベール、針子）

列車は駅に着き、乗客は全員下車している。

そこは国境に近いので身元チェックは混乱している。ありがたい。

彼女は一瞬兄に似て見えた男の背中に黙って別れを告げる。

そして粗布袋に山のような荷物を詰め、鶏《にわとり》を入れるような空《から》の籠を持っている粗末な身なりの老女を選び、そのすぐ背後に立つ。

母が病気なんです。それは分かりません。さっきここを通った女の人は駅まで私を迎えに来てくれたんです。私を駅から家まで案内するようおばに言われて。私はリヨンから来たのでここのことは分かりません。あの人は私を待ってくれないかもしれない。耳が聞こえないんです。ほら、私を置いてさっさと歩いてる。置いていかれたら迷子になってしまいます。

彼女は両腕を広げて〝困った〟というアピールをし、男の着ている制服にとびきり美しいふくれ面を向ける。男は赤面して、顔も見ないで彼女に書類を返し、顎で〝行っていい〟というしぐさをする。

彼女は深く息を吸い、また吐く。

彼女は老女に追いつこうとするかのように歩調を速める。そして女の後に続いて人の多い通りから人の少ない道へと家々の前を進む。やがて家はなくなり、トラックが方向転換したせいで草が踏み荒らされた泥だらけの乾いた空き地が現れる。町の境界まで行くと、そこから先は野原だ。遠くに軍隊らしい灰色と看板が見える。国境の手前に置かれた検問所だ。

二人は点々と散らばる畑の間の道路を進む。

老女が丘の方でなく反対へ歩きだすと、ハンナは木の下で立ち止まり、靴に入った小石を出すふりをして、老女が集落に消えるのを待つ。

それから牧草地に沿って、丘の方へ歩き始める。

とても美しい夕方だ。強烈な夏の光。彼女は村の看板が外された場所まで歩く。そして自分の行き先を分かっているかのように、集落を通り過ぎる。作業をしている人たちは彼女を見ても何も言わない。彼女は鳥のさえずりを聞き、草の匂いのする夕方の風を浴びながら、畑の間を抜ける未舗装の道路を一時間以上歩く。

すると庭でたくさんのガチョウを飼っている一軒家が現れる。家の背後には山がそびえている。

彼女は門を開ける。

犬が吠える。

女が玄関まで来て扉を開け、犬の首を抱える。

何かご用?と女は言う。

戸口にいる女と犬の背後には男が立ち、その奥に部屋があるのが見える。

できれば水を一杯いただけませんか、とハンナは言う。

水を一杯、と女は言う。

少しだけ持ち合わせがあります。もしもお礼を受け取ってくださるなら、とハンナは言う。

そして微笑む。

女は振り返って男の方を見る。

はい、暑い中、ずっと歩いてきたんでしょう、と男は言う。

先は長いんです、とハンナは言う。でも、まだ明るいので。

何なら食事も用意しますよ、さっきおっしゃったようなお礼がいただけるのならね、と男は言う。

ご親切にどうも、とハンナは言う。

そしてテーブルに着く。男が何かを言うと、犬は静かになる。女はハンナの前のテーブルにスプーンを置く。

ありがとうございます、とハンナは言う。

テーブルの上には、パン、水差しからグラスに注がれた水、そしてシチューの入った椀が置かれる。それはおいしい。ハンナはそう言う。女は自慢げに胸を張る。

ハンナはアドリエンヌと名乗り、買った切符の行き先にあった地名を言う。

そこまで歩くならここから一時間以上かかる、と女は言う。今は夜間外出禁止令も出てる。どうしても今日中に行かなければならないということでなければ、毛布を貸すから、納屋で寝ても構わないわ。

本当にありがとうございます、と彼女は言う。おたくの玄関をノックしたのは幸運でした。

彼女はテーブルに二枚の紙幣を置く。

明るくなったら勝手に出発します、と彼女は言う。これ以上のお手間はおかけしません。

手間なんてかかってませんよ、と女は言う。

ハンナは毛布を抱えた男と一緒に納屋へ行く。犬は二人の脇をおとなしくついてくる。

このあたりの山、と彼女は言う。昼も夜も関係なく、とてもきれいですね。

ええ、と男は言う。山は昔から私たちにとって家族のようなものです。

男は彼女に微笑みかける。

フランスとスイスの国境はどのあたりですか？と彼女は訊く。

男は納屋を通り過ぎたところまで彼女を案内し、薄暮の中、家の裏にある泥だらけの小さな庭——そこにはたくさんの山羊がいる——を指差す。そして庭の端まで行って、柵の鉄線の間から片方の足を出す。

これで私は今、二つの国にまたがっている格好になる、と男は言う。うちの山羊も柵から頭を出せば、隣の国のおいしい草を食べることができる。昔からそうなんです。おかげでうちの山羊はミルクがおいしい。

男は足を戻す。そして自分の家の庭に立ち、率直な表情を見せる。

運のいい人ですね、と彼女は言う。

男は日焼けした顔をしわだらけにする。

うちの親戚はみんな子だくさんなので、私も子供ができたら小さい間に、たまにこんな美しい眺めを見せてやりたいですね、と彼女は言う。親戚の子供でも。私に親切にしてくださったみたいに、子供にも優しくしてくださいますよね。もちろん、お礼はちゃんとします。

あなたの家族がいらしたらいつでも歓迎します、と男は言う。それからあそこ、

(男は柵の向こうを指差す。野原の向こう側に森が見える。)

あそこから森に続く道が始まってる。背の高い柵が一つあるだけだから、うちの山羊は簡単に

その下をくぐってる。森は自然豊かで美しい。山歩きには最適だ。私には町に知り合いがいて、市長をやってます。彼も家族を大事にする男でね。あなたと私は昔からの仲良しだという手紙を彼宛に書いておきます。朝までに納屋の入り口のところに置いておくから、持っておくといい。

男が家に戻り、日が沈むと、彼女は納屋の隅の干し草が高く積まれた一角で毛布を畳んで二枚重ねにし、毛布の上で干し草の壁にもたれ、鼻先に止まった小さな蠅を払う。そして手持ちの現金と書類を確認する。それからポケットに手を入れ、目を閉じる。

いい人たち。

幸運な休息。

クロードがいるからどうにかなるだろう。

書類を用意してくれたのはクロードだ。よくできている。本当の職人芸。公園に花が咲き乱れ、街に初めてごろつきがあふれ始めた頃、彼女は公園で本を手に座っていた。ランボーの『イリュミナシオン』。クロードは近づいてきて、彼女の横に腰を下ろした。二枚目の彼は真面目そうな顔に笑みを浮かべ、明るい口調でしゃべった。季節が流れる、と彼は言った。城が見える。無傷な魂などどこにある？　私は幸福の秘法を究めた。幸福は誰にも訪れる。ゴールの鶏《とり》が鳴くたびに言おう。幸福万歳、と。

彼女が笑顔で振り向くと、彼は言った。合ってる？

合ってる、と彼女は言った。

二人は公園を歩く人々を見た。空襲を警戒しながらも、まるで何も起きていないかのように過ごしている女たち。二人は咲き乱れる花の中に座っていた。彼はさっきと同じ明るい口調で、それまでに見てきた三つのものについて話した。

一つはニースで見たカジノ。それはもうカジノではなく、マットレスの倉庫に変わっていた。中は難民に使ってもらおうと地元の人々が寄付したマットレスが高く積み上がって、人が歩けない状態になっていた、と。

二つ目は郊外の道路脇で飛行機から撃たれて亡くなった人たちの姿。

三つ目は処刑され、同じ墓に入れられた母と子供の姿。母は服を脱がされ、子供は服を着たまま母の上に放り込まれていた。

もうそれ以上何も聞きたくない、と彼女は言った。

しかし彼は自分の名前を言った。そのとき使っていた名前を。ハンナはフランス系の名前を名乗り、書類は持っていないと説明した。

彼は道路で本物のベントレーを手に入れたことを彼女に話した。え？　ベントレーって何か知らないの？　彼は笑った。ベントレーはイギリス製の車。とてもいい車だ。それが路上に置きっ放しになっていたんだ。扉も開いたまま、エンジンもかかったままで。イギリスに帰る最後の便だというので、慌てて船に乗ったイギリス人が置いていったんだね。同じ道路で同じように放置された自転車も手に入れた。トランクに自転車を入れて蓋を縛り、行けるところまで行った。ガソリンが切れると自転車に乗り換えて、トゥーロンまで走った。そこで庭師たちに会った。彼らは庭師ということになっている。実際、庭師としても腕がいい。フランス南部のあちこちで庭の手入れをしている。

行ったことは?と彼は言った。君もきっと気に入る。

彼は手はずを整えた。書類を用意して、彼女が占領地域に出入りできるようにした。ここはもうすぐ非占領地域ではなくなる。イタリア軍に狙われているから。ドイツ軍は自分が本気になるまでの間はイタリアの好きにさせるだろう。

彼はハンナに何も尋ねなかった。

彼女は母の話をした――他人の母親に起きた出来事として。その母親は病気になったのだが、投薬は禁じられ、死にかけになっても、看護師が付くことさえ許されなかった。そうしている間に、アパートもそこにあったすべてのものもごろつきに奪われた。

僕にはそれ以上何も言わなくていいよ、と彼は言った。

そして彼女に自転車をくれた。

笑っているとき人はいちばん妊娠しやすい、と彼は言った。だから何をするときでも、笑わないように気を付けた方がいい。しかし彼はよく彼女を笑わせた。笑わずにはいられなかった。彼はものまねが得意だった。接客係《コンシェルジュ》のまね。ナチのまね。コートダジュールの庭で赤白青の花に水をやる元帥（ナチ占領下フランスで首相となったフィリップ・ペタン元帥のこと）のまね。彼女が名前を挙げる映画スターなら誰でもまねすることができた。クローデット・コルベールとクラーク・ゲーブルのどちらでも。彼はパン屋で見かけた陰気な女のまねをした。彼のものまねを聞くたびに彼女は笑った。彼の抱き締め方は、彼女のすべてを理解していることを感じさせた。彼は彼女の扱いも心得ていた。それも一種のものまねだった。

彼女は目を覚ました。彼はもういなくなっていると思っていたが、まだ隣にいて、たばこを吸っていた。外は明るくなり始めていた。

朝だよ、と彼は言った。

夢に青虫《キャタピラー》が出てきた、と彼女は言った。青虫がライフルの上を這ってた。何かの兆候かしら。どう思う?

青虫はどっち向きに這ってたの?と彼は訊いた。

銃床から筒先に向かって、と彼女は言った。

つまり引き金から遠ざかってた、と彼は言った。

うん、と彼女は言った。

よかった、と彼は言った。撃たれるときは、青虫《キャタピラー》にやられたら駄目だよ。蝶になるまで戻ってくるなって青虫《キャタピラー》に言っておいた方がいい。

そのとき、彼女は誤って自分に関する本当の話を初めて彼に聞かせた。

(それは危険なことだった。頭は空っぽにしなければならない。自分以外のことを考えなければ。そこに命がかかっている。自分以外の人の命も。父。兄。ありがたいことに、母は既に無事天国にいる。

何も知っていてはならない。知識は少なければ少ないほどいい。あらゆるものについて考えたり、話したりする別の方法、何も話さないための新たな方法を見つけなければならない。)

彼女は不用意に、父の話をした。父は蝶の採集が趣味で、蝶を捕まえては殺し、ガラスの向こうにピンで留めていた、と。彼女はその話をした途端、後悔した。胃が一段低いところに落ち、吐き気がした。今にも吐きそうだった。

しかしクロードは肩をすくめ、吸い終わったたばこを前の晩の汚れた洗面器の水に落としただけだった。

夏をピンで留めておくことはできない、と彼は言った。

二人はキスをし、立ち上がり、一日の準備を始めた。

彼女がクロードについて知っていたのは、彼が湿った新聞紙に火を点ける方法を知っている男だということだけ。

彼のおかげで、寒い冬の間も暖かく過ごすことができた。

狂った犬とイギリス人が南部フランス《ミディ》の光の中にお出かけ（ノエル・カワードの「狂った犬とイギリス人」（一九三一）をもじった歌。元歌では「狂った犬とイギリス人が昼間（ミッドデー）の光の中にお出かけ」）。

ハンナはそう言いながら、子供に巻いたショールに顔を寄せる。顔を寄せすぎたせいでショールが少し口に入って言葉がはっきりしないので、万一近くに人がいたとしても何も意味のある言葉は聞き取れなかったはずだ。

花の街——丘の上に香水産業向けの花が咲き乱れる街、鮮やかな青い海に面した、鮮やかな青い空の下に広がる鮮やかな海岸――は今、難民であふれている。

大きなホテルの一部は金を持った難民のおかげで潤っている。小さなホテルの大半は潰れかけだ。

クロードがいなくなると、彼女は動かなければならない。そしてこの街を選ぶ。宿泊先にこのホテルを選んだのは、入り口で出迎えた女性が赤ん坊を見たときにうれしそうな顔をしたからだ。女が名前を言った途端に、ハンナは頭の中でそれを別の名に置き換える。女が口にした名前は消える。ハンナの頭の中で女の名前は今、マダム・エティエンヌだ。

若くて優しいマダム・エティエンヌは仕事熱心で、ハンナと赤ん坊の前に立って階段を上がり、踊り場で追いつくのを待ち、屋根裏の扉を開け、彼女に部屋を見せる。

たしかにちょっとくたびれていますけどね、とマダム・エティエンヌは言って、カーペットの破れ目をつま先でつつく。けど、見てくださいな、マダム・アルベール。海が見えるんです。

マダム・エティエンヌは赤ん坊にとても優しい。彼女はまた、時々は夕食にカブ以外のものも出すと心から約束する――約束を果たせなかった場合に備えてウィンクしながらだけれども。そしてまるで実際よりも二十歳年上であるかのように――実際には明らかに二人はほぼ同い年だ――ハンナのことをうやうやしく何度もマダム・アルベールと呼び、前の夜にあったことを話す。街の映画館に官憲が入り、館内を常時明るくしておくよう職員に命令した、と。元帥やヒトラーやムッソリーニがスクリーンに映し出されたときに叫んだり物を投げたりする客をすぐに見つけられるように！

彼女がそう言うときの陽気であけすけな口調は、〝でも外は雨ですよ！〟とか〝今日はいい天気ですね！〟とか〝あの犬の変な顔。笑っちゃう！〟とか〝今日のブラウス、素敵ですね！〟というときと同じだった。

そして同じ陽気な調子で枕を叩いて形を整えながら、前の晩にラジオを聞いているときに夫から聞いた話を語る。BBCのフランス語放送を聞いているのが見つかったら罰金は最高で一万フラン取られて、その上、刑務所に入れられるんですって！　二年も！　この部屋はお気に召しましたか、マダム・アルベール？

ええ、とても、とハンナは言う。

マダム・エティエンヌはたんすのいちばん下の引き出しを開ける。そしてめいっぱい引き出してから、ベッドの毛布をめくり、床に膝をついて、引き出しの中に分厚い内張りのように敷き、片方に枕を置く。引き出しはそのままにして立ち上がり、バレリーナのようなジェスチャーをするが、そのしぐさがどれだけ垢抜けたものかは分かっていない。

お子さんのベッドです、と彼女は言う。マダム・アルベールのご意見はいかが？　小さすぎますか？

それで充分だと思います、とハンナは言う。

マダム・エティエンヌは赤ん坊にもう一度キスをしてから、さっと部屋を出て、階段を下りる。

ハンナは部屋に入り、ベッドに腰を下ろす。

赤ん坊が脚をばたばたさせる。

クロードはもういない。

グループのメンバーは他にも三人消えた。

彼らは死んだ。

彼も死んだ。

本人のためにも、死んでいた方がいい、と彼女は思う。

彼女がここに来たのは彼の任務を果たすためだ。明日、とある大きなホテルでいとこに会わなければならない。

彼女は赤ん坊をあやし、馬が市場に行ってまた戻ってくるという歌を歌う。赤ん坊は笑う。赤ん坊は女の子だ。もう言葉を覚え始め、母と対決する機会があるたびに自分の足の力を試したがっている。

陽気な赤ん坊。ありがたいことだ。

ハンナは日々、子供と絶望の間を往復している。最近は、悪に立ち向かう日常の中に、計量しがたい幸福がある。

最初の数日、彼女は赤ん坊を抱いて、植物の植わった日の当たる海岸遊歩道《プロムナード・デ・ザングレ》を歩く。

ほぼ毎日そうしながら、赤ん坊連れの自分は目立ちすぎていると思う。そのうち多くの人に顔を覚えられてしまう、と。

彼女は赤ん坊を連れてまたホテルに戻る。

とはいえ赤ん坊が生まれてからの日々は、まるで幸福に嫉妬しているかのようにあっという間に過ぎていった。

彼女は毎週木曜に仲介者に会う。毎回違った場所で。仲介者は今、学校に通う十四歳の女の子で、シルヴィーと名乗る。

シルヴィーは木でできた扉のようにシンプルだ。飾り気はないが上品、しっかりした材質で、ぴたっと閉じていて、鍵が掛かる。ハンナは彼女に自転車を譲る。口では何も言わずに〝プレゼントだ〟というしぐさをすると、シルヴィーはすぐに理解し、扉らしく無表情にうなずいて感謝する。

木でできた扉の表現力を過小評価してはならない。すべてのものは声を持っている。シルヴィーを作っている素材は年季の入った声を持っている。少女自身はまだ幼いけれども。

シルヴィーが定期的な連絡役になる。ことはうまく運ぶ。二人は約束した道、あるいは広場で約束の時間にすれ違う。その際、ハンナは紙の包みを自転車の籠に滑り込ませ、シルヴィーの折り畳んだレインコートの下、あるいは（しばしば）茶色の紙でくるんだ肉の下、あるいは大きなホテルに配達するカブやビーツやフダンソウ《チャード》の下に入れる。

ある日、ハンナが包みを食料品の下に入れようとすると、シルヴィーがその手首をつかむ。

奥さん《マダム》にプレゼント、と彼女は言う。

そしてハンナに、円錐形にした紙包みを渡す。それから片足でペダルを踏み込み、サドルに腰を乗せて去る。

ハンナは円錐を開く。中には野いちごがたくさん入っている。

まさに鍵の掛かった木の扉だ。

昼間、ハンナが何もせず、ただじっと座って、引き出しで眠る赤ん坊をずっと見ていることもある。赤ん坊は小さなボートで浮かんでいるみたいだ。

ハンナ自身はオールの壊れたボート。天気は荒れ、今にも海の藻屑になりそうだと分かっている。

さて。

素寒貧《ブローク》で壊れた《ブロークン》私は今からどうする?

彼女は子供が息をし、眠ったまま姿勢を変えるのを見る。リルケによれば、子供を産むということは既に子供に死を与えることでもある。灰色に変わったパンのかけらや美しいリンゴの芯の部分を子供の口に入れるように。

私の両親はこの感情を知っていたのか? その両親も? さらにその両親も? でも、だからといって腹が立つわけではない。

その代わりに、詩を締めくくる単語はえもいわれぬ《ウンベシュライブリッヒ》だ。その知識は言葉では言い表せない。

赤ん坊は息を吸う。

赤ん坊は息を吐く。

その口はとても小さく、とても存在感がある。

ヴェア・デン・ディヒター・ヴィル・フェアシュテーン、ムス・イン・ディヒタース・ランデ・ゲーン。兄のために翻訳しよう。

詩人の言葉を理解したければ、詩人の国に行け。

私は今、間違いなく詩人の国にいる。ここは別の平面に存在する時間。

数週間が過ぎる。

（赤ん坊は大きくなって、引き出しでは眠れなくなる。）

ハンナは紙を手渡す。

（子供が息を吸い、吐き、また吸う。）

彼女が受け取るのはリヨンへの切符、少量の食料、指示。

（子供は単語をいくつか結び付けて句を作り始める。）

スイスにいる仲介者に渡す脱出用地図《シルク・マップ》がある。それはさらに、ロンドンの仲介者へと渡される。

さらに多くの人が姿を消す。

ハンナは北に旅しなければならない。

（ハンナが留守の間はマダム・Eが子供の面倒を見てくれる。ハンナが戻ると子供は飛びついてくる。）

今週は二つの仕事を手伝う。一つは子供七人の集団だ。それをハイキングに出かけた子供の集まりに見せかけるために、それらしい服を用意しなければならない。

（ハンナはまもなく、数日間続けて子供をホテルに預けるようになる。）

今週は五人の大人。健康とスタミナの確認。書類の準備。大人の場合はミスが起こりやすい。

地元の人は大人が道を歩いているのを見るといぶかしがる。子供はあまり怪しがられない。案内人はハイキングに参加した若い人たちのリーダーみたいに見えるタイプの若い人でなければならない。

（マダム・エティエンヌとその夫——思慮深そうな男——は何も言わず、壊れたものは何でも修理してくれて、謝礼の現金は拒まない。）

法律が変わる。スイス国境を越えてから十キロ以上歩かなくては手前に追い返されてしまう。

スタミナの確認が重要になる。

北へ。

その後、南へ戻る。

北へ。

また、南へ。

ハンナが子供と一緒にいられない夜が増える。

そんな夜、彼女は居場所がどこであろうと眠る前に、子供を膝に座らせているのを想像する。

そして馬が市場に行く歌を聴かせる。

子供が一緒にいようといるまいと、眠る前には子供に物語を聞かせる。

たとえば、夏の一日が終わりたくないと言って神々と言い争った物語。

私は永遠に続くんだ！と夏の一日が言いました。夜が来るなんて許さない！　冬が来るなんて許さない！

さてさて、と神々はとびきりのジョークを聞いた——今までにこんな面白い話は聞いたことがない——みたいに皆で笑いました。というのも、誰かあるいは何かが神々に訴えた途端、神々はいつもそんなふうにバルコニーに集まり、私たちのつまらない世界——私たちがその表面をアリのように這い回っている——を見下ろしているからです。ついでに言っておくと、神々は時に残酷。彼らは笑いが好きです。彼らは私たちのことを笑います。時には笑いすぎて、脇腹をしっかり押さえていないと、そこから神様らしい部分がすっかり漏れ出てしまいそうなほどです。だから神々を笑わせすぎてはなりません。なのにそこに夏の一日が現れて、もっと長居したいと言いだしたのです。まるで夏の一日が充分に長くないかのように。

神の一人が笑うのをやめ、突然、氷でできた稲妻を落とすと、夏の日のきれいに晴れた空が消え、代わりに灰色と黒の大きな雲の塊が現れました。そしてその雲から降ってきたのは、雨ではなく雪でした。七月の最も暑い日に、ふわふわした大きな雪片が降りました。雪片はとても大きかったので、降ってくる途中で互いにくっつき、たくさんの小さな雪玉になりました。夏の一日は、実は冬の一日と比べて長くはないのに、長く感じられます。しかしその日は夕方遅くまで光が残る中、たくさんの雪が降ったので、もしも玄関前の階段に立っていたら、鼻のあたりまで雪に埋もれていたでしょう。

子供は手を鼻に当てる。

雪は夏の花をすべて覆って、花びらは震え、しぼんでしまいました。

駄目！と子供は言った。

そして両手で口を覆った。

ところが次の日、とハンナは言った。何が起こったでしょう？

なつひさん、と子供は言った。

そう。夏のお日様。太陽がすべての雪を融かしました。でも、寒さですっかり焼かれた花もありました。暑さばかりでなく、寒さで焼かれることもあるの。

お花がたわいそう、と子供は言った。

でも、ほとんどの花はまたお日様を見て、頭を上げました、とハンナは言った。それからどうしたと思う？

のろが渇いた、と子供は言った。

そう。喉が渇いていたから、雪融け水を飲みました。しばらくすると、さらにたくさんの花が咲きました。そして蝶が現れ、蜂が来て、花から蜜を作り、木々に果実を実らせ、さらにたくさんの花を咲かせました。

新しい夏の一日は頭を垂れ、神々に言いました。決まった一日よりも長生きさせてほしいなんて言ってごめんなさい、と。するとバルコニーから様子を見ていた神々は夏の一日にうやうやしくお辞儀をしました。花の街に住む人々は突然の霜の後に花がゆっくりと頭をもたげるのを見ました。また花が戻ったのを見て——花の時期は短いものですが——みんなが喜びました。街の人々は花が一夏の間しかもたないことを知っていました。そして夏はもうすぐ終わりです。だから彼らは言いました——さて、何て言ったと思う？

私たちはどうしる、と子供は言った。

その通り、と彼女は言った。私たちはこれからどうするって言った。さて、どうしたと思う？

すおく大きなこうずい、と子供は言った。

大きな大きな瓶に入った香水。じゃあ、夏が終わって、秋が来て、冬が来たら？

くーくー、と子供が言った。

その通り、みんなは瓶の蓋を開けて、そこに鼻を近づけて、くんくんと素敵な香水の匂いを嗅ぎました。さて、みんなは何を思い出したでしょう？

お花、と子供は言った。

そう、お花、とハンナは言った。

別の夜には、よその子供の話をする。翌朝、野菜を買う列で先頭になれるよう、町の市場のキャンバスの下で一晩野宿する子供たちの話。

そういう子をどう思う？と彼女は子供に尋ねる。

たしこい、と子供は言う。

その通り。賢い子供たち、と彼女は言う。

彼女は子供に、赤ん坊を置いて遠くまで行かなければならない母親の話をする。母親は赤ん坊を愛していないわけではありません。さて、どのくらい赤ん坊を愛しているでしょうか？

すおくいっぱい、と子供は言う。

その通り、とハンナは言う。すごくいっぱい愛している。

野原が暗くなると、目が明るくなります、とある夜、ハンナは言う。しばらくすると星が輝き始め、虫が夜の歌を歌いだす。音の一つ一つが絵になる。薄暗い空を背景にすると、知っていたと思っていたことがすべて奇妙で怪しいものに変わる。でも、木々の梢も明るくなる。そして普段は気づかないけれど、暗闇のおかげで光が輝いて見える。光が自らを闇から解き放って、闇を歩むあなたを包み込んでくれる。

木こりの息子が書いた古い詩だ。詩の木々の梢に光が触れると、子供が輝き、目を閉じる。

ハンナは自分の目の上に手を置く。

イタリア軍は去った。

今は町中にナチがいる。

彼女は子供をベッドに寝かせ、そっと階段を下りて、話したいことがあるとマダム・エティエンヌに言う。

マダム・エティエンヌは本物のブランデーに見た目と匂いが似た何かを三つのグラスに注ぎ、テーブルの上に置く。

本物ですよ、マダム・アルベール、と彼女は言う。

そして上品なしぐさでハンナに座るよう促す。

ハンナは立ったまま、とても大事な仕事が入ったと言う。

ええ、とマダム・エティエンヌは言う。

もしも私が長い間戻ってこなかったら、お二人でこの先ずっと子供の面倒を見てもらえないでしょうか?とハンナは訊く。

もちろん、宿泊料は払い続けます、と彼女は言う。客として私たち親子に今までずっとよくしてくださいましたから、今後も安心して娘を預けられます。でも私は今回、長い間出かけたきりになりそうなのです。

マダム・エティエンヌが顔をしかめ、きれいな額にしわが現れる。

お金は要りません、マダム・アルベール、と彼女は言う。そういうことでお金を受け取るわけにはいきません。

いえ、お願いします、とハンナは言う。

そして丸めた札束をマダム・エティエンヌのエプロンのポケットに押し込む。

あの子に読み書きを教えてください、と彼女は言う。

マダム・エティエンヌはうなずく。

ありがとう、とハンナは言う。

マダム・エティエンヌは夫を呼ぶ。彼は手を拭きながらキッチンから入ってきて、二人と一緒にテーブルを囲んで立つ。

妻が彼に説明をし、お金を見せる。

できるだけ頻繁に顔を見せるようにします、とハンナは言う。状況が変わるようなら、すぐに子供を迎えに来ます。

ポール、お願い、とマダム・エティエンヌは言う。

ハンナはこのときまで彼の名前さえ知らなかった。

名前を知っていてはならない。

彼の名前を頭に残してはならない。

彼女は頭を真っ白にする。

自分の子供の名前も覚えていてはならない。もちろんそれはずっと脳裏に刻まれている。しかし例外は認められない。心の準備はできている。今までも常に同じことをしてきた。

彼女はそのために墓石を思い浮かべる。何も刻まれていない墓石。

それが子供だ。

何に乾杯しようかしら?と妻が夫に尋ねる。

友愛に、と夫が言う。

そしてグラスを合わせる。

親愛なる懐かしの(古めかしい)(ハハハ)夏の兄さんへ(いつまで経っても私の方が年下だという事実は、兄さんがどう頑張っても変えられない)
自画像みたいなものを添えました。こっちに向かってくる私の姿です。
私だって分かる?
絵を描かなくなってからかなり長い時間が経っているのが丸分かり。絵はずっと描いてない。でもこれが今の私。親愛なるダニエル兄さん。お久しぶりです。やっぱり今の〝久しぶり〟という部分を消して、別のことを書きます。ちなみに兄さんが興味を持ちそうな話で言うと、この紙はジッドの『鎖を解かれかけたプロメテ』の裏から、本を傷つけないように丁寧に切り取ったものです。

私がダニエル兄さんのことを思い出すときは、日の当たる場所に並んで腰を下ろして、ちょっとしたこと、何でもないことを話しているときを思い浮かべます。私は現実にはともかく、少なくとも想像の中では、いつも片方の腕を兄さんの肩に回しています。実際にそんなことをしたら、きっと腕を思い切り殴られるだろうけど。

兄さんがいつも私に優しくしてくれたことを、しばしば思い出します。ぶっきらぼうで鼻持ちならない私にいつも我慢してくれた。それは本当に大変だったと思う。というか、私の話に耳を傾けて理解しようとするのは大変な苦痛だったはず。でも兄さんはいつも話を聞いて、いつも理解しようと努力をして、わけの分からない私の話、喧嘩腰の態度、無神経な要求をとても上品に我慢してくれた。

私たちは互いに手紙を書いて、それを燃やすことを約束しました。覚えてる？　この手紙を燃やすときに発せられる熱は、独自の形でこの世界の熱と冷たさとのバランスを変えることでしょう。

私はその熱を、兄さんのいる場所へ送ります。

今の私は希望を見失っています。英語だと、大げさなことを書かずにはいられない。

だから包み隠さず言います。

私は兄さんのことを思い出す。

私は父さんのことを思い出す。

父さんの具合があまり悪くありませんように。父さんがあまりひどく落ち込まず、兄さんの元気まで奪っていませんように。

すべてが終わったら二人に会える。

私はそれを楽しみにしています。

ここで新たなお知らせが一つ。

子供が生まれました。

！

女の子です。私の親友だった父親に似ています。

娘は兄さんによく似ているところもあります。

それは私にとっていい兆候！　娘の中に兄さんが見えた日には、とても幸福な気持ちになります。

私は神頼みをするほど神様のことを信じているわけではありません。でも、もしも神様がいるなら、そして私がそこまで大胆になることが許されるなら、こう言いたい。神様、もしもそこにいらっしゃるなら、太陽に照らされた夏の一日をもっと長く、そして暗い日々をもっと短くしてください。母さんが私たちに話してくれた物語を覚えてる？　少なくとも私には話してくれた。夏の一日と神々の話。母さんはついでに神々の名前を一つずつ教えてくれた。今考えると、母さんはああやって私に神々のことを教えようとしてたのだと思う。だって、あのしっかりした母さんが何かを語るときは、道徳的な意味や教育的な意味が少しもないってことはありえないから。

よき神々。私はあらゆる姿に変装した彼ら全員に祈る。パン、ゼウス、ディアーナ、フローラ、ポセイドン、ペルセポネ、ブリギッド、メイヴ、アポロン、アテナ、ミネルヴァ、マルス、オーディン、トール、マーキュリー、ヘルメス、バルドル、プルート、デメテル、ネプチューン、ヴィーナス、バッカス、弁天、コレ、カーリー、ガマ、アルテミス、神々とアッラーと仏陀、昔から伝わる他の存在、今名前が頭には思い浮かばない神々、数が多すぎるから思い出せないのは許してください――とりわけジュピターのような偉い神様。

とりわけ、ジュピターのような神々にお願いです。

娘が無事に大きくなりますように。

そして時間《とき》が娘に優しくしてくれますように。

血にまみれた神々がもう笑っている。私にはその声が聞こえる。

神の笑い声は今、石に当たる銃弾みたいな音に聞こえる。

でも、私の願いを裏切らないでほしい。

娘を見ていると、私と兄さんのことを思い出します。

娘はまだこの世に生まれたばかりで小さいけれども、頭の回転は速くて、感受性豊かで、(私に似て)議論好きで、(兄さんに似て)気長で、(兄さんに似て)冬眠中の小熊みたいに眠りが深くて、他に食べるものがなくて毎日のように出されて少しうんざりしているせいだけど(私の記憶が正しければ、私たち二人みたいに)カブの味が苦手。娘は(私に似て)お話を聞くのが好きで、私には具わっていない冷静さと鋭敏さを持っていて、（兄さんに似て）必ず人に義理を立てる。そして（間違いなく兄さんに似て）行儀がよくて礼儀正しい。（私たち二人に似て）忠実で、（兄さんに似て）感情的で、何を見てもよく笑う。つまらないものもすごく面白がる（これはきっと私似）。

この前、娘はベッドで枕の下に足を滑り込ませて、まるで世界の国々に関わる一大事が起きたみたいに大声で私を呼びました。そして脚（膝から先が枕に隠れた状態）の上で両腕をばたばたさせて、小さなサーカスの手品師みたいな口調で〝足が消えました！〟と言った。そして枕の下から足を引っ張り出して、同じように大きなジェスチャーとともに〝ほら！　足です！〟と言った。

でも何より言いたいのは、私はあの子みたいな人に会ったことがないということ。

あの子は特別。

まだ半人前で、言葉もほとんどしゃべれない子供なのに、いくつかの点では既にしっかりしていて完璧な自我を持っている。だから時々私にとっても謎の存在。娘の方でも明らかに私を謎として見ていて、とても不思議そうな顔で私を見ることがある。

ある日、娘が私をじろじろ見ているときに、〝今目の前にいるのは誰だと思ってるの？〟って訊いてみました。すると大真面目な顔で、〝あなた〟と答えました。

もう一つ別の話。娘は既に歌が上手。教えられてもいないのに、自然にハモることができる。よく一人で座って、鼻歌を歌っています。私たちが住んでいる部屋の女主人と一緒に歌を歌うのも聞いたことがあります。この才能は間違いなく、私たちのどちらにも似ていません。きっと父親から受け継いだのでしょう。

実際、ダニエル兄さん、今晩娘が眠ったときにその隣で私が考えたことは、娘のハーモニーがきっかけでした。

つまり、毎日私たちの周囲で起きている邪悪な出来事は、根を持たない腫瘍みたいなものです。善良さはどちらかというとカブに似ている！

邪悪が求めるのはたった一つのこと。自分自身の増殖です。それは自分、自分、自分、自分、繰り返し何度でも自分ばかりを求める。私にはだんだんと分かってきました。邪悪は這い苔によく似ているのです。それはあっという間にあらゆるものを覆ってしまうけれど、地面にしっかり根を張っていないから、蹴飛ばせば簡単にめくれる。

そう考えただけで、邪悪は剥ぎ取ることができる。

大言壮語。私のことは知っているでしょうけど。私は変わらないから覚悟して。

私が自分の知能にうぬぼれた未熟な子供だった頃（ええ、そう、親愛なるダニエル兄さん、今でもそれは変わらない――もう〝未熟な子供〟ではないとしても、少なくとも〝自分の知能にうぬぼれ〟てはいる）、いろいろな問題についてくだらないことを山ほど考えた。

私は本気で、すべての知識、すべての物語、すべての詩、すべての芸術、すべての学問を自分の頭に収められると思っていました。そうしていろいろなことを集め、頭の中に蓄えてきたのが私の今までの財産。そしてそれが私が生きる理由だった。

最近の私は何を知っているだろう？

ほとんど何も知らない。

でも、今の私がたしかに知っているのは、かつて自分が財産として抱えていたものをもう一つも持っていないということです。

その代わり、逆にいろいろなものが私を抱えている。空の下にあるものはすべて、何かに抱えられている。

私は今からこの手紙を燃やします。兄さんと約束した通りに。

兄さんは約束を思い出したかしら？

兄さんを疑っているわけじゃない。決してそんなことはしません。

炎のぬくもりは何かの形で兄さんのところまで届くでしょう。

だから安心して。

あなたの秋の妹より
愛を込めて
夏の兄さんへ。

二〇二〇年六月十五日

親愛なる英雄《ヒーロー》様

私たちはまだ会ったことがありません。だから私が前に書いた手紙をあなたが受け取っていなければ、知らない人がどうして手紙を書いてよこしたのだろうと不思議に思うでしょう。とりあえず、私はあなたの友達で、親しい挨拶として手紙を書いているということだけは言っておきます。

お元気ですか？

私は心から、あなたの健康を願っています。

今回この手紙は、あなたがどこにいるにせよそこに転送できるように、共通の友達の電子メールを使って送っています。

私はネットであなたの名前を調べました。〝英雄《ヒーロー》〟という名前で呼ばれるのはあなたにとっては日常のことでしょうが、私みたいな人間にとってはとても驚くべきことです。最初に調べたのはギリシアの発明家で数学の天才のヘロン《ヒーロー》です。この人は風力発電を発明したと言っても過言ではありません。人類で初めて風から動力が得られることに気づき、お湯を使った最初のエンジンを考案し、最初期の自動式噴水を考えた人でもあります。彼は原子主義者《アトミスト》だったそうです。私は今弟のロバートに原子主義者とは何なのかと大きな声で訊きました。弟は隣でバイオリンを練習しているのですが、それはつまり、ぞっとするような騒音を立てているということです。弟によると、個体が分割不可能で完全な原子であって、それぞれが互いから分離していると考えるのが原子主義者だそうです。原子主義者の考え方に従うと、世界はいろいろなものが集まって全体を作り上げているのではなくて、ばらばらの思想や主体があるだけだということになります。ラッキーなことに、私が質問をしたので弟が立てる騒音が止まりました。でも今また、演奏を始めてしまいました。

　私は民話の中でヘーロー《ヒーロー》という名の女性も見つけました。女の名前としても使われると分かったのはとてもうれしいことでした。ヘーロー《ヒーロー》という神話的女性はレアンドロスという若い男と恋に落ちました。レアンドロスは毎晩泳いで、ヘーロー《ヒーロー》が灯台のように明かりをともしている塔までやって来ました。でも当然、物語は悲劇で終わります。愛に燃えた夏の終わりのある夜、ヘーロー《ヒーロー》の掲げる明かりが嵐で消えたために、レアンドロスは波間で迷い、溺れ死んでしまいました。

　昔話にはこの手の話がよくありますよね！

私たちの身に悲しいことが起きてもそれに対処できるように、きっとこんな物語があるのだろうと思います。

それはともかく、ジョン・キーツという詩人がこの物語を詩にしているのですが、そこではレアンドロスがヘーロー《ヒーロー》の美という光に溺れたみたいな話になっています。ヘーロー《ヒーロー》自身が灯台みたいな感じです。私にはそれがちょっと女性差別みたいに思えたので、自分で詩を書いてみました。

レアンドロスは波間で
　行く手を見失い
危険な場所にはまり
　命まで失った
ああ、でも、ああ、でも
泣いてはいけない、ヘーロー《ヒーロー》よ
　ヘーロー《ヒーロー》よ、泣くな
愛は決して死なないから

生意気だと思わないでくださいね。私は昔から伝わる絶望的な物語を少し面白いものに変えたかったのです。本当に、悲しいことはもうたくさんです。今年だけでも悲しいことが多すぎます。私たちは幸運です。誰も病気にかかっていませんから。お向かいに住んでいたおばあさんは去年から老人ホームに入っていました。私は〝死〟という言葉をここに書きたくはないのですが、おばあさんはそうなってしまいました。死んだのです。同じ老人ホームにいた人が他にも十二人、同じ週末に亡くなりました。介護士も一人、その介護士を診察した医療従事者にも症状が出ました。この近くにある小学校の先生も一人。母の知り合いの国民保険サービス局の看護師も。

悲しいことです。

うちに来る郵便屋さんはすごくいい人です。名前はサムといって、とても仕事熱心なので、まるで小さな発電機みたい。彼は三月に感染した気がすると言っていますが、検査を受けたこともなく、まだ検査を受けられずにいます。おかげで家族に会いに行けないそうです。ご両親は年を取って、ここから遠い場所――ブラックプール――で暮らしています。症状みたいなものが出たけれども検査を受けさせてもらえないという人が五十人以上、私たちの知り合いにいます。だからみんな、サムと同じように感染がはっきりしないまま、恐怖におびえながら自宅で苦しんでいます。誰も助けてくれる人はいませんし、その人たちはどの統計にも含まれていません。たくさんの友達がそういう経験をしたたくさんの人を知っています。今では政府がそういう人から抗体と血漿を集めようとしていますが、あの時点では誰もはっきりしたことを知ろうとはしていなかったので、彼らは死にそうな状態で放っておかれたのです。そして、中には本当に死んだ人もいます。

父の仕事は行き詰まってしまいました。私たちの家族は今、父のパートナーのアシュリーがいなかったら、何をするお金もありません。アシュリーは気前よく、父ばかりでなく、私たちの分も請求書や食料品のお金を払ってくれています――父が政府からお金を受け取れるまでの間。でも政府は、父にはお金を受け取る資格がないと繰り返すばかりです。

私個人もいろいろな将来計画を持っていましたが、どれもご破算になってしまったので、今の時間をより有効に使うことにしました。十代というのは本当なら驚くべき時期のはずです。私は今十六歳で、この三か月でいちばんの出来事と言えば、友達とNetflixでくだらない映画を観るパーティーを開いたくらいです。

でもおかげで得られたたった一つのいいこととして、既に踏んだり蹴ったりの私たちの世代はさらなる順応性を手に入れました。友達のいない場所で過ごすつらさが分かるから、逆に、友達と一緒に時間が過ごせることがどれだけ幸せかを私たちは今後意識することになります。そして私たちは自由をこの上なく大事にし、善良なるものすべての名において自由のために戦うでしょう。

私は同時に、既に亡くなった何万人もの人々に対して負い目を感じます――ただ、まだ生きているというだけで。

弟のロバートは天才医学者がワクチンを発明するのを心待ちにしています。私はワクチンを発明する天才が気候変動を食い止める天才でもあることに期待をかけています。

そんな天才が現れれば未来があるかもしれません。

そういうわけで、国民保険サービス局のキーワーカーや、サムのように普段の生活を支えている人たちとともに、英雄《ヒーロー》さん、あなたも私の英雄の一人です。気候変動に立ち向かうために戦っている人々。そして、ジョージ・フロイド（二〇二〇年五月二十五日、米国ミネアポリスで警官に逮捕される際に死亡したアフリカ系アメリカ人。事件をきっかけに大きな抗議活動が起きた）

に起きた出来事に抗議している人々も。

現代における英雄は必要な問題に明るい光を当てる人なのだと私は思います。だから誰かがそうすると、厳しい結果が付いてくる。たとえばソーシャルメディアで自分が明るい光になってしまうと、人々がすごく腹を立てて、炎に集まる蛾のような群れが襲いかかってくるかもしれない。

でももう互いや世界に対して毒《ポイズン》を吐くのはやめないといけないと、そろそろみんなが気づく頃だと思います。これは能天気な考えかもしれません。昔からずっと毒を吐く人はいるのですから。たとえば、私たちがZOOMで歴史の授業をやったときにも邪魔《ボム》が入って、みんながポルノの映像を見せられてしまいました。でも、私たちは将来もポルノや毒《ポイズン》と付き合っていくしかないと思います。人類は常に、他人に対して毒《ポイズン》を吐くか吐かないかを自分で決めなければなりません――周りに感染爆発《パンデミック》があろうとなかろうと。

この数か月イギリスや世界各地で起きているロックダウンみたいな出来事によって、あなたが日々経験していることがみんなにぼんやり分かったのではないかと私は思います。もちろん同じことではありません。刑務所みたいなところに閉じ込められているのとは全然違います――しかも罪を犯したわけでもないのに。

あなたがもう拘留施設にいないかもしれない、今はもうホームレス状態で、誰も居場所を知らないかもしれないというのは、私にとっては驚きでした。私たちの共通の友人から来たメールによると、施設に入れられていた人たちは密かに釈放されたけれども、行く場所もなく、生活していくお金もないという話でした。

親愛なる英雄《ヒーロー》さん、あなたが元気でいますように。そもそも悪いことなどしていない人々を違法な無期限拘留から救い出したのがウイルスだった——優しい人間性でも、思いやりでも、まともな法律でもなく——というのは私にとって驚くべきことだと言わざるをえません。私は他のある人——ホームレスの人——のこともすごく心配しています。ニュースでは、ホームレスの人はホテルに入れてもらえると言っていました。その人がホテルに入れたかどうか、私には分かりません。どうしてウイルスがあるときだけそういう対応をして、普段はそうしないのでしょう？

でも、私が手紙を書いているのはそれだけが理由ではありません。

私が二通目の手紙を書いているのは、アマツバメが戻ってきたからです！　空を飛ぶアマツバメを通りで見かけたときにはうれしくて大声を上げてしまいました。去年ほどの数はいないようですが、とにかく戻ってきました。

今気づいたのですが、私の前回の手紙が届いていなければ、何の話かまったく分かりませんよね。私は前の手紙に好きな鳥——アマツバメ——の話を長々と書いたのです。アマツバメは前の年に巣を作った場所に必ず帰ってきます。家が建て直されていたり、民泊に改装されていたりしない限りは。民泊なんて今、ウイルスのせいで泊まる人は——アマツバメ以外——いませんけど！　こんなことを言うと怒る人がたくさんいると思いますが、私は笑わずにはいられません。

アマツバメは遠い場所から、つがい同士ではなくばらばらに帰ってきて、巣で一緒になります。ここで雛《ひな》を産み育てるときには、一生相手を変えることはありません。その後、また別々の生活をして翌年、新たな雛を育てるときは再び一緒になります。人間も一年のうち四分の三を別々に過ごすことにすれば、離婚をしなくてすむ夫婦があるんじゃないかと思います。

　アマツバメが作る巣は、羽毛や紙、あるいは空で集めたものから成る小さくて平らな輪のような形をしています。つばを糊代わりに使って、小さな輪か、浅い鉢かカップみたいなものを作り、そこに卵を産むのです。つがいは交代で抱卵します。これは卵を温めるという意味です。親に一度に負担がかからないよう、雛は一日置きにかえります。自然はとても賢いと思います。

　今、雛の写真を見てみると、親とは全然似ていません。羽毛が生えていないので、ピンク色のグロテスクな皮袋みたいで、頭は大きすぎて持ち上げることができず、目も開いていません。

　でも、自然はとても賢いので、何かの理由で親がしばらく戻ってこられないとき、雛は一種の昏睡状態に入り、悪天候や親の不幸で長い間餌がもらえなくても生き延びることができます。

　親は特別不幸な目に遭わない場合でも、かなり大変な仕事をしなければなりません。出かけるたびに約千匹の蠅や虫を集め、喉にある袋のような場所でそれを一塊の餌の玉にして、巣に戻ったときに雛に与えるのです。

　だから頭の上をアマツバメが飛んでいるのを見たり、その鳴き声が聞こえたりしたときには、彼らは餌集めをしているのだと考えてまず間違いありません。巣にいる雛たちはもうすぐ翼を使って腕立て伏せを始め、アフリカまで長旅するためのトレーニングを始めるでしょう。本当に驚くべきなのは、雛鳥たちに毛が生えて、初めて巣を離れ、羽ばたいたときには、もうそこから少なくとも一年間、普通は二年間、どこかに足を下ろすことはないということです。

　今から六週間ほどで、ここにいる雛も旅立ちます。

母はアマツバメのいなくなった空を見上げて、〝これで夏も終わり〟と言うでしょう。

でもそれは先の話！

それまでまだ何週間かあります。

頭の上からアマツバメの声が聞こえたときには、彼らが友達としての私からの挨拶も伝えているということを思い出してください。

あなたの幸運と健康を祈っています。

この手紙があなたのもとに届きますように。

温かな祈りとともに
あなたの友人
サシャ（・グリーンロー）より

3

かくして一九五〇年代初頭、二十代前半だったロレンツァ・マッツェッティはフィレンツェ大学から招かれた学生団体――イギリスの農場で働く人手をヨーロッパ大陸から派遣するプロジェクト――の一人としてイギリスにやって来る。

先に紹介した映画を撮った監督が彼女だ。聾唖の男二人が瓦礫のそばを歩きながら会話をする映画と、高い建物の出っ張りで二つのスーツケースを持つ男の映画。

イタリアから来た学生たちがドーヴァーの港に着いて最初に経験したのは、警察によって一人一人行われる徹底的な身体検査、その次には荷物検査だった。警察はマッツェッティのパスポートを取り上げた。返却されたときそこに〝歓迎されざる人物〟と〝外人《エイリアン》〟というスタンプが押されているのを見て彼女は驚いた。

マッツェッティは実際、神経質で体も弱かったので、農場では役に立たなかった。彼女が経験した戦争のことを考えれば、それは無理もないことだった。一九四四年、彼女が十代だった頃、ナチの将校たちがトスカーナ州にある家にやって来た。そこではマッツェッティと双子の妹パオラが父の姉ニーナの家族として育てられていた。双子のマッツェッティ姉妹の母親は二人を産んだ後まもなく亡くなり、姉妹はあちこちの家族の間でたらい回しにされた。しかし二人はニーナとその夫ロバート・アインシュタイン――アルバート・アインシュタインのいとこ――そして二人より少し年上のいとこのルーチェとアンナ・マリアの暮らす家庭にようやく落ち着ける場所を見つけたのだった。

その夏、イタリアにいたドイツ軍は、進攻してきた連合国軍に押し戻されつつあった。ある晴れた美しい日、ドイツ軍将校たちが家に来た。追われているのが分かって森に逃げていたロバートを見つけられなかったとき、彼らは二つのことをした。

一つは家を破壊した。

そして、見つけることのできたアインシュタイン家のメンバーを全員殺した――ニーナと娘たちを。

ロレンツァ・マッツェッティとその妹は苗字がアインシュタインではなかったので殺さなかった。

一家の殺害時、他の村人たちと一緒によそに監禁されていた双子は家に戻ったとき、いとこ二人と伯母の遺体を見つけた。

伯父も戻ってきて遺体を見た。その後しばらくして、彼は自殺をした。

マッツェッティはイギリスで神経衰弱に陥りかけていた。そんな経験をしていたのだから無理もないだろう。彼女は派遣された先の農家を怒らせた——重い袋を担ぐ力もなく、ベルトコンベアの上から傷んだジャガイモを取り除くこともできず、他の学生のために作るはずの食事を焦がし、家畜の糞を集めるのに時間がかかりすぎたからだ。

彼女は農場から追い出される。

そこで彼女はロンドンに出て仕事と住む場所を見つける。

しかし彼女の中では何か重要なものが壊れていて、何の仕事をしてもまったく手に付かない。郊外に住む一人の女性がマッツェッティを住み込みのお手伝いとして雇うが、最後には持ち物を全部家の外に放り出され、警察まで呼ばれて、盗人呼ばわりされることになる(マッツェッティは後に、自分の方が物を奪われていたと気づいた)。

街では、幸福で素敵な家に住む幸福で素敵な家族がまた彼女をお手伝いとして雇い、素敵な生活の中に温かく迎え入れる。ところが彼女はその幸福で素敵な家で突然、さらにたくさんの幽霊に取り囲まれる。立っている幽霊、座っている幽霊、そして周囲を歩き回る幽霊。黙っている幽霊、微笑む幽霊。十代のマッツェッティが見たままに、銃弾を受けた穴から血を流している幽霊。

私はスーツケースを持ってそこを去り、別の不幸を探した。

彼女は一人で街をさまよう。

男たちはセックスを求めて彼女に付きまとう。

しかしロンドンの警官は意外にも、彼女に格別優しい。雨に濡れている彼女を屋根のある場所に連れて行き、紅茶を与え、何度か冬の夜を温かい警察署の中で過ごさせる。ある日、街中で迷っていると、ある家族がその様子を目に留めて家に招き、食事を用意してくれる。彼女がカレーを味わうのはこのときが初めてだ。

彼女は最終的にチャリング・クロスの近くにあるオムレツとスープのみを扱うレストランで給仕と皿洗いの仕事を見つける。

この仕事は長続きする。

しかしそれは彼女の本当の仕事ではない。彼女は昔から——子供の頃からずっと——芸術家だった。彼女の人生——結局、かなりの長生きをしたのだが（二〇二〇年の初めにローマで亡くなったとき九十二歳だった）——のかなり遅くになってから友人のルッジェーロが回想した話によると、彼が子供の頃、家族が昼寝《シエスタ》から目を覚ますといつも庭中に双子姉妹が描いた絵が置かれ、木にもたせかけられていたらしい。

そういうわけで、彼女は霧のロンドンで必死に生き延びる一方で、ずっと絵を描き続けていた。ある日、作品を持ってスレード美術学校を訪れる。

彼女は入り口に立ち、入学許可を求める。

そして丁重に断られる。突然外からやって来て、入学させてくださいと言われても、それは無理だと説明される。

彼女は入り口に立ち、動こうとしない。そしてもう一度言う。この美術学校に入れてください、と。

そういうことはできませんと学校側はきっぱりと言い、出て行ってくださいときっぱり要求する。

彼女は校長に会わせてほしいと大きな声を上げ始める。

騒ぎを聞きつけて一人の男が部屋から出てくる。男は校長に会って何がしたいのかと彼女に尋ねる。彼女はこの学校に入りたいのだと説明し、自分には才能があると言う。

男は彼女のスケッチを見る。

そして言う。**分かりました。あなたは明日からうちの学生です。**

(男は校長だった。)

美術学校に通い始めてまもなく、彼女は札の貼られた棚の前を通る。**映画部。**彼女はその扉を開ける。中には撮影用の機材がたくさん置かれている。

彼女は映画を撮ったことがない。しかし友達を何人か集め、できる限りたくさんの機材を持って自分の住む寮まで運ぶ。

彼女は友達と親切な他人の手を借りて、自分が好きな物語をもとにした短編映画を撮る。フランツ・カフカの『変身』だ。彼女は年を取ってからこう回想する。**『変身』という作品は、過去・現在・未来の不正に対して私たちを無関心にさせている単調な日々に対する強烈な批判だと思います。**彼女は映画を『K』と名付け、その現像料、複製料などややこみ入った技術的な料金の支払いを大学に回す。

数日後、彼女は学校に呼び出され、再び校長に会う。

校長は彼女が誰の許可も得ずに大学名で署名した大金について尋ねる。

そして大学としての署名を偽造したのなら刑務所行きだと警告する。

彼女は震え始めるが、映画について説明をする。

分かった、と彼は言う。こうしよう。その映画を他の学生たちにも見せてみて、学生たちの反応次第で君の処分を決める。

最初の上映会で、彼はマッツェッティを一人の男に紹介する。上映会に招かれたその人物はイギリス映画協会の会長だ。

イギリス映画協会会長とスレード美術学校校長と美術学校の学生たちは、彼女が作った映画を最後まで観て、拍手喝采する。

イギリス映画協会は彼女に実験映画助成金を与える。

彼女はその金で新たな映画を撮り始める。

それは二人の聾唖者についての映画だ。二人はロンドンのイーストエンドに広がる瓦礫と古い建物の中で暮らし、働いている。二人は通りを歩き、互いと手話で話す。愛について、埃っぽい戦後の街で清潔かつ上品でいる方法について、そして不思議あるいは美しいと思ういろいろなものについて。二人はしばしば、やんちゃでおかしな子供たちにつけ回される。

映画のタイトルは『一緒《トゥゲザー》』。

『K』と同様、この映画も小品だが非常に力があって、日常的であると同時にどこか終末的で、当時の他の映画監督が作るどんなものにも似ていなかった。

彼女は映画監督のリンゼイ・アンダーソンに会う。

彼は『一緒《トゥゲザー》』を彼女と一緒に編集する。

彼女はリンゼイ・アンダーソン、カレル・ライス、トニー・リチャードソンとともにフリー・シネマ運動の創始者となる。彼らの映画作品とプログラムはイギリス映画の可能性に革命をもたらす。そして一九五六年のカンヌ映画祭で『一緒《トゥゲザー》』は批評家と観客に愛され、喝采を浴びる。

その頃、ロレンツァ・マッツェッティはイタリアに戻り、しばらくの間双子の妹と暮らす。ここにいたるまでの間、彼女が幽霊たちから自由になっていたと思ってはならない。血を流す幽霊はいまだに、彼女がどこに行こうと、何をしていようとずっと付きまとっている。**彼らはあまりにも長い間私の無意識の中にすみついていた。**

そこで彼女は小説『イル・チェロ・カーデ』を書く。〝空が落ちる〟という意味（『ふたりのトスカーナ』という邦題で翻訳あり）。家族を殺される物語だ。人々を分断し、支配する宗教的・政治的対立の物語は幼い子供の視点で語られる。

その後、彼女はもう一冊の小説『コン・ラッビア』を書く。文字通りに訳すなら〝怒りを込めて〟、あるいは〝怒って〟。それは『イル・チェロ・カーデ』の続編で、物語の視点となっているのは革命的な若き魂――多くの人がひどい目に遭ったにもかかわらず、戦後、いたるところに無関心が広がっていることに腹を立てた若い女性――だ。**平穏と退屈の中で生きることは私にはもうできなかった。私は血と悲劇に手を触れる経験をしたから、退屈が広まっている間に現実は破局を準備していることを知っている。**

マッツェッティは生涯にわたって絵を描き、それを展示し、いろいろな形態の文章を書いて出版し、短編映画をさらにたくさん作った。短編映画は他の作品同様に、無垢と知が出会ったときに起きる破壊を描いている。くたびれた大人の精神の核で、いかにして無垢を保ち続けるか。彼女はローマ中心部のカンポ・ディ・フィオーリ広場に人形劇場を作り、長年、オリジナル版のパンチ・アンド・ジュディーのショーを何度となく演じる。

彼女が最後に行った大きなプロジェクト『アルブム・ディ・ファミリア』、すなわち『家族のアルバム』――殺害される時期までの家族の肖像画を中心とした絵画のセットで、太陽が降り注ぐすばらしいトスカーナ地方の風景の中、ナチスが木陰で休んでいたり、ファシストが子供に勉強を教えていたりする――はその画風、相手構わずに降り注ぐ太陽の光という共通理解、そして彩りの豊かさという点で、アンリ・マティスやシャルロッテ・サロモンを思い起こさせる。

命は死んだら終わりなのか？

生命をどう定義するか？

時間の正体、時間の扱い方、時間が私たちに及ぼす影響を私たちはどのように理解するのか？

すべての人のライフラインはどこかで壊れている。

私がここで語った内容の大半はロレンツァ・マッツェッティの小説と回想録『ディアリオ・ロンディネーゼ』――英語では『ロンドン日記《ダイアリーズ》』として出版――に書かれている。

〝夏〟を表す英単語は古英語のスモル（sumor）から来ている。その源はインドヨーロッパ祖語の語根サム（sam）。これは〝一《ワン》〟と〝一緒《トゥゲザー》〟の両方を意味する。

今からここに記す引用の出所を私は思い出すことができない。マッツェッティとは関係のない文章だが、他方で彼女とも、私たち皆とも関係が大ありだ。とはいえ、何年か前にノートに書き写したまま、いまだに出所は分からない。

創造力は文化的だ。ただしそれは文化から創造力が生まれるからではなく、創造力は文化を癒やすことを目的とするからだ。無意識にどっぷりと浸った芸術は、一人の人間の中で代償的な役割を果たす夢に似ている。芸術は文化に深く根ざした問題と対峙し、そのバランスを整えようとする。


マッツェッティによると、家族を殺された夏のすぐ後、そのイタリアの家に連合国軍の前衛がやって来る。イギリス人とスコットランド人の兵士は、新たに土を盛られた墓の脇で呆然としている二人の子供を見つける。

彼らはまず子供たちに歌を教える。英語の歌。

最初に教える歌は何か？

〝あなたは私の太陽《ユー・アー・マイ・サンシャイン》だ〟。

ぴったし二時間後にここに集合ね、とグレースは言った。私は散歩に行くから。

土曜の朝。三人はまだサフォークにいた。晴れた寒空の下、カフェの外にある舗道に立っている。

散歩?と娘は言った。

うん、とグレースは言った。

一人で?と娘は言った。

一人で、とグレースは言った。

普段散歩なんてしないのに、と娘は言った。母さんが散歩に行ったことなんて私の記憶では一度もない。

あなたそこまで私のことに詳しくないでしょ、とグレースは言った。

一緒に行っちゃ駄目?と娘は言った。

駄目、とグレースは言った。

どうして?と娘は言った。

退屈でしょ、とグレースは言った。

私は退屈しない、と娘は言った。あっちは知らないけど。

お金ちょうだい、と息子は言った。

何に使うの？とグレースは言った。

何も飲んだり食べたりせずここに二時間もいたら怒られちゃう、と息子は言った。

さっきたっぷり朝食を取ったばかりでしょ、とグレースは言った。

うん、けど、何も買わずにカフェにそんな長い時間いるなんてできないよ、と息子は言った。

二時間丸々ここにいなくていい、とグレースは言った。どこかに行ってもいいし、何かやってもいい。どこか探検してみたら？　天気もいいし。

寒くて凍えそう、と娘は言った。

海まで行ってみなさい、とグレースは言った。パットゴルフ場があるわ。パットゴルフ場に行ったらどう。

開いてないよ、と息子は言った。二月だもん。

どうして私たちが一緒に行ったら困るの？と娘は言った。

娘は別に一緒に行きたいわけではない。ただ母が何かの理由でしばらく一人になりたそうな様子を察して、邪魔をしてみたいだけだ。

信じてもらえないかもしれないけど、とにかく一人になりたいの。それには個人的な理由がある、とグレースは言った。

どこに行くの？と娘は言った。

古い教会を見に行く、とグレースは言った。

嘘だ、と娘は言った。

あなたたち二人はゲームセンターに行ったら？とグレースは言った。それなら開いてるでしょう。波止場の方に行ってみなさい。

ゲームセンターなんて行かない、と娘は言った。

ゲームセンターで時間潰すってことならお金ちょうだい、と息子は言った。

グレースは財布を出し、二十ポンド札を渡した。

全然足りない、と彼は言った。これだと『ターミネーター』十回やっておしまい。

充分足ります、ていうか、半分はサシャに渡しなさいよ、グレースは言った。

『ターミネーター』十回の中に姉ちゃんの分はもうカウントしてある、と息子は言った。

この店のレジで両替してもらいましょ、と娘は言った。私が行く。

いや、両替は僕がする、と息子は言った。ゲームセンターでやるから。

私はゲームセンターなんか行かない、と娘は言った。さっさと渡しなさいよ。レジの人に両替してもらうから。

駄目、と息子は言った。

はいはい、とグレースは言った。どっちでもいいから。どこでも行って、好きなことをして。

間違いなくこのカフェの前に十二時に来てくれれば、それまで何をしても構わない。イプスウィッチを二時半に出るロンドン行きの列車に乗れるように、タクシーを予約してあるから。

母さんが一人になりたがってるのには誰にも言えない理由がある、と娘は言った。

その通り、とグレースは言った。じゃあね。

彼女は正しいと思う方角に向かって歩きだした。それは完全に間違っているかもしれない。三十年前の記憶だから。教会の名前も覚えていない。それも忘れたのではなく、最初から知らなかったのかもしれない。かろうじて覚えているのは、教会を見つけたのは偶然だったということ。それは町外れにあった。町から一キロ半ほどか？　最後はキイチゴの藪に挟まれた細い一本道の先。町の外側には、以前はなかった住宅地があった。

教会はもう存在していないという可能性も充分にある。あるいは瀟洒《しょうしゃ》な別荘に改装されているとか。あるいは海に沈んでしまったとか。もしも記憶が正しければ、海からはさほど遠くなかったはずだ。

背後では、子供たちが道路に立ったままいまだにもめていた。彼女は振り返ることさえせず、まるでそこに子供がいないかのように歩き続けた。子供を産んだことなど一度もなく、そこにいるのはよその子供で、自分には関係がないかのように。彼女は町と沼地を結ぶ橋を渡り、丘の上の住宅地に向かった。

そして沼地で右折。

そして細道を探す。

ここで左に曲がれば、その先には昨日老人に会ったあの家がある。彼女の息子を自分の妹と勘違いした老人。

かわいそうなロバート!

でも、妹さんに会えたと思ってすごく喜んでいらっしゃいましたね、と昨夜夕食の席でシャーロットは言った。

彼らはホテルのレストランで食事をした。内装は木目調で、テーブルにはろうそくが立てられていた。実際とてもいい雰囲気だった。

妹さんに会えたと思ったのがよほどうれしかったみたいで、とシャーロットは言った。ロバートが別人だと分かっても、がっかりしたり、さらに喜んだりはしなかった。

僕は女の子じゃない、と息子は言った。見た目も女の子っぽくない。

でも、何かあったんでしょうね。雰囲気とか。そのせいですごくうれしい気持ちになった、とシャーロットは言った。あなたの持っている雰囲気があの人の心に響いた。それは女の子かどうかってこととは関係がない。

でも僕は、と彼は言った。女の子っぽくない。

男の子が女の子っぽくたって何も問題ない、とシャーロットは言った。実際、男女両方の要素の共生が、本物の美しさの核にある性質だという認識は広く受け入れられてる。

男女両方の要素の何?と息子は言った。

共生、とアーサーは言った。

生物学で言う〝共生〟のこと?と息子は言った。

彼らが会った老人は百四歳だった。百四歳! 夕食の席でそれが話題になった。老人の世話をしていた女性が親戚ではなく、ただの友達だというのは驚くべきことだと彼らは話した。彼がこうして長生きしているのは彼女――あるいは彼女の家族――のおかげだ。元はといえば単に、子供の頃に隣同士だっただけなのに。老人と知り合って以来、妹がいたという話をしたのは今回が初めてだった、と女性が言っていたことについて皆が話した。

あの人は本当にうれしそうだった、とシャーロットは言った。妹さんが目の前に現れたと思ったのね。現実には違ったけど。

それも共生？と息子は言った。

あの人に会うのはまるで歴史そのものとの対面みたいだった、とグレースは言った。すごい歴史。だって第一次世界大戦のときから生きているわけでしょ。そして第二次世界大戦のときには収容所に入れられた。

そういう言い方は失礼だと思う、と息子は言った。あの人は人間。歴史じゃない。

うちにも戦争がらみの話がある、と娘は言った。私たちの父さんの母親。私の名前はおばあちゃんから取ったの。おばあちゃんはサシャ・アルベール。名前、聞いたことあります？　コンサートでバイオリンを弾いてたんだって。

ジェフがどうしてもって言ったもんだから、とグレースは言った。私は私の母の名前を娘に付けたかったのに。

そうならなくてよかった、と娘は言った。じゃないと今、みんなが話している相手がシビルという人になっちゃう。

テーブルを囲む皆が笑った。

グレースは笑わなかった。

娘は良心がとがめたまなざしをグレースに向けた。それがデリケートな問題であることを娘は知っていた。

しかしグレースが今日一緒に食事をしている人たちは、いまだに他人同然とはいえ、親切で感じがいい。だから彼女は場の雰囲気を乱さないことにして、娘に向かってうなずき、父方の一族の話をしても大丈夫だと伝えた。

娘は感謝のまなざしを送り、ジェフの家族について話を続ける。

おばあちゃんはフランス人、と娘は言った。私が十歳のときに亡くなった。

当時僕は七歳、と息子は言った。

おばあちゃんの母親はおばあちゃんがたった三歳のときに戦争で亡くなった、と娘は言った。で、おばあちゃんを育ててくれた人たちがその母親の死を知ったのは、戦争中に若い女の人が家に来て、こういうことがありましたって教えてくれたから。ひいおばあちゃんは町の広場でナチに殴られた女の人が立ち上がるのに手を貸したせいで撃ち殺された。町の人たちがそれを見ていたってその若い女の人は言った。

この子たちの父親の昔話が本当なのかどうかはよく分かりません、とグレースは言った。

ほんとに本当、と娘は言った。おばあちゃんから聞いたんだもん。

だからといって本当ってことにはならない、とグレースは言った。というか、身内で代々語られる他のいろいろな話と同じ程度に本当っていうだけのこと。とにかくこの子が生まれたときに、どうしても母親と同じ名前を付けたいって父親が言ったんです。駄目だって言いにくいじゃないですか。すごいお話だし。それに次はロバートの名前を選ぶ権利が私に回ってくることになるし。

でも、僕の名前は誰かから取ってきたものじゃない、と息子は言った。

それは私があなたにどんな遺産からも自由であってほしかったから、とグレースは言った。

それは単なるお話じゃない、と娘は言った。本当にあった話。

おばあちゃんのバイオリンは全部取ってある、と息子は言った。全部棚の中にしまってある。誰も弾かない。誰も弾けない。全部で五挺。どれもケースに入ってる。バイオリンの棺桶みたいな感じ。誰もケースから出さない。ケースから出して眺める人ももういない。

すごく小さいバイオリンが一挺あるんです、と娘は言った。おばあちゃんが一九四〇年代、子供だった頃に持っていたやつだと思う。四分の一《クオーター》サイズっていって、大きさはこのくらいしかない。

それより小さいよ、と息子は言った。

グレースは話題を変え、女の人のことでアーサーをからかう。

ここまで来たのはお母さんの知り合いの男性に会うためだと言ってましたよね。あの女の人に会いに来たわけじゃなくて、とグレースは言った。

結局、あのご老人はアーサーのお母さんのことは覚えていないようでした。でもあの人、アーサーの手を握って離そうとせずそのまま眠って、こうしてみんなで夕食に集まる三十分ほど前までアーサーはずっとベッドの脇にいたんです。本当は夕食までもっと時間があるはずだったのに、とシャーロットは言った。

あの人を起こしたくなかったんだ、とアーサーは言った。

本当はあのエリザベスって人と離れたくなかったんでしょ、とグレースは言った。

シャーロットは彼の肩に腕を回し、頬にキスをした。

正解、と彼女は言った。

なるほど、とグレースは言った。この人が別の女性をあんなふうにじろじろ見ていてもあなたは何とも思わない。じゃあ、あなた方はお付き合いしてるわけじゃないんですね。

うん、この二人はそんな関係じゃない、と息子は言った。

そういう時期もあり、いろいろあって、とアーサーは言った。今の方がずっといい関係です。

仮に私たちが実際付き合っていたとしても、この人が誰を見ようと私は気にしませんけど、とシャーロットは言った。恋は事故みたいなものですから。

うん、と息子は言った。事故だね。

そうとしか言えない、とシャーロットは言った。おそらくそれでいいんだと思う。

私も若い頃に戻りたい、とグレースは言った。

とにかくアートは今では兄みたいなものです、とシャーロットは言った。

もったいない、と娘は言った。

たしかに、彼女は僕にとって妹みたいなものです、とアーサーは言った。

もったいない、と息子は言った。

時間は短い、とグレースは言った。人生のいい時期は短い。お二人はいい。うらやましいわ。洋々たる未来があるんだから。でも、一瞬一瞬を大事にしてね。あっという間に時間は過ぎる。時間は二度と取り戻せないから。

失礼ですけど、グレース、とシャーロットは笑顔で言った。それは間違ってると思いますよ。私たちは何歳であれ、いつでも目の前にある時間と正面から全身全霊で向き合うものだと思います。生きるってそういうことじゃないでしょうか。

ああ、とグレースは言った。青いわね。私も若い頃はそんなふうに考えてた。

あなたはまだ年寄りじゃないですよ、グレース、とシャーロットは言った。

しかしいらつく呼び方を何度もされたグレースは、シャーロットの言葉を上から目線と感じ始めていた。

ところで、第二次世界大戦のときにイギリスに強制収容所があったなんて知りませんでしたよね？と彼女は代わりに言った。

僕は知ってた、と息子は言った。

知らなかったくせに、と娘は言った。

知ってた、と息子は言った。本当だもん。

でもあの方がドイツ人だったのなら、仕方ありませんね、とグレースは言った。みんなの安全のために。

父さんは戦争シリーズの切手も集めてる、と息子は言った。マン島のも。

食事はどうしたの、ロバート?とグレースは言った。

あまりお腹が空いてない、と彼は言った。

じゃあ何が欲しい?とシャーロットは言った。何か注文する?

シャーロットはウェイターを呼ぼうと手を挙げていた。

僕が欲しいのは共生、と息子は言った。

そんなのメニューにないと思うけど、と娘は言った。

グレースは翌日、町を歩きながら微笑む。賢い娘だ。

老人のいる部屋の隅に置かれた石はアーサーが持ち運んでいた石と驚くほどよく似ていることに賢い娘は気が付いていた。アーサーが鞄を開け、老人に渡すために石を取り出し、あなたに返すようにと母の遺言に書かれていたんですと説明してベッドに置いたとき、老人はそれを見て妙なことを口走った。

この石は子供だ——とグレースは前の晩、夕食の席で言った。妙な言葉だと思いませんか——

違う、と娘が遮った。そう言ったんじゃない。あの人が言ったのは、**子供を連れ戻してくれたんだね**。

エリザベスと呼ばれる女性がアーサーに、石をこっちにくださいと言った。そしてそれを寝室にあった彫刻のくぼみに置いた。

そこに置くとすごくいい感じに見えますね、と娘は言った。

この彫刻は本物なんです。老人がうとうとし始めると女性がそう言った。芸術家のバーバラ・

ヘップワースの作品。グレースはありえないと思った。どこの老人がバーバラ・ヘップワースの彫刻をそこらの床に置いたりするだろうか？

しかし夜になってベッドに入ったときには、その石のことがどうしても頭から離れなかった。でもひょっとして、芸術とはそういうものなのかも。なぜか印象に残るのだが、その理由はよく分からない、みたいな。あの二つの石は一緒にあるといい感じだった。穴の開いた石と、完璧な球形の石。

舗道を歩いている今、彼女の前頭部は一つの映像で満たされていた。

それは自分の母親の顔だったが、仮面《マスク》に変えられているように見えた。死後の仮面《デス・マスク》、それとも生前の仮面《ライフ・マスク》？　どちらでもない。生と死、幸福と悲哀を超えた母の顔の仮面。生きていると同時に死んでいる。いや、ちっとも死んではいない。死を感じさせるところはない。まったく。仮面には清潔感があって、骨格、輪郭には何の乱れもない。肌は生きている色合いで、髪は額にかからないよう整えられ、仮面自体は石でできていた。その隣には少し小さめの仮面があった。グレースが十四歳のときの顔だ。母が亡くなったときの年齢。その顔は、居間にあったアームチェア——愛用していた母が死んだばかり——に火を点けたときの表情。舗道を歩く彼女の頭の中で、うつろな目をした二つの頭が並んでいた。

グレースは首を横に振り、多少は自分で制御できる物語に頭を戻した。

彼女は今、ある教会を探しに向かっている。ある夏に訪れたことのある教会を。外に映画のポスターが貼られている建物の前を過ぎる。

『突撃』（一九五七年のアメリカ映画）。

それが目に留まったのは古い映画館だからだ。そう、あの古い映画館――

そのとき、自分でも頭にあることを知らなかった記憶がよみがえる。頭の中で緑色の種子が殻を破る――

町の小さな映画館の舞台裏。

ちっぽけで妙な場所。ね？　妙だけどかわいらしい。

（まるでそこがスティーヴン・ソンドハイム（『ウエスト・サイド・ストーリー』や『イントゥ・ザ・ウッズ』を手がけたミュージカルの巨匠）のショーでも上演する場所みたいに、クレア・ダンが歌うようにそう言う。）

一九八九年。

不満の夏（この言葉は一九八九年夏にソ連でストライキが相次いだ事態を指すことが多いが、英国でも国鉄の大規模ストがあった）。

皆は今ここで、二夜連続公演を行っている。今夜はシェイクスピア。明日はディケンズ。劇場って感じじゃないな、期待を持ちすぎたら駄目だ、と一座が到着したときフランクは言った。その通りだった。彼らは明るく白い映画スクリーンの前で芝居を演じる。緞帳やカーテンみたいなものはないし、照明はひどいし、舞台というほどのスペースもなく、狭い壇があるだけ。楽屋というようなものもなく、今も倉庫みたいな小部屋にスタッフ全員が詰め込まれ、総勢十四人が必死に台詞を覚えようとしているが、メークをするための鏡もない。

　そのせいでグレースは一人、裏口の外にあるコンクリートの階段に腰を下ろしている。今、最初の出番が終わったところだ。彼女が演じる人物は死に、次の合図までは死んだまま。青が深まる夕空高くに鳥が見える。あれが現れるとね、グレース、もう夏ってことなの、といつも母が言っていた鳥。そしてね、グレース、いなくなったら夏は終わり——

とそのとき背後から誰かが押し殺した声で言う。

グレースぼーっとしてる場合じゃない出番遅刻早く急いで——

しまった！

彼女は立ち上がって中に入り、階段を上がり、くねくねした廊下を進み、走って壇上に出て、第五幕、死んだ女王の立像のポーズを取る。

そのときジェリーとナイジがまだ舞台上にいて、舞台袖で起きた驚くべきことについて観客に語っているのが目に入る。

ということはまだ第二場ということだ。

彼女の出番は数ページ先。

ああ。

まずい。

そこで彼女はただじっと壇上に立つ。走っている途中で凍り付いたみたいな格好で、手はどうしたらいいのか分からない。観客の全員（こんな片田舎の町なのに、今夜は満席だ）が、死んだはずの女王が子供みたいに走る姿を目撃してしまった。劇が効果を生むためには、絶妙のタイミングまでずっと死んでいなければならないのに。すべてが台無し。

彼女は後ろに三歩下がる。

今立っているのは、彼女の姿を隠すはずのカーテンが本来ならある場所だ。

彼女は背筋を伸ばし、片手を上げ、立像のポーズを取る。

観客の一人か二人が曖昧に笑う。

壇上の男二人は困った顔で彼女を見る。

それからジェリーが再び台詞を口にする。二人はまるで彼女がそこにいないかのように台詞を言う。ナイジは退場し、ラルフとエドが出てきて台詞を言う。ラルフは彼女を見て慌て、台詞を思い出すのに苦労する。何事にも動じないエドはいつもの甲高い声で演技を続ける。第二場が終わり、フランク、ジョイ、ジェン、ティム、トニー、トムたちがぞろぞろ現れて第三場が始まり、皆が彼女の姿を見て仰天し、一歩下がる。

特に驚いたのは、グレースを隠すはずの移動式仕切りカーテンを転がしてきたジョイだ。彼は今からみんなは驚くべきもの——今このカーテンの背後に隠されているもの——を目にするという主旨の長台詞を言うことになっている。

グレースはポーズを保つ。

彼女は手を動かさない。そしてジョイを見ないふりをする。ジョイはようやく状況を察し、壇上で病院の看護師のようにのらりくらりとカーテンを動かすのをやめ、グレースの前で止める。

ふう。

第三場が始まる。

観客の中で既に物語を知っている人々は数分前から大声で笑っていた。笑っていない人に幸あれ。カーテンの背後に隠れた彼女はしびれた腕を振る。皆の台詞がここから二十五行続いて、最後に**さあ、ご覧ください、よくできていますでしょう**という一声がある（『冬物語』第五幕第三場）。そこでカーテンが取り除かれ、彼女は立像のポーズを取り、その後、生き返り、百二十行の台詞の最後に、彼女が台詞を言う合図となる言葉がある。**こちらをお向きください、お妃様、パーディタ様ですよ。**彼女は頭の中で台詞を準備する。

天の神々よ
その聖なる器より
わが娘の頭上に
数々のお恵みを注ぎたまえ。
天の神々よ
その聖なる器より——

でも——

ああ。

休暇でこのあたりに来ているウエストエンド（劇場が多く集まるロンドンの西部地区）の配役代理人《キャスティング・エージェント》が今晩の観客の中にいるとフランクが言っていた。

グレースはカーテンの背後で冷や汗をかく。

さっき声をかけたのはクレア・ダンだ。

違う？　いや、そうだ。

九十九パーセント間違いない。

グレースがウエストエンドと何らかの形で関わる、生まれて初めてのチャンスをクレア・ダンが台無しにした。

天の神々よ。

彼女はわざとやったのか？

どういうつもりで？

天の神々よ。


翌日、ＳＴＤ（崇高迫真劇団《サブライム・テンション・ドラマ》）（ＳＴＤといえば性感染症《ＳＴＤ》という下品なジョークはメンバー全員聞き飽きているのでご勘弁ください）の女性メンバーが映画館に集まり、『回転する世界』の難しい場面の稽古をしている。映画館はこの暑さの中、蓋の付いた鍋をコンロで火にかけているかのようだ。演出を担当するエドを除く劇団の男たち（ハハハ）は地元のホテルにある素敵な庭でビールと昼食を楽しんでいる。運のいいやつら。

エドはスクリーン前の壇に皆を集めて座らせる。そして全員にやってもらいたい練習があると言う。その前にまず、曲がりくねる《ミアンダー》という単語について考えてくれ。

私《ミー》、と彼は言う。他人《アンデル》。

皆がぽかんとする。

言い方を換えるなら、自分を他人にするってこと、とエドは言う。みんなには誰か別人になってもらいたい。曲がりくねるようにいろいろな自我の概念を探る。『デイヴィッド・コパフィールド』の中心で鼓動を打っているのはそういう物語だから。彼は人生の中でいろいろな呼び方をされる。トロット、トロットウッド、デイジー、デイヴィー。けど、同じ人物であり続けるわけ。だろ？　だからみんなには、人の目の前で文字通り別人になる練習をしてもらいたい。でも、同じ人間であることは変わらない。時計と反対回りでいこう。ジョイ。君から始めて。

時計と反対回りに何をすればいいわけ？とジョイが言う。

ジョイはフランクの妹だ。土壇場でやめたメンバーがいたので、『冬物語』のポーリーナ役としてぎりぎりのタイミングでスカウトされた。本当はあまり俳優向きのタイプではないけれども、間に合わせでやっている割には、彼女が演じるポーリーナにはかなりのインパクトがある。彼女はシェイクスピア劇を演出する兄のフランクに頼まれて、普段勤めている不動産屋で夏休みを取ってこの公演に加わっている。だから〝ワークショップとかいうくだらない遊び〟と彼女が呼ぶこうした稽古には我慢して参加しているだけで、そこで皆と一緒に何かをすることを強制できる雰囲気ではない。

他人になってもらいたい、とエドは言う。

時計と反対回りに？とジョイは言う。

次の台詞を言ってくれ。**時計が鳴りだすと同時に、私は泣き始めた**、とエドは言う。で、そう言う前に、君の中にいる誰かが生まれる瞬間に立ち戻ってほしい——君ではない他人が生まれる瞬間に。

うん、でも、そもそも演技するときはそうしてる、とジョイは言う。違う？　ならどうしてわざわざそんなことを？

エドは傷ついた表情を見せる。

彼は優しい人で、ゲイだ。ナイジと寝ているのは誰もが知っているが、皆、それが大きな秘密であるかのように振る舞っている。グレース自身にも秘密がある。彼女はトムとジェン（フロリゼルとパーディタ）の両方と寝ているが、トムもジェンも互いのことは知らない。劇団の中にそれを知っているメンバーはいない。その状態を保つのはかなり大変だが、今のところはうまくいっている。ジェンもトムもそれぞれに、グレースは自分と本気だと思っている――少なくともこの夏は。グレースは同時に、本当は自分はフリーではないし、巡業が終われば関係も終わりだとはっきりと言っている。地元で長く付き合っているゴードン・ストーンという恋人がいる、と。（実際には、〝地元〟も〝恋人〟も存在しない。〝ゴードンストン〟というのは、母が父と出会う前に勤めていたスコットランドの裕福な学校の名前だ。ゴードンストンにはチャールズ皇太子も通っていた。）

他のメンバーが何らかの内なる自我にアクセスする前に、議論が始まる。

議論の中身はいつもと同じだ。皆、議論にも飽き始めている。『冬物語』の冒頭ですぐにリオンティーズが興奮する理由。

フェミニズムの話だ。またしても。

グレースはため息をつく。けど、問題はジェンダーじゃない、と彼女は言う。問題は単に、心に差した影。彼の心、彼の国にどこからともなく影が差す。それは不合理なもので、源なんて存在しない。ただの影。世界で起きることと同じ。ただ突然、変化する。そしてそのことが私たちに教えてくれる。すべてははかないということ。私たちが手に入れ、永遠に続くと思っている幸福はあっという間に奪われるかもしれないということを。一九八九年の政治状況を一六二三年の劇に持ち込むのは間違いだわ。

一六一一年、とエドは言う。

オーケー、とグレースは言う。でも、要点は変わらない。一六〇〇年代なら十年程度は誤差の範囲。

うん、けど、そこは微妙じゃないの、グレース、あなたが一六一一年と一六二三年の間の歴史の専門家じゃない限りは、とジネットが言う。

くだらない、とグレースは言う。

皆は再びすべての台詞を振り返る。女性の発言について。女の言葉遣いについて。リオンティーズが自分よりも言葉巧みな妻に対して感じる嫉妬について。

うん、でもそんなのはただの、そう、余白の書き込みみたいなもの、とグレースは言う。実際に起きたのは無作為な、何て言うか、流行病《はやりやまい》みたいなもの。花に霜が降りたみたいな。葉枯れ病。決して出所は分からない。シェイクスピアがリオンティーズ自身にそう言わせてる。彼の頭がその病に感染したってこと。

うん、けどやっぱり、感染症だって何かから来るとか、どこかから来るわけでしょ、とジネットが言う。

それに芝居の中の他のテーマもジェンダー間の関係に治すべき傷があることを暗示してる、とジェンが言う。

グレースと密かに寝ている彼女までが敵に回る。

グレースは首を横に振る。

皆、本当の喪失について何も知らないのだ。誰一人として。

これはただの出来事なの、と彼女は言う。冬には悲しい物語がいちばん合う。だからシェイクスピアは劇作家の小道具として、ここに悲しみを注射する。そしていろいろなものを冬に感染させる。その目的はまさに夏を手に入れること。悲しい話から楽しい物語を生むこと。

エドは教師っぽいしゃべり方で言う。

とりあえず最初の部分を見てみようじゃないか、と彼は言う。第一幕第一場。カミローの台詞はこうだ。**実にご立派な若者で、万民《サブジェクト》に薬《フィジック》を与えてくださる。**

グレースはもう議論する気にならない。

物理《フィジックス》は私の苦手科目《サブジェクト》、と彼女は言う。

違うよ、グレース、とエドは言う。

ここのフィジックは物理《フィジックス》の意味じゃない。

もうたくさん、とグレースは言う。

フィジックは人を健康にしてくれるものの意味だ、とエドは言う。サブジェクトもここでは市民とか臣民、王国の民ってこと。要するに、王国に暮らす人々を元気にするとか、病気にするとかいう話さ。

それはつまり、権力者が女嫌いで専制的な悪のリーダーかどうかという問題。役に立たない偏屈な王とか支配者がみんなに、自分の命令に従わなかったら反逆者、裏切り者と見なすとか言うわけだから、とジネットが言う。

そう、でもって、そういう問題は芝居の中で全部、男女の区別と結び付いてる。それは否定できないでしょ、グレース、と誰か別の人が言う。

そのときクレアが言う。

今ここにトムがいてくれたらいいのに、とか考えてるでしょ、グレース？ そうすれば、シェイクスピアが〝感染《インフェクション》〟と〝感情《アフェクション》〟という二つの単語をどういう意図で用いていたかをみんなの前で話すことができる。そして本当なら秘密を持つべきじゃない人が隠し事をしていると何が起きるかという問題についてもね。

何か言いたそうね、クレア？とジェンが言う。

私が言いたいのは、劇団の中で誰が他のみんなよりたくさんの恩寵《グレース》を味わってるかってこと（『冬物語』第五幕第三場にある台詞のもじり）、とクレアは言う。

こんな話はもうたくさん、とグレースは言う。私は一服してくる。

クレアは彼女にウィンクする。

帰ってくるときには新しいグレースってことかしら？とクレアは言う（『冬物語』第五幕第二場に「まばたき一つするたびに何か新しい幸せ（グレース）が生まれるようだ」という台詞がある）。

へえ、芝居を丸ごと覚えているみたいじゃないか、クレア。〝グレース〟という単語が使われている場所を全部（英語のグレースには「礼儀、美点、面目、恩寵」などの意味がある）。驚くべき記憶力だな、とエドは言う。

写真みたいに脳裏に焼き付く、とクレアは言う。すぐに戻ってきてよ、グレース。ジェンとトムが待ってるから。私たちみんなも。さらなる神の恩寵があなたにありますように（『冬物語』第二幕第一場の台詞のもじり）。

あそこまで台詞に鈍感だとハーマイオニをまともに演じられるわけがない、と背後で誰かが言うのを聞きながら、グレースは非常口の扉を押し開ける。

さっきからトムの名前を何度も出すのはどうして？　扉が閉まるとき、ジェンがそう言うのが聞こえる。

安堵。

暗い場所から、燃えるような日差しの中へ。

太陽が照る外は暑い。体の芯まで冷えていたグレースは身震いする。彼女は少しの間そこにじっと立ち、たばこに火を点ける。

彼女は角まで歩いて行き、町の向こうにのっぺりと広がる土地を見やる。家屋が途切れるあたりのアスファルトから陽炎《かげろう》が立っている。

最近の新聞報道によると、この夏は今世紀で最も天気のいい夏らしい。一九七六年よりもいい天気。一九四〇年や一九一四年より。

彼女は半分までしか吸っていないたばこを落とし、舗道で踏み消す。

みんな糞食らえ。芝居のテーマとやらも。

彼女は急に歩きだす。

行き先はどこでもいい。どこかに行くだけ。回転する世界から離れた場所へ。トムかジェンを狙っているのかもしれないクレアが発する羨望のミニ陽炎から離れて。でもとりわけ、予想もしていないときに立像が動きだしたら観客がどれだけ驚くかを目にした今、クレアはきっとグレースの役も狙っているのだろう。

いや、ただ騒ぎを起こすのが好きなだけかも。

そういうことを面白がる人たちはたくさんいる。

グレースは歩きながら肩をすくめる。

トムとのセックスは、まあ、予想の範囲内。普通だ。ジェンとのセックスはかなりいい。ジェンは意外に激しく、気合いが入っている。薬物中毒だというお兄さんに関する感情的なおしゃべりをしばらく聞かされることにはなるけれど。でもグレースは辛抱強く、ふさわしい（あるいはもっともらしい）表情を作ることもできる。俳優だから。とにかく、主役級の女とセックスできる幸運を信じられずにいるトムとの距離を保つには必要な関係だ。前回寝たときには、君を愛しているとトムは言い、どれだけ愛しているかを訴えた。グレースはその手の言葉を聞くといつも文字通り吐きたい気分になる。

彼女は隣人同士で口論している家の脇を通る。女が一人舗道に立ち、しおらしい顔をした少年の肩に腕を回している。息子と母親？　女は愛情のこもった強い腕で少年を抱いたまま、家の玄関口にいる胸の大きな女に向かって叫んでいる。叫んでいる言葉は、

売春宿じゃないですか、おたくはまるっきり売春宿だ。

玄関口の女の顔は片側が微笑み、反対側は真顔。おかげで少し拷問者のように見える。女は無抵抗だが攻撃性に満ちた静かな声で言う――グレースはそれを聞いて、似た人物を演じなければならないときのために格好の例として頭に叩き込む。

その子はただ楽しいことをしただけですよ、マラードさん。楽しんだだけのことです。

この子はまだ十二歳よ、と舗道の女が大きな声を返す。

その子は別に人を傷つけたわけじゃありません、マラードさん。グレースが前を通るとき、玄関口のしたり顔の女がそう言う。

横を通るとき、少年はグレースをちらりと見る。

彼女は少年にウィンクをする。彼は目を逸らす。

少年には母親がいる。

それがどれだけ幸運なことか、彼は知らない。

彼女は乾いた沼地を横切る。草は黄色く枯れ、虫の声が響く。彼女は右の方へ続く一本道を――気持ちよさそうに見えたから――選ぶ。明らかに、あまり人が使ってなさそうな道だ。中央には帯のように草が生え、頭上で左右の木の枝が出会い、キイチゴの藪が両側から触手を伸ばし

ている。

きれいだ、と彼女は思う。

そして手で蚊を払う。

小さな鳥——ミソサザイ?が前を横切る。こんにちは、小鳥さん。

低い生け垣の列。

緑。

道の縁、葉、草、種の付いた背の高い草。

海から陸の奥に向かって広がる野原の明るい金色、暗い金色。そしてすべての緑。緑、暗い緑。

道の先にある木々はイギリスらしい——想像の中の夏のような——長い影を落としている。

遠くの木々の間を抜けた日光が道を照らし、地面が雨の後のように光っている。

彼女の中で文法がばらばらになる。ちゃんとした文が組み立てられなくてもいい。とにかく素敵だ。

ここで揺れている木々の満ち足りた姿。

イギリスらしい夏の太陽の下をわずか二十分歩いただけで、彼女の身に何が起きたかを見てほしい。

彼女はすっかり思考の深みに沈んだ。

でも、それが夏だ。夏という季節はちょうどこんな一本道を、光と闇の両方に向かって歩くのに似ている。夏は単なる陽気なお話ではないから。闇を伴わない陽気なお話など存在しないから。

本当は、夏とは想像の中の結末をめぐる物語だ。私たちは本能的に、夏が何かの意味を持っているかのようにそこに向かう。私たちはいつも夏を探している。夏を探し、一年中夏に向かっている。必ずいつか日が沈む地平線をじっと見つめるように。私たちはいつも完全に開いた葉、開かれたぬくもりを探している。遠からずいつか、のんびりとそこに寝そべり、夏を味わえる日を待っている。遠からずいつか、世界が私たちを温かく迎えてくれる日を。まるで本当はもっと優しい結末が用意されているかのように。そんな可能性があるというだけでなく、それは確実なのだ、と。自然の調和《ハーモニー》が足元まで伸びてきて、日の当たる風景があなた一人のためにそこに広がる。まるで元々の物語――あなたが地上で過ごす時間――は日だまりの草地で全身の筋肉を緩め、大の字になる幸福であるかのように。細長い草の葉を一本、口にくわえて。

心配事から離れて。

素敵な空想。

夏。

『夏物語』。

グレース、そんな芝居はない。

だまされてはいけない。

最も短く、最もとらえがたい季節。夏に対してはどうしても責任を問うことができない。なぜなら夏はそもそも捕まえることができないから。ばらばらの断片、瞬間、いわゆる完璧な夏、あるいは空想の中にだけある完璧な夏――実際には存在したことのない夏――の断片的な記憶以外の形では。

今彼女を囲んでいる夏でさえ存在していない。今世紀最高の夏らしいけれども。文字通り、本物の完璧な夏の午後にこれほど元型的で美しい道を歩いていたとしても。

私たちは実際に完璧な夏の最中《さなか》で、既にその喪に服している。

夏のはかなさを思いつつ夏の道を歩く姿を見てほしい。

私は夏まっただ中にいるときでさえ、その本質を手に入れることができない。


十分後、道は終わる。木々の間に小さな空き地があって、車が二台ほど停められるようになっている。片側には古い教会がある。小さな石造りの教会を囲む墓地には草が生え、墓石は古い木々の下で傾いている。門が開いている。小道の先にある扉も開いていて、そこから音楽が聞こえる。

教会でニック・ドレイク(英国人シンガーソングライター(一九四八-一九七四))の音楽を聴いているのは誰?「ブライター・レイター」。きれいなフルートの音。とても一九七〇年代っぽい。

教会音楽としてニック・ドレイクがいいと考えるなんて、どれほど流行に敏感な司祭なのだろう?

たしかに正しい選択だ。時間を超えた憂鬱に捧げる聖歌。イギリスの夏に捧げる聖歌。

墓地は草だらけ。たくさんの花が咲き、蜜蜂が飛んでいる。グレースはお辞儀をする花に挟まれた小道を進む。そして扉の前に立つ。

教会の中にいる人物は、曲に合わせて口笛を吹いている。ものが軽くこすれ合う音が聞こえる。音が止まる。再び音。また止まる。駐車場に作業員のものらしいバンが停まっていたのはここで何かの作業をしているかららしい。

頭上の壁に明るい色の石がはめ込まれ、そこにはこんな言葉が刻まれている。

夜はふけ
日が近づいている
それだから私たちは
やみのわざを捨てて
光の鎧《アーマー・オブ・ライト》を着けようではないか
ローマの信徒への手紙　第十三章第十二節
一八七九年

昔々、と彼女は考える。騎士が勇敢で。女がまだ発明《インベント》されていなかったとき。騎士は木を抱いて。満足《コンテント》しなければならなかった。

懐かしい戯れ歌（「昔々、騎士が勇敢で、○○だったとき……」と始まる四、五行の詩で、子供がさまざまにアレンジして遊ぶ）。彼女は自分の頭にいまだにそんなものが残っているとは知らなかった。母と父。ある日曜の午後、父は新車の慣らし運転をしていた。両親が笑い、戯れ歌も滑稽で面白かったので、八歳の彼女も後部座席で笑っていた。

まず、騎士が勇敢だった頃に存在しなかったものを考えて、それが韻を踏むようにしなければならなかった。父は韻を考えるのが得意だった。ただし多くの場合、男が女に何かをするという内容で、滑稽を意図しているのは分かっても、グレースには意味が理解できなかった。

昔々、騎士が勇敢で、ブラジャーを燃《バーニング》やすのが禁止されていたとき。男たちは夜に女からブラを奪って、バター作《チャーニング》りを手伝った。

笑い。

昔々、騎士が勇敢で、女が仕事《ワーク》をしなかったとき。

母はその先を、凶暴《バーサーク》で締めくくった。

昔々、騎士が勇敢で、女の子が無遠慮《ブラント》でなかったとき。

やめて、と母は笑いながら言った。それは駄目よ。

え？　僕が言おうとしたのは**一か八かで賭《パント》けをする**だよ、と父は言った（直前で母が遮ったのは「女性器（カント）」という語で韻を踏むことを心配したから）。

笑い。

グレースも後部座席で笑った。両親は後ろを振り返り、娘が笑うのを見て視線を交わし、今度は別の笑い方をした。

昔々、騎士が勇敢で、女が〝駄目《ドント・デア》〟と言ったとき。騎士は好みの女の髪《ヘア》をつかみ、寝室に連れ込んだ。

笑い、笑い。

大昔の笑い。

騎士が勇敢だった時代なんて存在するのかしら？　教会の壁にもたれていた二十二歳のグレースは背中に石の冷たさを感じる。

教会にいる男は長いベンチの一つの前でしゃがんでいる。ベンチを磨いているらしい。ひょっとしたら掃除しているのかも。男は背後で物音がするのに気づき、顔を上げ、彼女が入り口の石に刻まれた言葉を読んでいるのを見る。

そしてカセットテーププレーヤーのスイッチを切る。

こんにちは、と彼は言う。

あ、こんにちは、と彼女は言う。

男は三十歳くらい。かなりハンサムで、アルバム『スウィート・ベイビー・ジェームス』のカバーに印刷されたジェームス・テイラーに少し似ているが、髪は後ろでポニーテールにまとめている。

どうぞ私にはお構いなく、と彼女は言う。

僕も今、同じことを言おうとしてた、と男は言う。音楽を鳴らしてて申し訳ない。人が入ってくるとは思ってなかったから。普段は誰も来ないんだ。

彼は研磨機《サンダー》を下に置き、背後にある小さな礼拝堂をしぐさで示す。

どうぞ。好きなだけゆっくりしていってください、と男は言う。

いいえ、いいんです、その必要はありません、と彼女は言う。用があって教会に来たってわけじゃないから。

ああ、と彼は言う。オーケー。

たまたま通りかかっただけです、と彼女は言う。そうしたら扉が開いていて、音楽が聞こえた。

ニック・ドレイクは好きなんです。

いい趣味してる、と男は言う。

今は何を作ってるんですか？と彼女は言う。

ベンチの修理、と男は言う。

そして割れた座席を修理して、新しい木を継いだところをきれいにしてやすりをかけていた、と男は説明する。そして削られた木材の小さなかけらを払う。座席の木材の色が途中から変わっている部分がある。

継ぎ目はほとんど見えませんね、色の違いを除いて。本当にすごい。

継ぎ目が見えないってところが大事だからね、と彼は言う。

座席の他のところとはどうやって同じ色にするんです？と彼女は訊いた。それとも後は放っておいて、時間とともに色が似るのを待つ？

ちょっとした奇跡、と彼は言う。

そして木材保護塗料の缶を持ち上げて見せる。

彼はそれを下に置き、耳の後ろからたばこを取って、彼女に差し出す。

大丈夫です。それが最後の一本でしょ、と彼女は言う。

僕のポケットにはたばこ屋がある、と彼は言う。

そして缶を開け、その場で新しいたばこを一本巻き始める。

ああ。じゃあ、お言葉に甘えます、と彼女は言う。やりがいありますね、座席をそんなふうに立派に仕上げる仕事は。

いちばんいいのはこれが長持ちするってこと、と彼は言う。何十年とね。それって単純にうれしい。

単純にうれしい、と彼女は言う。私はさっきまで、〝単純にうれしい〟ってどういうことだろうと考えながら散歩してました。ていうか、うれしさって大体最後はややこしいものに変わったりするんだけど、もっとずっと単純だったらいいのにっていつも思う。

彼は笑う。

そしてたばこを巻く紙を縁に沿って舐める。

なるほど？と彼は言う。

ええ、ほら、と彼女は言う。周りがすごく美しいときでも、私たちってそこから距離を取ろうとしますよね。外は美しい夏だというのに、何て言うか、どう頑張ってもその美しさには近づけない。

彼は開いた扉のところまで行くようにしぐさで示し、そこでたばこに火を点ける。

二人はひんやりした石の陰に立つ。

夏《サマー》、と彼は言う。

夏、と彼女は言う。

建物の大梁《おおばり》もそう呼ばれるって知ってる？と彼は言う。

何がそう呼ばれるって？と彼女は言う。

サマー。構造的にいちばん大事な梁《はり》、と彼は言う。床と天井の両方を支える。あれがそう、ほら。彼は宙にぶら下がっているように見える背後の小さなバルコニーを指差す。

僕に言わせれば、あれこそが美しいサマーだね、と彼は言う。

普段のグレースなら、彼ほど二枚目の男と一緒のときは話を聞くふりをしながら顔ばかりじっと見て、別のことを考えるところだ。しかし今は驚いたことに、彼の話にとても興味を持っている。

知らなかった、と彼女は言う。

サマーはかなりの重量を支えることができる、と彼は言う。だから重い荷物を運ぶ馬のこともサマーって呼ぶんだ。

本当？と彼女は言う。

彼は眉を上げ、肩をすくめる。

作り話？と彼女は言う。都会の人間をからかってる？

いいや、と彼は言う。僕も都会の人間さ。

面白い、と彼女は言って、教会入り口の石にもたれる。そこは意外に温かく、腕に触れる感覚が心地よい。ほら、私たちは夏に対して他の季節よりも多くのものを背負わせるでしょ。たくさんのことを期待したりとか。

大丈夫、と彼は言い、たばこの先を親指と人差し指でつまんで火を消す。夏《サマー》はその重みに耐える。だからサマーって呼ばれる。

彼はたばこをまた耳に挟み、彼女に微笑む。

火は消えてる？と彼は言う。これで自分に火を点けたことが何度かあるんだ。

消えてる、と彼女は言う。たぶん。

コーヒー飲む？と彼は言う。裏にインスタントとやかんがあるけど。

はい、と彼女は言う。

僕はジョン、と彼は言う。

グレース、と彼女は言う。

テーブルみたいな形の古い墓石のところで会おう、グレース。テーブルによく似てるからきっと分かるはず。その裏手だよ、と彼は言う。

オーケー、と彼女は言う。

墓石には頭蓋骨が描かれてる、と彼は言う。でも、とてもフレンドリーな感じ。念のために言っておくけど。気味悪がるといけないから。

頭蓋骨なんて怖くない、と彼女は言う。

じゃあそこで、と彼は言う。

男の名はジョン・マイソン。指物師《ジョイナー》・教会大工。門の前に停められたバンの側面にはそう書かれている。ここからそれが読める。彼女は角を回り、草に覆われた縁石の間を歩き、木陰にある、上面が平らになった墓石に腰を下ろす。

男は片手に二つのマグカップを持って現れる。とても素敵な手だ。働く人の手。彼女は差し出されたカップを受け取り、自分の手の中でそれを回す。赤いストローがデザインされている。ハンフリーのマグ（面白い一言がプリントされたカップ）。すぐに《クイック》飲んでね　魅惑《スリック》のハンフリー。彼女がカップを回して言葉を読んでいるのを男が見る。

いちばんいいマグカップを選んだよ、と彼は言う。砂糖は入れなかったけどいいかな。

砂糖は要らない、と彼女は言う。

よかった、と男は言う。

蝶が横を飛んでいく。白い蝶だ。そしてもう一匹。

ここはまさに蝶の保護区《ベリー・プリザーブ・オブ・バタフライズ》、と彼女は言う。

え、何て言ったの?と彼は言う。

まさに蝶の保護区《ベリー・プリザーブ・オブ・バタフライズ》、と彼女は言う。あの蝶は一日の命。少なくとも、母は昔そう言ってた。

まさに保護区《ベリー・プリザーブ》、と彼は言う。

私が出ている芝居の台詞、と彼女は言う。

とても面白い。保護されていると同時に、一日だけの命って、と彼は言う。

チャールズ・ディケンズらしいでしょ。私が考えた言葉じゃなくて、ディケンズの言葉なの。〝まさに蝶の保護区《ベリー・プリザーブ・オブ・バタフライズ》〟という表現自体、『デイヴィッド・コパフィールド』の中で、ええと、百四十年くらい残されてきてるし。

君はそういうことをやってるわけ?と彼は言う。学生さん?

卒業した、と彼女は言う。今は本物の俳優。

それは失礼。どういう種類の俳優なの？と彼は言う。

あちこちを巡業している、と彼女は説明する。

一人で？と彼は言う。

彼女は笑う。

それならいいんだけど、と彼女は言う。違います、仲間と一緒。劇団でやってる。

彼は墓にもたれる格好で草の上に座り、細目で彼女を見上げる。

いいね、仕事仲間がいるって、と彼は言う。

いいときもある、うん、と彼女は言う。

どんなお芝居を？と彼は言う。

彼女は『デイヴィッド・コパフィールド』とシェイクスピアのことを彼に話す。

シェイクスピアの劇では、私は妃の役。夫の王は頭がおかしくなって、自分の幼友達と私が浮気をしていると勝手に思い込んで、王の権力で幼友達を追放して、私を牢獄に入れ、幼い娘を捨て、その敵意のせいでうっかり息子まで殺し、その後、私も死ぬ、と彼女は言う。

すごい話、と彼は言う。

そして最後、十六年後に、私の立像がお披露目されるのだけど、そこで何と、私が生き返る、というか死んでなかった、と彼女は言う。

死んだ子供たちは？と彼は言う。子供たちもよみがえる？

一人だけ、と彼女は言う。すごく落ち着きの悪い劇です。見かけは喜劇を装ってるけど。

じゃあ、君は最初からずっと生きていて、ただ死んだふりをしてただけ？と彼は言う。

そこは台本でははっきりしない、と彼女は言う。そうなのかもしれない。でも奇跡の中の奇跡みたいなことが起きて、私そっくりに作られた立像が命を得た——それが後世の私だ——って可能性もある。間の十数年は死んでたわけだけど。誰かをだましてるというより、魔法っぽい感じ。

〝誰かをだましてるというより、魔法っぽい感じ〟、と彼は言う。何かいいね。

私もいいと思う、芝居を演じててもすごくいい感じ。力に満ちたお芝居。

粘土でモデルを作ったらそこに生命が宿るっていう男の物語に似てる。男はそいつらに知識や技術を与え、法律の使い方や互いに公正《フェア》に接することを教える、と彼は言う。

その話は知らない、と彼女は言う。

うん、男は派手な詐欺師みたいなやつで、粘土で人間を作っては、神々から盗んだ力をその粘土人間に与える。その結果、男は鎖で岩に縛り付けられて、毎日鷹に体をついばまれることになる、ここのところを、と彼は言う。

そして脇腹に手を触れる。

いや、こっちかもしれない、と彼は言う。

そして反対の脇腹に手を触れる。

肝臓ってどっち側にあるんだっけ？と彼は言う。

よく知らない、と彼女は言う。

じゃあ念のために両方の脇腹ってことにしておこう、と彼は言う。

私は今両方《ナウ》の脇腹をつつかれている、と彼女は歌う。なぜか上からも下からも《サムハウ》。

二人は笑う。

いい声だね、と彼は言う。

ありがとう、と彼女は言う。

夏にやるシェイクスピアの劇は、例の妖精の出てくるやつに決まってるのかと思ってた。『真夏の夢』とかいう芝居、と彼は言う。

ああ、妖精、と彼女は言う。でも実は、『冬物語』は夏の話なの。何て言うか、心配ご無用、別の世界も可能ですよって言ってるみたいな感じ。最悪の時代を生きてるときにはそんなふうに考えることが大事。そう言えることが重要。少なくとも、喜劇の方を向かないといけない。

彼は葉叢《はむら》と空に向かって両腕を大きく広げた。

今は冬なんて想像することもできない、と彼は言う。

私にはできる、と彼女は言う。私は二晩で二年分年を取る。冬、夏、冬、夏。悲しいことに、この巡業が終わる頃には百歳になる。

夏至の日には妖精たちに敬意を表して上着を裏返して着ないと一年中妖精にいたずらをされるって、うちの父はいつも言ってる、と彼は言う。

うん、と彼女は言う。そうね。

父は毎年そうしてる。父の父もそうしてたし、その父親もそうしてたし、その前にはその父親もそうしてたらしい。だから伝統は守らないといけないんだって、と彼は言う。

うん、でも、昔からの習慣とかって私にはそこがよく分からない、と彼女は言う。だって、そもそもどうして私たちが服を裏返しに着ることを妖精が望んだりするわけ？　何の意味があるのかな？

妖精が財布を簡単に盗めるように、と彼は言う。父は町の市場に小さな屋台を出してる。果物と野菜。それでもし誰かが買い物に来て、自転車を屋台にもたせかけて止めると、父はよくこんなふうに僕に言ってた。**ジョン、ああいうことをやるやつを見つけたら、屋台の下から近づいて自転車を倒してやれ**って。それから本人にはこう言うんだ。**ほら、お客さん、うちの屋台に自転車をもたせかけるんじゃないって妖精さんが言ってますよ。**今では父の相棒がその役をやってる。箱の陰からタープの下に潜って、自転車を押して倒すんだ。妖精さんがね。その相棒は七十歳なんだけど。

ずいぶん年を取った妖精ね、と彼女は言う。

彼は笑う。

妖精が僕の財布を欲しいなら持ってったらいい、と彼は言う。僕は別に構わない。

構わない？と彼女は言う。

最近はみんな金のことばかり、と彼は言う。

そして首を横に振る。

あなたが人生に望むのは新しい木材を古く見せかけることだけ、と彼女は言う。聖人みたい。

じゃなければお馬鹿さん。

どちらでもない、と彼は言う。お金なんていつでも手に入る。お金は問題じゃない。

今時珍しい考え方ね、と彼女は言う。時間を超越してる。

僕は時間について必要なことはすべて知ってる、と彼は言う。

そして空を指差す。

何?と彼女は言う。

聞いて、と彼は言う。

そのとき教会の鐘が三度鳴る。

今のはどうやったの?と彼女は言う。

体内時計、と彼は言う。

そして歌を歌い始める。彼女が知っている懐かしいメロディーだ。

太陽の光が降り注ぐ。たくさんの光。極地の氷が。融けている。

彼女は笑う。

とてもいい、と彼女は言う。

日焼けローションを塗ろう、と彼は歌う。海《オーシャン》はすぐそこ。スペインまで行かなくても肌はきれいに小麦色。

私たちの劇団に入らない?と彼女は言う。

遠慮しとくよ、と彼は言う。僕は僕でいたいから。

彼は墓石の隣の草地に寝そべり、こぶになった部分に頭を置く。

この下に眠っている人が気を悪くしませんように、と彼は言う。いい夏を何度か過ごした人でありますように。墓石を作るお金のなかった人たち。ひょっとすると、墓石は必要なかったのかもしれないけど。昔の人は墓石なんて要らないと考えていたんだ。だって愛する人が埋葬された場所を忘れる人はいないから。少なくとも、気に掛ける人がいる間は。ほら、さっきの、何て言ったっけ、ディケンズ。ディケンズの時代、一八〇〇年代の半ばにも夏はあった。今日みたいに気持ちのいい夏の日が。でも当時は、ロンドンで下水管が敷かれたばかりで、初めてみんなの家にトイレ——お手洗い《ウォーター・クロゼット》って呼ばれた——ができて、下水道が直接それを川に流すようになったから川が汚染されて、何千人もの人が、そう、死んじゃった。

二人は笑う。

二人は抱き合って笑う。

二人は大笑いして、笑いすぎて涙を流す。

ようやく息が落ち着く。彼女は寝転んだまま伸びをしてから、墓石を拳でノックする。

大声で笑ってごめんなさい、と彼女はその中にいる人に語りかけるように言う。我慢できなかった。

どこがそんなに面白いかよく分からなかったけど面白かった、と彼は言う。

ここは誰が手入れしてるのかしら?と彼女は言う。薔薇のいい香り。

さあね、と彼は言う。でも、ここはいいところだ。正直言って、ここで働くのは気持ちがいい。

その後、草むらに寝転んだジョン・マイソンは最初、詩の一節か呪文のように聞こえる言葉を口にするが、それはただ、花の名前を羅列しているだけだった。次から次に。花と植物の名前を。サワギク。ラムソン。キンポウゲ。ミミナグサ。ハコベ。フクロソウ。カラスノエンドウ。イラクサ。ヤワゲフウロ。ツタ。ヒメフウロ《スイート・ロバート》。ニオイスミレ。シモツケソウ。ヤナギラン。シャク。キバナノクリンザクラ。サクラソウ。ヤエムグラ。ワスレナグサ。キバナオドリコ。クワガタソウ。カノコソウ。ヒナギク。カミツレモドキ。マムシアルム。ノボロギク。タンポポ。タンポポ坊主も忘れちゃいけない。

キバナオドリコ、と彼女は言う。素敵な名前。ヒメフウロ《スイート・ロバート》。

あの塀のところに生えているのがキバナオドリコ、と彼は言う。春に花が咲く。今の季節はただのイラクサみたいに見える。でもイラクサと違って棘はない。アルミニウムとか、大砲って呼ばれることもある。葉が銀色に見えるから。ヒメフウロ《スイート・ロバート》もあそこにある。小さくてきれいな花々。赤、ピンク、紫。ヒメフウロ《スイート・ロバート》は薬効がある。皮膚とか傷にいい。放射能で汚染された場所に植えるといいらしい。チェルノブイリの周辺に植えればいいんじゃないかな。土壌や空気をきれいにしてくれるから。でも、臭いがひどい。そのせいで別の呼び名もある。〝悪臭草〟とか。〝カラスの足〟とか。

ずいぶん花に詳しいのね、と彼女は言う。

好きだから、と彼は言う。

それから二人は黙り込む。

そして少しの間そこに寝そべる——彼女は墓石の上、彼は地面に。

時折頭上の木の中でシラコバトが羽ばたき、鳴く。

彼女は目を閉じる。

二人は数分間何も言わない。それがしばらく続く。

彼女が今ほど幸福だったことはない。

そのとき彼が体を起こす音が聞こえる。

ねえ、と彼は言う。一緒に来て。おととい休憩しているときに古い石の上で、些細だけどすごいものを見つけたんだ。

彼女は彼の後に続いて教会の裏まで行く。彼はそこで地面にしゃがむ。

教会の裏にあるキイチゴの藪の中にすっかり風雨に浸蝕された石があり、表面に言葉が刻まれている。

文字を読むには二人ともかなり姿勢を低くしなければならない。石の表面は苔に覆われて、黄色と緑に変わっている。

読むよ、とジョン・マイソンは言う。

私の中の木は決して死なない。たとえ私が灰になり、塵に戻ろうとも。その木は空と。地上の私たちをつなぐ。私の中の木は決して死なない。恋人たちの寝息も。天空の葉と空気が奏でる内気な音楽とは比べものにならない。

二人は尻を落としてしゃがむ。

素敵、と彼女は言う。

内気な音楽、と彼は言う。

とても素敵な詩ね、と彼女は言う。誰かが本当に誰かを愛した。名前は書いてない？　日付は？

言葉だけ、と彼は言う。こんな素敵な詩を覚えていてもらえるなら、名前や日付なんて要らないんじゃないかな？　僕も死ぬときはそうなりたい。

あなたは死なない。どこにも行っちゃ駄目、と彼女は言う。そんなことは許されない。

彼は笑う。

君がどこにも行かないなら僕も行かない、と彼は言う。

そしてさっと立ち上がる。

さっきのベンチを仕上げないと、と彼は言う。もしもやってみたかったら、僕の代わりに塗料を塗ってくれないか。そうしたら一緒に歴史の流れを変えられる。

二人は墓地まで戻り、途中で墓石テーブルの上に置いていたマグカップを回収する。

ちなみにこの作業を譲るのは大サービスなんだよ、と彼は言う。一連の作業の中で僕がいちばん好きなところだから。塗料を塗るのが。

光栄だわ、と彼女は言う。

よろしく、と彼は言う。

三十年後、グレースが覚えていたのは、その日が天気のいい夏の日で、『冬物語』／『回転する世界』の東部地区巡業に参加していた二十代の自分が散歩に出かけ、男が作業をしている教会を見つけ、ややこしいことばかり重なっていた夏の午後にややこしくない素敵な時間を味わったことだった。手に負えない数の人と寝たり、充分な食事をしなかったり、自分のことに充分構わなかったりして、自分で事態を悪化させた夏。教会を離れるときの彼女は長らく感じたことがないほど自由で、自分らしく、そして希望に満ちていた。

次に記すのはその日のことだが、彼女の記憶にはなかった。

その後、映画館まで歩いて戻ったのを彼女は覚えていなかった。

リハーサルは終わっていた。そこには誰もいなかった。

皆はパブの庭で見つかった。彼女はそこでベークドポテトに豆とチーズを添えたものを食べた。それは複雑さとは無縁の料理だったが、美味としか言いようがなかった。それは人生のこの時期の彼女にとって、すばらしい食べ物だった。『回転する世界』のキャストは、練習をサボった彼女に腹を立てていた。彼女は皆の怒りを笑い、一人一人とハグをした。ジェンとトム、エドと残りの全員。クレア・ダンともハグをした。その様子を見て皆が少し驚いた顔をした。人生はあまりにも短い、と彼女はクレアに言った。よしてよ、人生はあまりにも短いんだから、と彼女はジェンとトムの二人にも言っていた。もしも私が欲しいなら私は二人のもの、とりあえず今は。それで充分《イナフ》ってことにして。それじゃあややこしいって思うのなら、今後の付き合いは困難《タフ》。

ジェンとトムはその夏以降、二人とも彼女の人生から消えた。ひょっとするとそのペアという形で。

少しほっとした。

その夜、映画館で舞台手前に立ち、母の顔を覚えている云々という台詞を言ったことも、彼女は覚えていなかった。その台詞は劇の雰囲気をがらりと変え、かつてなかった本物の深みを『回転する世界』に与えた。その後、たくさんの人が目を輝かせながら、すごい演技だったと言って彼女に近づいてきてハグをした。翌日も見知らぬ人たちが――町の人も、よそから休暇で来ている人も――街角で何度も彼女の足を止め、礼を言った。彼らの目は前夜の人たちと同様に輝いていた。

あの場面で君は文字通り別人になってた、とその夜、エドは言った。

しかし三十年後はどうか？　彼女はそこで自分が別人になったことを永久に忘れていた。彼女はまた、翌日街角で声をかけてきた中の一人がウエストエンドの配役代理人《キャスティング・エージェント》だったことも忘れていた。男は彼女の手を握って言った。母親に関する昨晩の台詞はとてもよかった。『冬物語』の母親役もとてもよかった。今ちょうどあなたにぴったりのコマーシャル企画があるから、この番号に電話をくれたらスクリーンテストを受けられるように手配できる、と。

三十年前に一度訪れ、特別な場所としてぼんやり覚えている古い教会を探して未来の道を歩く彼女が代わりに見つけたのは、公共用地《コモン・ランド》の大半をどこまでも囲い込むように見える金網の柵だった。

柵は二重になっていた。二つの柵の間には新しくアスファルト舗装された道があった。外側の柵にはこんな告知文が掲げられていた。

この土地を二十四時間
警備・巡回するのは
信頼の警備会社
SA4A
注意
この柵には電気が流れています
不法侵入および犯罪を
検知・防止するため
警報システム
監視カメラ
作動中

彼女は方向が正しいことを祈りながら柵に沿って歩いた。汚らしい子犬を散歩させている女とすれ違うとき、古い墓地に囲まれた教会がこのあたりにありませんかと尋ねた。

女は首を横に振った。

それからこう言った。

ああ、ひょっとしてアーマー教会のことかしら？

たぶんそうです、とグレースは言った。

もう使われてません、ていうか、あの教会は廃止された。正しくは何て言うんでしたっけ？と女は言った。廃会？　今はもう、ここからは行けません。昔は行けましたけど。

どうしてこの柵はこんなに背が高いんです？とグレースは言った。刑務所ですか？

外国の人を収容する政府の施設、と女は言った。でも、今来た方角に戻れば教会の庭には行けます。向こうの道を進んで突き当たりまで行ったら、歩行者用の道を通って原っぱを横切って、その先で崖沿いに進めばいい。

そこまで行くのに時間はどのくらいかかりますか、とグレースが尋ねたとき、女はしゃがんで犬の糞を拾っていた。

せいぜい三十分、と女は言った。

それから糞の入った袋をまるで柵の向こうにやろうとするかのように放り投げた。袋は奥側の柵の剃刀の付いたワイヤーに引っ掛かり、そこで破れた。

命中《ブルズアイ》、と女は言った。

グレースは驚いて女の方を見た。

そして、どうしてそんなことをしたのかと訊こうかと考えた。

しかしその問題に立ち入るのはやめた。その方が利口だと判断した。

彼女はきびすを返し、来た方向に歩きだした。

先には海岸が見えた。

最近のイギリスは紛らわしいことが多い。

ひょっとすると命中《ブルズアイ》というのはあの犬の名前なのかも?

それとも、剃刀の付いたワイヤーに犬の糞が見事に命中したと言いたかったのか? 互いのスニーカーを投げ、電線に引っ掛けて遊ぶ子供みたいに。

だとすると、あの人は移民を憎んでいるのか?

それともSA4Aが憎い?

ふざけてあんなことを? それとも理由は何もない?

ちゃんとした人に見えたけど。

忘れよう。

グレースは忘れた。

今のグレースを見よう。彼女はイングランド東部の侵蝕されつつある海岸沿いを歩いている。

未来と現在と過去、すべての時制の中で。新しく作られた小道に沿って、またいくつもの看板に書かれているように危険な崖っぷちには近づかないようにしながら。歩いている間に、当時演じていた——頭のどこかに埋もれていた——ディケンズの芝居の場面がさらにたくさん、完全な形でよみがえってきた。

彼女の顔——当然記憶の中で歪められているし、既にこの世にはないと分かっている——について、もう失われてしまったと言えるだろうか？　今この瞬間も目の前に、混み合った街角でたまたま注目した人の顔みたいに鮮明に見えているというのに。

グレースには、自分が映画館で光と闇の中に立ってデイヴィッド・コパフィールドが亡き母親について語るこの言葉を口にした記憶がまったくなかった。

しかしあの夜、その台詞を言った瞬間には、かなり前に亡くなっていた自分の母親の顔が頭に浮かび、その結果、観客それぞれの心の中で自分が既になくしたり忘れたりしたと思っていたものがまばゆく鮮やかによみがえり、皆が一斉に涙を流したのだった。

そのことは彼女の記憶になかった。

過去の芝居の台詞はまた頭から消え、その後、彼女が歩きながら代わりに考えていたのは、人と人の付き合いとは何かという問題だった。

人は互いに何を求めているのだろう？

母と父の望みはどこで食い違ったのか？

私はジェフに何を望んだのか？

ジェフは私に、あるいは私のために何を望んだのか？

アシュリーはグレースが与えなかった——あるいは与えられなかった——何をジェフに与えたのか？

あの国民投票で皆は互いから何を望んだのか？　チーズカッターのように国をすっぱりと分断

し、私の家族を分断した国民投票。誰も手を付けられない悲惨な状態にまで日常を切断した国民投票。多くの場合、どちらの側も相手を傷つけるためにあの国民投票を使った。私の子供の一人にとっては呪いともなりうる投票。もう一人の子供にとっては他人に意地悪をする許可証ともなりうる投票。私にとっては重要な事件だけれども、シャーロットというあの若い聡明な女性にとってはありふれた出来事――〝死骸にたかる蠅〟――にすぎない。

私たちからすべてが奪われたらどうなるのか、と彼女は考えた。たとえばサシャの抱いている破局的本能。サシャは再び、夜中に大きな声で叫び、二つの家に暮らす全員の目を覚まさせるようになっていた。娘の心に取り憑いた、世界に火が点いているという幻。あれが本当に現実だとしたら？

いや、馬鹿なことを言ってはいけない。そんなわけがない。

そんなことが現実に起きるわけがない。

私たちが知る生命を本当に脅かすようなことは起きない。

病んでいるのは心だ。世界ではない。

でも仮に。純粋に仮定の話として。もしもそうだったら？

その場合、すべての意味はどうなってしまうのか？

私たちは何のために生きているのか？

できるだけたくさんのお金を稼ぐため？

たくさんの人に自分の名前を呼んでもらうのが目的？　有名人となったクレア・ダンがテレビ

でやっているみたいに、それが嘘の名前であっても？

この地球に生きる本当の意味は、庭の木は誰のものかという問題なのか？　自分の所有物だから見ていて満足感や快感や充実感を覚え、自分のものじゃない場合には邪魔ものとしか思えないのか？

左手に教会の塔が見えた。

道は陸の方へ曲がった。彼女は獣道を囲む藪の間をすり抜け、塔の周りに生える裸の木々の方へ進んだ。

しかしそばまで行ってみると、見覚えのある場所という気がまったくしなかった。

ここで合ってる？

彼女は少し失望した。

でも、大昔のことだから。

あのときは夏だったし。

光の鎧《アーマー・オブ・ライト》教会。何て奇妙な名前。

昔々、騎士が勇敢だったとき。

母がこちらを振り返る。笑ってはいるけれども、何かに傷ついている表情だ。

教会の庭に入る門には鍵が掛かっていた。だから彼女は小さな石の塀を乗り越えた。冬の陽光が照らす墓の間を進むと、枝に止まる鳥たちが慌てて飛び立った。記憶とはまったく異なっていたが、あたりは美しかった。その点では来た甲斐があった。冬でもとても美しい。たくさんの古い墓と落ち葉しかなかったけれども。

彼女は教会の扉を押してみた。

鍵が掛かっていた。

彼女は電気関係の何かが収められている金属製の箱の上に立った。そして格子のはまった窓から中を覗いた。

教会の中には何もなかった。石の壁に囲まれた、ただの空っぽの空間。

座席はどこに行ったんだろう、と彼女は考えた。

そう考えているとき不意に、教会の座席の修理を実際に手伝ったときのことが鮮明に頭によみがえった。

そうだった!

あの人はちょうど座席の修理を終えたところで、塗料を塗る作業を私にさせてくれた。

(彼女は金属製の箱から下りた。

その顔は思い出し笑いをしていた。)

座席を修理していた彼は、そこを他の部分の木材と同じ色に塗るのを手伝わせてくれた。

彼女は教会の壁にもたれ、周囲を見回した。地面に沈んだ石、裸になった木々。

箱みたいな形をした墓石があるんじゃなかったかしら? 私はその上に座るか、寝そべるかした。

暖かな風の中で眠ったんじゃなかった?

彼女は教会の壁から離れて、墓地の脇に回った。さらにたくさんの墓石、さらにたくさんの藪と草むら。しかし枝の下に本当に箱形の墓石があった。大きさはテーブルか、高めのシングルベッドくらいだ。

彼女はそばまで行って、刻まれた文字を読んだ。

それはトマス・ルミスとアンナ・ルミスの夫婦と、他のルミス家のメンバーの墓で、わずか八か月で亡くなった赤ん坊マージョリー・ルミスも含まれていた。

日付。浮き彫りされた頭蓋骨にはベールか劇場用カーテンのようなものが添えられていた。

彼女はそれをまったく覚えていなかった。

詩が刻んであったんじゃなかった？

彼女は墓石の周囲を回った。

ない。詩はどこにも書かれていない。

彼女は墓にもたれ、両目を手で覆った。

詩が刻まれていたのは小さな美しい石。教会の裏あたり。堆肥の山の脇。合ってるかしら？

しかし光の鎧教会の裏は完全に金網柵でふさがれていた。

でも金網は犬かキツネの背丈くらいの場所が破られて、穴が開いていた。彼女は隙間から中に入った。そして伸び放題の草の中に手を入れた。中に何かがあるのが感触で分かった。しっかりした枝のようなものを脇へやり、残りを奥へ押した。枝は勢いよく跳ね返ってきた。

でもあのときは間違いなく、詩の刻まれた石がここにあった。それにあの信じられないくらい素敵な男の人。彼と一緒にいたのは、そう、二時間か三時間だけ。職業は指物師《ジョイナー》。名前が思い出せない。ジェイムズ？　ジョン？　そして話をした。ひたすら話を。話題は何でもないこと。特に何かを一緒にしたわけでもない。ただ一緒に時を過ごした。赤の他人なのに友達みたいに墓場でごろごろ。会ったばかりで、今後連絡を取り合おうとも考えなかった。彼は修理中の教会の座席に塗料を塗るのを手伝わせてくれた。新品みたいにきれいに塗るわけではない。古いものみたいにきれいに塗る。彼は自分で見つけたという古い墓石を私に見せてくれた。名前も日付もない墓石。明らかに百年前か二百年前のもの。そして詩を読むために二人で地面にしゃがんだ。

彼女はそれを覚えていた。

石だ。まだあった。それは丸みのある古い石で、雨風と植物に侵蝕されていた。彼女は手前の草を倒した。そして詩が読めるよう、できるだけ体を低くして、指先で文字をなぞった。

とても美しい詩。

彼女は携帯を低い位置で構え、子供たちに見せるための写真を一枚撮った。

それから立ち上がった。遅刻だ。

予定の列車に乗らなければならない。十分後には二人の子供が歩道でいらだっているはず。

彼女は金網の穴から出て、歩きだした。

町に向かって広い空の下、海風の中を進み、崖っぷちの道を半分ほど戻ったところで初めて先ほど撮った写真を見直し、きれいに撮れていることは確かだが、文字はまったく読めないことに気づいた。記録としてそこに残されたのは絡み合う枝と、古い石の表面と、明るい色の地衣だけだった。

とにかく、とアートは言う。今の状況はこういう形で乗り切ろう。

今は三月の終わり近く。シャーロットとアートは同じ国の違う海辺にいる。アートは東、シャーロットは西（アートはサフォーク、シャーロットはコーンウォールにいる）。

二人は過去数年これほど遠く離れていたこともないし、これほど長く離れていたこともないので、妙な感じがする。

いや、妙だと思っているのは彼女だけかもしれない。

アートは愛する人を見つけたようだから。パートナー。アートは女の恋人《ガール・フレンド》とか男の恋人《ボーイ・フレンド》とかいう言葉が好きではない。アートとシャーロットは三年以上前からずっと非パートナーだ。互いに非パートナーになると決めたのは、二人がやったことの中で最高の判断だった。

でもやはり妙だ。少なくともシャーロットにとっては。先月会ったばかりの見ず知らずの人たちが、まるで魔法を使ったみたいに、今では彼の家族になっている。同様に奇妙なのは、シャーロットも今、コーンウォールにあるアートの亡き母親の家で彼の老いた伯母と一緒に暮らしているということ。家は無意味に巨大だ。ありすぎる意味と無意味とが入り混じっているように感じられるもう一つの事実は、アートの持ち物の大半はここにあるのに、本人はいないということ。本とノートはついさっきまで彼がここにいたかのように広げられた状態で家のあちこちに置かれている。いちばんお気に入りのマグカップはキッチンの水切り台の上にひっくり返されたまま、彼の匂いがするTシャツはまだ寝室の椅子の背もたれに掛けられたままだ。寝室で夜中に目を覚ましたときに飲めるよう枕元に置いている使い回しのペットボトルには、前回入れた水がそのまま残っている。枕は前回頭を置いた場所がくぼんでいて、ベッドカバーも十分前に彼がそこから出たばかりみたいにめくられたままだ。というのも、彼が最後にこの寝室を出たときには、二日後には当然またこのベッドで眠るものだと考えていたからだ。ワージングで調査をして、例の老人に会いにサフォークまで行くだけだ、と。

状況はあっという間に変わる。簡単に。

世界中が今、さまざまな形で一斉に、その教訓を学んでいる。

変わったことの一つは、今二人がおよそ二週間ぶりに電話でしゃべっているということ。

シャーロットは腹立ちを感じないように努めている。しかし、あまりにも突然の一目惚れだ。アートは結局、初めてあの女性を見てからずっとこちらに戻ってきていない。彼は最初の数週間ロンドンに行ったきりで、新しい恋人と一緒に過ごし――その頃は大学教員はまだ仕事に行っていた――週末は彼女と一緒に母親のところを訪れていた。ロンドンにロックダウンが敷かれたとき、彼は一つの決断をした。

聞いてる?と彼は言った。

私たちは今電話で話してる、とシャーロットは言う。私が話を聞いてるかどうかは、それで大体分かるでしょ？

いいや、あんまり分からないよ、とアートは言う。けど君が使ってるのは、通話以外にはほとんど使えない例の馬鹿みたいなジェームズ・ボンド携帯だから、きっと話を聞いてるんだろうね。

アートがいらついているのは、シャーロットが年末に携帯を二〇〇八年型のソニーC902に戻したからだ。それは十年前の映画『007 慰めの報酬』との特別タイアップモデルで、予告のスチール写真、スクリーンセーバー、まだ聞いたことのない呼び出し音などが入っていた。ネットに自分が取り込まれたり、携帯が自分の新しい幻肢や脳の一部になったりするのが嫌だったシャーロットは、それをクリスマス前に買ったのだった。

実はネットにアクセスすることも可能だ。

しかしアートには、古い携帯なのでネットは使えないと言っておいた。

君のは非ウェブ携帯、と彼女の説明を聞いたときアートは言った。

それがスマホだったら、と彼は今言う。お互いの姿が見えるのに。君がどこにいるか見ることができる。今どこにいるの？

階段に座ってる、と彼女は言う。

それは嘘だ。

それがスマホなら、君が今どんな階段に座っているかが見えるのに、と彼は言う。

そんなの見てどうするわけ？と彼女は言う。

（僕の携帯より高いじゃないか。eBayから箱が届いて、彼女がそれを開けて必要な設定をし、初めて電話をかけたとき、アートはそう言った。

彼女は寝室から庭を見ていた。アートは二人で家庭菜園に変えた庭の一角にいた。二人は携帯で話をしながら互いに手を振った。

何もできない携帯にそこまでお金を払うなんて信じられない、と彼は言った。

消極的能力《ネガティヴ・ケイパビリティー》（普通は〝性急に結論を求めないで不確実な状態のままにとどまる能力〟のこと。ここでは、特定の機能を欠いていることを一種の能力と見なしている）、と彼女は言った。私は人生の中で新たに降り積もったきれいな雪の上を歩くときに、自分の抜け殻みたいな足跡が後ろに残されるのが嫌なの。

その言い方はいかにも君の〝冷たさ〟を表してる、とアートは言った。

〝クールさ〟って言ってほしいわ、とシャーロットは言った。

いいや、絶対に〝冷たさ〟の方だ、と彼は言った。

それから彼はさらにこう言った。インターネット芸術家兼著述家《ライター》兼出版者としては特に意固地だ、と。

意固地？と彼女は言った。

強情、と彼は言った。

強――？と彼女は言った。

偏屈、と彼は言った。片意地。

あなた、こうやって話をしている間に携帯で類義語を調べてるわけ？と彼女は言った。

かもね、と彼は言った。

ね？と彼女は言った。だから嫌なの。）

とにかく、と彼は言う。僕が電話をしているのは、声を聞いたり、コミュニケーションを取ったり、互いに連絡を取り合う形で今の状況を乗り切ろうと思うからだ。

〝今の状況〟って、どうやらすぐには終わりそうもないけど、と彼女は言う。〝今の状況〟は、多少形は変わるにせよ、当分続く気がする。

彼女はベッドに座り、部屋の扉を押さえるように置かれた椅子に当たっているわずかな光を見る。

いいや、とアートは言う。放っておいても時間は経つ。間違いない。でも僕たちは、できる限り注意深く日々を生きるようにしないといけない。

ふん、とシャーロットは言う。

だから、僕らの毎日のスケジュールについて話がしたかったんだ、と彼は言う。

僕らの毎日ねえ、とシャーロットは言う。

ていうか、君の毎日、とアートは言う。そして僕の毎日。ある意味では、そう、みんなの毎日でもある。

ねえ、その話ってまさか、とシャーロットは言う。六百五十キロ離れたところにいるあなたが私にあしろこうしろって指示をするわけじゃないわよね。あなたは今では別の誰かの恋人《ボーイ・フレンド》だっていうのに――

パートナー、とアートは言う。

いちいち私に細々《こまごま》と、とシャーロットは言う。毎日時間通りに用事をしろとか、決まった時間に食事をして、朝は八時までに起きて、不規則な生活はしないで、適度の運動をして、とか。あのね、そんなことなら言われなくても分かってます。あなたと同じようにずっと自活してきたんだから。私たちの日常そのものが隔離みたいなものじゃないの。違う？

彼女は自分の口調が充分に能天気に聞こえることを祈る。

けど、僕が言ってるのは君と僕だけのことじゃない。僕ら全員のことさ、とアートは言う。だろ。全人類。

あなたは日々の過ごし方について全人類に語りかけたいわけ？と彼女は言う。ずいぶんと大きな志だこと。

僕らは今、みんなで同じ船に乗ってる、と彼は言う。

そう、ただし、まだたくさんの人が閉じ込められたままよ、そうでしょ、三等船室に、と彼女は言う。

だから、と彼は言う。今の状況を乗り切る一つの方法は、君と僕がとにかく毎日言葉を交わすこと。今みたいに。つまり個人的に。親密な形で。電話を通じて。

私たちが互いに電話をする、と彼女は言う。それがあなたにとっては大発見なの？

必ず毎日互いに電話をする、と彼は言う。短い時間でいい。無理することはない。でも、ここもまた大事なんだけど、僕らはそれを審美的な習慣にする。その日に見たもの、経験したことについて口に出して、意識的にお互いに話すことにしよう。

〝口に出して〟、とシャーロットは言う。

うん、とアートは言う。

〝口に出して〟話す以外に話す方法ってある?と彼女は言う。口に出さずに話す方法って?

ああ、とアートは言う。

それならついでに言わせてもらうけど、とシャーロットは言う。エリサベスはあなたが今こうして私に電話をかけてることを知ってるの? そして個人的に親密な電話を毎日しようって私を誘ってることを知ってる?

今はそんな話をしてるんじゃ——、とアートは言う。

ところでエリサベスは元気?とシャーロットは言う。

元気だよ。けど、今はそんな話をしてるんじゃない、分かってるだろ、とアートは言う。

じゃあ、あの老人は元気?と彼女は言う。

あの人も元気だ、とアートは言う。ありがたいことに。あの人はここにいてよかったよ。だって、あの人が去年の今頃入っていた老人ホームには今、すごく体調を崩している人がたくさんいる。誰も検査を受けてない。介護の人がそう言ってた。ここには毎日、介護士が来てる。一日にたくさんの人のところを回ってる。世話をしてるのはあの人だけじゃない。

その人、マスクと手袋はしてる?とシャーロットは言う。誰もしてないみたいだけど。

自分でアマゾンで買ったらしい、とアートは言う。それも玄関でこっそり付けなくちゃならない。介護士がマスクや手袋を使うことを会社が禁止しているからね。公式に支給されたものじゃないから駄目だって。でも、備品の担当者はマスクをしている介護士としていない介護士がいるって批判されるのを恐れてて、同時に、備品が足りないと報告するのも禁止されている。

何それ、とシャーロットは言う。むちゃくちゃね。

だよね、とアートは言う。何だか、みんなが等しく危険にさらされることを政府が望んでいるみたいな状態さ。加えて、介護士が訪問している家の人や、世話をしている老人も。

エリザベスの家族は?とシャーロットは言う。

みんな元気だ、とアートは言う。エリザベスの母親は元気。そのパートナーも元気。でも、四人で暮らすにはちょっと手狭でね。エリザベスと僕で居間を寝室に改造した。長電話はやめた方がいいな。とにかく。さっきの話だけど。僕ら二人、つまり君と僕、アートとシャーロットは毎日こうすることにしよう。一つの形として。互いの毎日を覗く小さな扉として。

はいはい、と彼女は言う。私は〝形〟なわけね。

そんなことは言ってない、とアートは言う。

そっちから毎日電話をする、あるいはこっちから毎日電話をする、私としてはそれで問題ないかってあなたは私に訊きたい、と彼女は言う。それで合ってる?

うん、とアートは言う。でも。そうやって僕らは互いの話を聞いて、聞かされた話を文章にする。僕は君に自分が考えたことや見たことを話し、君は僕に考えたことや見たことを話す。僕はその後、頭に残ったことか、君が話してくれたことの一部を書いて、君も僕が話したことを書く。

そして二人ともそれをネットに公開する。そうすれば、気が向いた人が誰でもそこにコメントや思い付きを書き加えることができる。僕らの日々の隔離生活から世界全体に贈り物を与えているみたいな感じ。日々をやり過ごすために。日々の区切りとして。君と僕のために。でも同時に、君と僕だけのためじゃない。

シャーロットはブラインドの縁から差す光の筋を見る。

シャーロット？とアートは言う。聞いてる？　もしもし？

じゃあ早速、あなたの今日の隔離生活から私に何をプレゼントしてくれるのか教えてくれる？とシャーロットは言う。

オーケー。たとえば、と彼は言う。さっき窓の外を鳩が飛んでいるのを見たんだけど、口に長い枝をくわえてた。その枝がすごく長くて、鳩の体よりずっと大きかったから、ずいぶん飛びにくそうだった。けどそれでも鳩は飛んでた。何度もバランスを取り直して、体の傾きを修正してたけど。でも、飛んでた。

沈黙。

それから。

今のでおしまい？とシャーロットは言う。

ああ、とアートは言う。

今日一日を振り返った合計がそれ？とシャーロットは言う。あなたが目にして、ぜひ私に伝えたいと思ったのがそれ？

うん、とアートは言う。でも。もちろん。ていうか、ていうか、僕はその様子を見て、気づいたのさ。ていうか、分かったわけ。ほら、その、その枝で鳩は巣を作ってるんだろうなって。で、それって今の世界状況の中ですごく意味のあることだと思う。だって今はすべてが現実離れして感じられるし、たくさんの人にとって世界がばらばらになりかけているみたいに見えるから。特に家から出られない人にとっては。でも自然界では、いろいろな生き物が自分の家を作ってる。それは意味のあることだ。本当に。希望があるし、自然なこと。それは否定できないだろ。

なるほど、とシャーロットは言う。で、あなたはこのロックダウンされた世界に向かってそれを伝える価値があると思うわけね。その理由は？

僕は今日経験したことを普通に分析して、それを通じて世界の人とつながろうとして、またそこから君とつながろうとしているだけなのに、どうしてそんなふうに邪魔ばかりするんだよ？とアートは言う。

邪魔なんてしてない、とシャーロットは言う。

いらいらしてるじゃないか、とアートは言う。君が冷めた人間だってことをすっかり忘れてた。お決まりのパターンで恋愛に熱くなるよりも冷めてる方がずっといい、とシャーロットは言う。

焼きもちを焼いてる？とアートは言う。

違う、とシャーロットは言う。

まあ、いいか、とアートは言う。すねた君と話していたら、物理的にすぐそばにいるような気分になれた。さて。とにかく。君は何か考えたか、見たかしたことを僕に話す。それからパソコンに向かって、互いから聞いた話に対する受け止めを書く。二人とも自分の話と相手の話の両方を投稿する。そして――これって〝自然の中のアート《アート・イン・ネイチャー》〟のサイトに載せた方がいいと思う？

シャーロットがパジャマのズボンの紐をかなりきつく指の周りに巻き付けると、指が脈を打ち始める。彼女は慌てて紐をほどく。

考えたんだけど、と彼女は言う。〝自然の中のアート《アート・イン・ネイチャー》〟のブログはそろそろやめようと思う。

沈黙。

そのこと、ずっと言おうと思ってたんだけど、と彼女は言う。

なるほど、と彼は言う。オーケー。うん。分かった。君の言う通りだ。変化が必要だね。新たな状況に正面から取り組まないと。じゃあ。たとえば、別の名前にするのはどうかな？　新しい名前。〝家の中のアート《アート・イン・ナーチャー》〟とか？

〝惰性の中のアート《アート・イナーシア》〟はどう？とシャーロットは言う。

ああ、とアートは言う。なるほど。

私が言いたいのは、〝自然の中のアート《アート・イン・ネイチャー》〟はもう続けたくないってこと、と彼女は言う。

やめるってこと？と彼は言う。

（やっとショックを受けた様子だ。

よかった。）

それととにかく、と彼女は言う。あなたがさっき言っていたみたいなことを本気でやるなら、それはもう芸術《アート》とは呼べない。でしょ？　あなたが提案してたようなことは。

どういう意味？とアートは言う。

だってそれは芸術《アート》——小文字のアートね（「アート」の語頭を大文字にするとアーサーの愛称と同じになる）——とは違うもん、と彼女は言う。

シャーロットは暗がりに座って、既に赤くなっている爪の縁を親指の爪でつつく。

僕には芸術が分かっていない、何が芸術かを決める資格もないっていうのなら、その資格がある君から改めて僕に教えてくれよ、芸術《アート》——小文字のアート——って何？とアートは言う。

小文字のアートというのは、と彼女は言う。それは、それは、その、人が何かと遭遇して、それによって変化する瞬間のこと。何ものかがあなたを内なる世界に連れて行くと同時に、あなたを超える世界に連れて行く。そして五感を取り戻させる。それは、つまり、私たちに自分を取り戻させるためのショック療法みたいなもの。

もしもそれが本当なら、今も世界中でショックな出来事がたくさん起きてる。それが史上最大のアートプロジェクトってことになるじゃないか、と彼は言う。

ええと、と彼女は言う。あのね、小文字のアートというのは昔から、死とか、偶然とかいう概念と取り組むものだった——

それで今、本気で、アートに関して込み入った議論をするつもり？ 今？と彼は言う。

偶然、と彼女は言う。そして偶有性、そして——

彼女は再び指の側面をつつく。どうやらそこから今、血が出ているようだ。

なるほど、と彼は言う。オーケー。今僕らの目の前で起きていることに対して、君は大きな話を持ち出すわけだ。今僕らに起きていることについて考えずに済むように。だろ？　そして僕は、枝をくわえた鳩の話はいまいちインパクトがなかったなあってのんびり考えてればいいってわけ。小文字のアートっていうのは自分で言葉にしたり説明したりできないものと付き合ったり、それを理解したりするものだと今まで思っていたのは間違い？　自分に理解できないものを感じたり、言葉にしたりする助けになるのが芸術だと思っていたのは勘違い？　何かを感じたり、何かについて何かを考えたり、言ったりするのがありえないほど困難な今みたいな時代にこそ大事なんじゃないのか？

少なくとも、と彼女は言う。小文字のアートは人を手助けするためのものじゃない。

へえ、そうかい？と彼は言う。君の精神は大事な部分が誰かに切り取られちゃったらしい。

芸術はただ存在するだけ、とシャーロットは言う。私たちは芸術に出会うとき、自分が存在していることを思い出す。そしていつか、自分が存在しなくなることを悟る。

電話の向こう側でアートがあくびをする。

彼があくびをするのは腹を立てたときだと、彼女は長年一緒に暮らした経験から知っている。

シャーロットもあくびをする。

今あなたのあくびが伝染したわ、と彼女は言う。隔離生活なのに。

ああ、と彼は言う。分かった。僕は今少しカチンときてる。でもその話はまた今度にしよう。

オーケー、と彼女は言う。

オーケー、と彼は言う。

電話をくれてありがとう、と彼女は言う。今日はちょっとごめんね、私はちょっと、何て言うか。

今日見たか聞いたかしたものの話で締めくくってくれれば許してあげるよ、と彼は言う。

それは無理、と彼女は言う。もう行かなきゃ。そろそろ部屋を出て、その、部屋の片付けをしてるアイリスの手伝いをしないと。早くしないと彼女が全部自分でやっちゃう。

そのことを今訊こうと思ってたんだ、とアートは言う。アイリスはどうしてる?

すごく元気、とシャーロットは言う。

(本当は三日前から彼女の姿を見ていない。)

びっくりするほど元気、と彼女は言う。自転車で町まで行ったり来たりして、自分より三十歳は若い人に食料や物資の入った袋を届けてる。すれ違う人みんなに大きな声で挨拶をして、何か要るものはないか、手伝えることはないかって尋ねながら。外には出ない方がいいって説得しようとしたけど無理だった。話しはしたけど、止めるのは無理。

アイリス伯母さんにああしろこうしろなんてとても言えない、と彼は言う。そんなことは誰にもできない。君ら二人はよく似てるよ。

シャーロットの心は半分に折れ、心が痛む。

私が庭から戻ってきたらアイリスはマットレスを三階に引っ張り上げているところだった。ほら、あのらせん階段で、と彼女は言う。次のマットレスを運びましょうかって訊いたら、いいえ、ダーリン、これが最後だからって。てことは、その時点でもう六枚のマットレスを運び終わってたってこと。一人で。自分の力で。私に頼むことさえせずに。まさに絶好調《グレート・フォーム》。

絶好調《グレート・フォーム》か、とアートは言う。これもさっき話してたウェブページの名前に使えそうだね。また明日話そう。みんなはいつそっちに着く予定？

その瞬間、シャーロットは電話を耳から離し、〝切る〟のボタンを押す。

そしてパジャマの上着のポケットに携帯をしまう。

彼女は今にも泣きだしそうだ。

なぜ泣きそうになっているのか？

それはまったく思いがけないものを思い出したせいだ。派手に落書きされた列車の側面、列車内の汚れ、人々が鼻を押し付けたバスの窓。

彼女が今泣いているのは、そうしたものがひどく懐かしく感じられるからだ。

ただ思い出しただけのこと。彼女は鳩のことを考える。くちばしに枝をくわえた鳩を見たアート。そう遠くない昔——でも本当は、別の人生を生きていた頃——二人で乗った列車の窓の汚れ。列車が通過する駅で待避線に立っていた、オレンジ色の上着を着た作業員たち。彼女の心はすべてのもの、すべての人に対する愛でいっぱいになる。あらゆる人。若い人、お年寄り、そのすべて。目の前を飛ぶ鳩について考えたことがある人もない人も。バスや列車の窓に脂っぽい鼻、口、指の汚れを残したことのある人もない人も。

その感情は彼女を満たし、目からあふれずにはいられない。他には行き場がない。

彼女はアートに対する愛で泣く。

そして大胆な自分たちを思って泣く。一緒にあちこちを旅したこと。列車で、バスで、彼女の隣に座るアート。新しい車の扉をバタンと閉めて、世界へ飛び出していく二人。運転するのは彼女。アートは後部座席で横になる。子供の頃を思い出すと言って、アートはいつもそうする。

愛の水位が上昇し、今、彼女の鼻が完全に詰まる。

彼女はパジャマのままベッドに座り、口で息をして、二〇一二年に死んだ母のこと、その一年後に死んだ父のことを思う。

ああ、神様。

私にはとうとう一人も身寄りがいなくなった。

今暮らしているのは他人の家族——自分のではなく——の家だ。

彼女は顔を両手で覆い、声を出さずに手の中で泣く。

ほら。

しっかりして。

両親が既に死んでいて、こんな目に遭わなかったのはありがたいことだ。私もここで両親の心配をする必要がない。

立って。階下に行って。

アイリスの手伝いをしなければ。

彼女は動かない。

にもかかわらず、外の世界は動いている。空中ではたくさんの鳥が忙しそうに働いている。

シャーロットは暗がりに座っている。

指の側面を見るが、暗すぎて、血が出ているのかどうか分からない。

彼女はブラインドの端からいまだに差している光の筋を見る。

粘着テープがあれば、ブラインドを窓枠に貼り付けて、光が差し込むのを防ぐことができる。

階下には粘着テープがあるだろう。

でも、そのためには下に行かなければならない。

オーケー。ここには二つ椅子がある。一つは扉を押さえている。もう一つを使えばいい。枕を背もたれに置いて、ブラインドを窓の方に押すようにする。そうすれば光の筋は消える。

彼女は立ち上がり、アートの〝女の逆襲〟Tシャツを椅子の背もたれから取り、部屋の隅に投げる。それから椅子を持ち上げて窓のそばまで移動し、枕を取り、適当な位置に置く。

すると差し込む光が減る。


シャーロット。そう。シャーロット。

自分のことをかなり革命的な人間だと思っていたシャーロット。

すべてが変わらなければならない。すべてが。

今はどうか？　すべてが変わった。

しかしアイリスはそうは思っていない。

どうでもいいけど、ブログを書くならもっといろいろ書くことがあるでしょうに、と、パソコンのそばにいるシャーロットを見るたびにアイリスは言うようになっていた。

シャーロットは〝自然の中のアート《アート・イン・ネイチャー》〟チームの他の三人をロックダウンの前に家に帰していた。

どうして家に帰したの?とアイリスは言った。

家族と一緒にいた方がいいから、とシャーロットは言った。とにかく今は、あんまりたくさんの人と暮らすのはよくない。

みんなの人手が欲しいのに、とアイリスは言った。それぞれの実家から手伝ってもらえる?マスクや手袋の防護具が足りないことをブログに書いてちょうだい。何も考えてない無意味な政府は反応が鈍すぎる、いざって時に何の役にも立たないって書いて。政府なんて、国をさっさと解体することしか考えてないって。権力者は今回のことを面白おかしいパーティーだと思ってた。自分や仲間が一儲けするためのチャンス《ブラスト》だって。

んん、とシャーロットは言った。

政府のとんでもない怠慢のせいで今までに国民の何人が亡くなり、この先何人が死ぬかを書くべきよ、とアイリスは言った。連中は〝死者二万人ならいいところだ〟って言ってる。〝いいところ〟だって!

(アイリスはイタリアに友達がいて、迫り来る破局について情報をくれている。)

仲間に教えてやりなさい、とアイリスは言った。ブログを書かせるの。この状況を利用してヘッジファンドの連中は既に何十億ポンドってお金を稼いでる。彼らの口座に入った何十億ポンドは、他の人にとっては損失なの。看護師や医師はごみ袋を着て治療に当たってるのに。ごみ袋よ。政府は医療関係者をごみ扱いしてる。国民保険サービス局は国民が死んでも喜ばない。そこのところが政府とは違う。政府は国民をただの頭数だと思ってる。家畜の群れみたいに。国民は自分たちの所有する群れで、食肉加工場に数千単位で送り込んでお金に換える権利があると思ってる。政府は強情だから、子供みたいにEU離脱に執着して、周りの国からの援助や物資を受け取ることができない。賭けてもいいけど今頃、政府の連中は、データ科学者とか顧問とかグーグル社内のお友達に感染爆発《パンデミック》のデータをモデル化してくれって依頼してるはず。その一方で国民を裏切り、緊急事態《ダンケルク》の心構えがどうのこうのとみんなにたわごとを聞かせてる。

ええ、とシャーロットは言った。

かつて一度も価値を正当に評価されたことのない人たちが今この国を一つにしていると書いてちょうだい、とアイリスは言った。医療関係者、日常生活を支える人たち、宅配の人、郵便配達の人、工場やスーパーマーケットで働いている人たち、私たちの生活すべてを手の中に握っている人たち。その話を書いて。偉大なる名門私立校卒業生がまたしても打ち倒され、従順な人々が真の力を持つ存在として浮かび上がっているって。だって、考えてみてよ。ここからはどちらにも向かうことができる。私たちはよく考えないと、急いで考えないといけない。私たちは急いで団結しないといけない。だって私の経験では、権力者は従順な人々が立ち上がることを嫌うから。

でも、どういう形で団結を？

隔離生活の中で？

シャーロットは首を横に振った。

想像してみる。彼女は以前、自分をオンライン活動家と呼んでいた。でも今となっては、自分はただの〝なんちゃって革命家〟でしかなかったと思う。〝いい暮らしがこの家を祝福しますように〟という感じの状況喜劇《シットコム》的革命家、ノスタルジアだけの革命家。一九七〇年代が始まってから二十年後の生まれで、七〇年代といえば、無数の本を読み、無数の映画を観てきた経験からすると、歴史上最も激しく政治化され、先見性があって、断片的な時代だった。彼女は大学で一九七〇年代の文化について論文を書いた。既に大人になっていたギルバート・オサリバンが最初の歌を大衆文化に送り出すとき、なぜ一九四〇年代の学生みたいな服装を選んだのか、そしてそれが歌詞において何を意味し、チャートの推移、文化的遺産にどのような影響を及ぼしたかという論文だ（『冬』七八頁を参照）。

シャーロット。再び一人ぼっちになった、生まれつき〝どう頑張っても駄目、なぜ、ああ、なぜ、ああ、なぜ〟というタイプの革命家。

たとえば、先ほどの典型的なアイリスの長広舌の中でシャーロットが本当に聞いたことがある――理解できた――単語は〝チャンス《ブラスト》〟だけだった。その意味が分かったのは、頭のすぐそばで爆弾が爆発《ブラスト》したように少しだけ感じたからだ。その爆発で彼女の感覚や認知機能はどこかに吹き飛ばされ、妙に何も聞こえず、何も言えない状態で、バランスを崩した自分の体だけがそこに取り残された気がしたのだった。

ごめんなさい、アイリス、と彼女は言った。私は今、外のことがまったく分からない状態みたい。

外の世界から切り離されたものなんて存在しない、とアイリスは言った。

アイリスはアートの伯母だ。シャーロットの親戚ではない。アイリスは年季の入った左翼活動家。年齢ははっきり言わないが、八十代に違いない。グリーナム、ポートンダウン。昔、この家でもコミューンのようなものを運営していたらしい。その後、コミューンはここから追い出され、家は無人のまま、傷むに任されていた。

それからこの家を気に入っていた、ビジネスに熱心なアートの母親——アイリスの妹——が廃墟みたいになっていた家を自分で買い取り、改装した。アイリスは昔自分が暮らしていたときには存在しなかった壁が邪魔だといつも大声で叫んでいた。

その後、アートの母親が亡くなって家と中身をアートに残した。遺言には、アイリスも生きている間、ここに住む権利を持つと書き添えられていた。

そしてアートとシャーロットが"自然の中のアート《アート・イン・ネイチャー》"のチームとともにここで暮らすため、引っ越してきた。家賃は無料。

今やすべてが一変し、シャーロットと他人の伯母だけがこのがらんとした家に住み、それぞれが一つの階を独占している。シャーロットの部屋がある階には、他に六つの寝室がある。シャーロットは家の他の部分も、同じ階にある他の部屋もまったく覗いたことがない。この三日、使っているのはこの部屋と隣のバスルームだけだ。すぐに戻ります、とシャーロットがアイリスに言ったのは三日前のこと。

毎晩、アイリスが扉をノックし、食事の載った皿と水差しを部屋の前に置いていく。最初の夜にはこう言った。

熱がある？

いいえ、とシャーロットは扉を閉めたまま、中から言った。

咳は？とアイリスは言った。

いいえ、大丈夫です、とシャーロットは言った。本当に大丈夫。体調は悪くありません。

じゃあ、体調が悪くて自主隔離を始めたわけじゃないのね？とアイリスは言った。

はい、とシャーロットは言った。すごく一人で閉じこもりたい気分だから閉じこもってるだけ。

了解了解、とアイリスは言った。具合が悪くなったり、何かそれっぽい症状が出たら教えてちょうだい。それっぽくない症状でも。それか、何か欲しいものがあったら。一応毎日様子を見に来るけど、構わないかしら。ゆっくり休んで。

アイリスは少し生け垣みたいだ、とシャーロットは思う——もしもアニメ作家が生け垣を登場人物にしたらきっとあんな雰囲気。髪の毛はぼさぼさ。鳥のようなきらきらした目がその奥からこちらを覗く。シャーロットが聞きかじった情報によれば、一時期アートを育てていたのはアイリスだ。

自分の話は一度もしたことがない。代わりにするのはこんな話。

そうね、私たちが今ここで置かれてる状況はどこか現実離れしてる。でもいつもどこかで緊急事態は起きてる。同じ地球上でたくさんの人が生きるのに必死っていう現実離れした状況がある

のに、それが普通だと思ってるのは糞みたいにおめでたい人だけ。

シャーロットは今、そうした言葉を受け止めることができない。

それに、年を取った人があんなふうに汚い言葉を使うというのも少しショックだ。アイリスの言葉はシャーロットに対する期待も物語っていた。シャーロットは今までずっと自分のことを活動家だと思っていた——こうして〝本物〟に出会うまでは。

私のことはアイアと呼んで。名前だけが私の中に残された最後の怒り《アイア》だから。今ではもう、怒りの段階はとうに過ぎてしまった。

シャーロットの中にいたおとなしい活動家を叩きのめし、ショック死させたのは、アイリスの知識、行動力、手際の良さに見られる何かだろうか？

シャーロットはサフォークから戻ってきたとき、アートが別の女に一目惚れをしたとアイリスに話した。

シャーロットとアイリスは二人ともあきれて笑った。互いに似たもの同士であるかのように。

そしてさらにアイリスに、近々アートと一緒にSA4A入国者退去センターの被収容者を訪問する予定だと話した——シャーロットの中の自己中心的な部分は、今ではそれが愚かな判断だったと知っている。今そこに無期限で収容されている知的で思慮深い若きウイルス学者が二月の初旬、イギリスでは誰もウイルスを深刻に受け止めていなかった頃に、さまざまな国に広がりつつあるウイルスの危険性について詳しい説明を聞かせてくれていた。ウイルスはシャーロットたちとその学者が面会していた入国者退去センターの隣にある空港からイギリスに入った。飛行機が数分おきに離陸し、頭上を飛んでいくたびに、面会室は文字通り震えた。ウイルスはどうやら、二人が宿泊しようと思っていた町にも広がっている様子だった。

若きウイルス学者は二人に、もしもこのセンターにウイルスが入り込んだら、被収容者の全員が感染することになると話した。というのも、窓はすべて強化ガラスと金属の柵でできていて開けることができず、建物の換気システムで循環している同じ空気しか入ってこないからだ。

アイリスの目が輝いた。

連中はきっと何も言わずに被収容者を外に出す、と彼女は言った。被収容者が亡くなったりしてスキャンダルになるのを嫌がるから。

そして一週間前、感染に対する抵抗力が弱いと医学的に考えられる不法移民を数百人釈放すると政府が発表したことが伝えられた。

これだけでは終わらない、とアイリスは言った。これは氷山の一角。でも釈放ってどこへ？　どうなるわけ？　みんなはどこへ行くの？

分かりません、とシャーロットは言った。

罪のない、弱い人たちがもうすぐたくさんホームレスになってしまう、とアイリスは言った。お金もないし、家族もない。どこか泊まるところが絶対に必要になる。

そうですね、とシャーロットは言った。

〝自然の中のアート《アート・イン・ネイチャー》〟のチームもいなくなったことだし、ここには空いている寝室が十三ある、とアイリスは言った。共用の大きな部屋も三つ。それも入れたら、十六個の部屋が使える。問題ないか、アーティーに尋ねてみるわ。あの子の部屋も使っていいか訊いてみる。オーケーなら十七部屋。

（それはアートが他の人のところに行ったきりになった最初の頃だった。）

アートの部屋を何に使うんです？とシャーロットは言った。

みんなが来る前に二つの問題を解決しないといけない、とアイリスは言った。

〝みんな〟って？とシャーロットは言った。

二か月分くらいの食料はきっとある、とアイリスは言った。

（アイリスは今も週に三日、地元の食料品店で働いていて、納屋は既にレンズ豆や米の袋でいっぱいだ。アイリスの精神は常に緊急事態に備えている。）

いや、本当の問題は、とアイリスは言った。大量のうんこね。そっちをどうするか。

うんこ？とシャーロットは言った。

昔からチェイ《CHEI》・ブレス《BRES》では下水の問題があったの、とアイリスは言った。ここにたくさんの人がいたときにね。

チェイ《CHEI》・ブレス《BRES》って？とシャーロットは言った。

（ひょっとするとそれは一九七〇年代か八〇年代にアイリスと一緒にここに住んでいた革命家集団の名前かもしれないと彼女は思った。）

チェイ《CHEI》・ブレス《BRES》はこの家の古い名前、とアイリスは言った。コーンウォール語で、〝胚が形作られる思考の家〟という意味。精神の家、兼、子宮の家。妹が改築したとき、下水システムは新しくし忘れた。亡くなった妹の悪口を言うつもりはない。でも妹は頭がいいくせに、必要以上のことは手を抜くタイプだった。この家の大事な基礎構造《インフラ》についてもそう。この家にたった二人しか住んでいないときでさえ、下水は詰まりがちだった。だから。まずは今の下水タンクよりも大きなものが必要ね。

シャーロットはおとなしくアイリスの話にいちいちうなずいていた。同時に彼女は次々に行動する自分を頭に思い浮かべた。町のスーパーまで急いで出かけ、できる限りたくさんの缶詰とトイレットペーパーを買って車に詰め込み、以前の家主に電話をしてまた同じ部屋を借りられないかと尋ね、借りられなければ、似たような部屋を探すために制限速度超過でロンドンに戻る。

どうしてトイレットペーパーか？

オーストラリアでみんなが慌てて買ったのはトイレットペーパーだったから。

だから論理的には、最初に売り切れるはず。

トイレットペーパーはいつだって必要だ。

では、どうして以前住んでいたアパートやそれに似た部屋を探すのか？

前に住んでいたアパートは単身者用で、あそこなら他人を入れる余地はないから。他人のうんこも。

彼女は立ち上がり、伸びをした。

すぐに戻ります。彼女はまるでトイレに行くだけみたいな口調でそう言ったのだった。

それから上着と財布とノートパソコンと歯ブラシなどを取りに二階に上がった。

そして裏口からそっと外に出た。

家の方からは見えないように納屋の横を通り、車の扉を開けた。

彼女は扉を開けたままで運転席に腰を下ろした。

しかし車を出す代わりにノートパソコンを開き、〝下水タンク　業者　コーンウォール〟と入力した。

それからまた家に戻り、アイリスに工事業者の電話番号を渡した。

少なくともそれだけはやった。

あのときはまだ体に気力が残っていた。

アイリスはそこが違う。彼女はいつも正しい。決して間違わないし、常に人をたじろがせる。

今回のことでみんなが戦争の語彙、戦争の比喩を使うのはやめてほしい。これは戦争じゃない。今起きているのは戦争と正反対のこと。パンデミックは壁や境界やパスポートを無意味にしている――自然はそんなものが無意味だと知っている――んだから。

その夜、果てしない最新ニュースを三十分ほど観ていたときのこと。

アイリス、とシャーロットは言った。あなたは危険な年齢です。自己隔離した方がいい。

それはありえない、とアイリスは言った。私にとって隔離は死と同じ。でも、心配しないで。近々死ぬ気はないから。それに〝危険な年齢〟なんて存在しない。それを言うなら、私たちはみんな危険な年齢。

愚かだわ、とシャーロットは言った。あなたの善意には何の効力もない。相手はウイルスなんだから。

でもちょっと常識で考えてみて、とアイリスは言った。私たちは今みんな、一本の線の上を歩いてる。一つの時代と次の時代を区切る線。昔の歌にもあったでしょ、知らない？

どの歌です？とシャーロットは言った。

みんなで儀式みたいに歌う歌。時代の区切りを迎えるときに世界中で歌われてる歌、とアイリスは言った。

そして正月に皆で手をつないで歌う歌をアイリスが歌う（「蛍の光」の原曲とされる「オールド・ラング・サイン」のこと）。

信頼する友《フィア》よ、さあ、私の手だ、と彼女は歌った。君も手を貸してくれ。

信頼する恐怖《フィア》？とシャーロットは言った。

恐怖という意味じゃない。友達という意味の単語、とアイリスは言った。それと、〝手〟は文字通りに貸したり借りたりするものじゃないことは私もちゃんと分かってる。私たちがしなきゃならないのは、他の可能な手段でできるだけ力を貸す方法を考えること。

信頼する恐怖。

友達。

シャーロットはテレビのある部屋を出た。そして階段に腰を下ろした。胸の中には何か無感覚で、死んだものがあった。それはまるで。まるで何？

トイレットペーパーのようだ。

彼女は自分を強く打つ。拳で。胸を。

痛みを感じた。

よし。

もう一度同じことをした。

死んだ自分を生き返らせるにはどうすればいいのか？

アイリスが部屋から出てくる音がした。彼女は通りすがりにシャーロットに軽く手を触れ、頭を優しく撫でた。片腕にたくさんの洗濯物を抱え、口にはドライバーをくわえていた。

彼女は洗濯物を廊下に放り出し、玄関扉のところまで行って、内鍵に何か細工を始めた。

アイリスが鍵を取り外すのをシャーロットは見た。

アイリスは錠をスロットから外してそのまま床に落とし、扉の外に出て作業を始めた。

錠を交換するんですか？とシャーロットは言った。

ここでは鍵を掛けて人を閉じ込めるようなことはしない。ロックダウンの場合でも、とアイリスは言った。長い間閉じ込められてきた人たちなんだから。

シャーロットの胸の中にあるトイレットペーパーがさらに真っ白になった。

その洗濯物、別館の方に持っていきましょうか？と彼女は言った。

それは汚れた服じゃない、とアイリスは言った。でも本当に手伝う気があるなら、家の中からありったけのTシャツを集めてきてほしい。

どうして？とシャーロットは言った。

マスクを作る、とアイリスは言った。私は自分の分がここに十二枚ある。三十六枚から四十枚ほど必要ね。少なくとも三十六枚。予備を含めて一人二枚。あなたと私の分も。台所用のはさみを持ってきて。作り方を教えるから。

シャーロットはTシャツを探しに行くような顔で二階に上がった。

すぐに戻ります、と彼女は言った。

そして部屋に入った。

それが三日前のこと。

彼女は扉を閉めた。

椅子を一つ移動して、ドアノブの下に背もたれを当て、扉を外から開けられないようにした。

次にブラインドを下ろした。

そしてベッドのところまで行って腰を下ろした。

それからベッドに入った。

さらにベッドカバーを頭までかぶった。ブラインドの端からまだ光の筋が差し込んでいたからだ。

そして両腕で自分の体を抱えた。

ネットが使えないシャーロットの携帯にメールが届く。

アートからだ。

彼からようやく電話があって、口論をしたのと同じ日のこと。

そこにはこう書かれていた。

さっきこの話をするのを忘れた。僕らがブライトンからサフォークに連れて行ったグリーンロー一家のことを覚えてる？　今日、ダニエル宛に荷物が届いた。荷物にはすごく小さなバイオリンケースが入ってて、そのバイオリンケースにはすごく小さなバイオリンが入ってた。子供たちのこと覚えてる？　君にすっかり惚れ込んでた男の子？

あの子からの手紙が添えられてた。〝グルックさん、過去からのささやかなプレゼントです。喜んでもらえますように。お元気でいてください。あなたの妹、ロバート・グリーンローより〟。小型のバイオリンは本当にきれいだ。ダニエルは話を思い出せないようだけど、バイオリンのことはすごく気に入って、うれしそうにしてる。ベッドの上に置いて並んで寝てる。でもおそらく、母親と父親はあの子がバイオリンをこっちに送ったことを知らない。あの人たちのメールのアドレスか住所を知ってる？　一応確かめる必要がありそうだから。

シャーロットはそれをもう一度読む。

お元気でいてください。あなたの妹、ロバート・グリーンローより。

彼女は微笑む。

そして手を伸ばし、ベッドの横にある明かりを点ける。

グルックさんのところを訪ねた後、あの一家を宿泊するホテルまで車で送る間の会話をいくつか彼女は覚えていた。それはたとえばこんな感じ。

少年：どうしてあの人は石のことを子供って言ったの？
母親：お年寄りなんだから、いろいろ頭が混乱するのよ。
少年：全然混乱してるようには見えなかったけど。
母親：あなたを女の子と勘違いするくらいには混乱してた。
少女：あなたは実際女の子みたいだし。
少年：あの人は一瞬僕のことを誰か知り合いの人と勘違いした。それだけのことさ。女の子か男の子かは関係ない。アインシュタインの話をしたときも頭は混乱してなかった。
シャーロット：アインシュタインの話なんていつしたの？
少年：アインシュタインについてすごくよく知ってた。アインシュタインが子供の頃バイオリンを弾いてたことも知ってたし、アインシュタインがモーツァルトを大好きだったことも知ってた。アインシュタインというのがドイツ語でどういう意味かも知ってた。それは単なる名前じゃない。二つの単語からできてる。文字通りの意味は〝一つの石〟、つまり〝石〟。その後は二人でアインシュタインの石理論について話したんだけど、あの人はそのことも知ってた。
シャーロット：アインシュタインの石理論って何？
少年：現実は僕らが見ている姿、そう見える姿とは違うっていう理論。証明することもできる。人の心はいろいろなものの影響を受けやすいし、僕らは現実について常に作り話をしてるってこと。それを証明するには、いろんな色の石を四角形の辺に沿うように並べて数を数えるんだ。その後、そこにいくつか石を加える。分かる？　でも、そこでまた数えたら数はちっとも変わってない。合計すると前と同じ数ってわけ（ロバートが説明しているのは「アインシュタインの石のパラドックス」などと呼ばれる一種の数学マジック）。
母親：今度は私の頭が混乱してきた。
少年：それに僕らは粒子がどんなふうに出会うかという話もした。つまり、二つの粒子が互いに出会うと両方が変化する。そしてその後は、粒子が互いの近くにないときでも、片方が変化すると、もう一つの方も変化するって話。
少女：そうね、アーサーがエリサベスに会ったときみたいに。あ、やばい。他にも誰か気づかなかった？
母親：ああ、私も気づいた。
少女：シャーロット、あなたも見た？

　あの日の午後のあの部屋。ベッドにいる老人――知的で魅力的な老人――はアートの母親を覚えていないようだったが、アートの手を握ったまま離さなかった。その横で、エリサベスという名の女性がアートを見るのをシャーロットは見た。

　アートが女性に視線を返すのも彼女は見た。

　まあ、とアートはその夜サフォークで、ベッドに入ってから言った。まあ僕らには、その、いろいろと共通点があるからかな。

　それはシャーロットが訊いた質問に対する答えではなかった。シャーロットはその前に何も言ったわけではない。彼の方が勝手に何かを説明しようとし始めただけだ。彼女に対してというより、自分に対して。しかし彼女は彼の気持ちについて訊かなければならない、はっきりさせなければならないと感じて――知って――いた。だからそうした。

共通点ってたとえば？と彼女は言った。

ああ、たとえば。二人とも父親がいない家で育った、と彼は言った。

シャーロットは仰向けに寝たまま天井の照明の周りにある漆喰の装飾を見た。光の源を囲む果物と花。

それがどうなわけ？と彼女は言った。

それはつまり、その、いい感じ、と彼は言った。

〝いい感じ〟、とシャーロットは言った。

目の前に雄大な風景がパッと開けたみたいな感じ。何キロも先まで空が見えて、そこに夏の風景が広がっているみたいな、と彼は言った。

へえ、と彼女は言った。なるほど。

ていうか、とにかく感じるんだ、と彼は言った。

とにかく感じるって何を？とシャーロットは言った。

あの人と一緒にいるべきだって、とアートは言った。

私と一緒にいるべきだと感じたときみたいに？とシャーロットは言った。

ああ、とアートは言った。僕らのことについてそんなふうに言ったときはちょっと無理してるのが自分でも分かってたし、君にも分かってたはずだ。

そうね、とシャーロットは言った。

でも、今回は無理してるわけじゃない、と彼は言った。全然違う。びっくりさ。驚きだ。楽しい。とにかく、うん、そういうこと。どこ行くの？　十時半だよ。どうして服を着てるんだい？

ちょっと散歩でもしたい気分、と彼女は言った。

一緒に行こうか？と彼は言った。

いいえ、いいえ、一人でいい、と彼女は言った。外の空気を吸いに行くだけだから。

車の鍵を持って？と彼は言った。

車に乗るかもしれないから。

すぐに戻る？と彼は言った。

うん、と彼女は言った。

しばらく車を走らせてから戻ると、ベッドは空《から》になっていた。ベッドに入ると、まだ彼のぬくもりが残っていた。

彼女の鞄の上に書き置きがあった。

エリサベスのところに行く。車は明日、君が持っていって構わない。僕は今の自分とこの先のことを考えてから戻る。

シャーロットは六週間——人生一つ分にも思える時間——の後、水溜まりのような光の中に座り、再びバイオリンに関するメッセージを読む。

そしてあのときのことを思い出し、声を上げて笑う。

あの少年。姉の手に砂時計をくっつけて、割れたガラスでけがをさせた少年。

彼女はホテルに向かう途中、灯台の脇を通るときに少年が言っていたことを思い出す。アルバート・アインシュタインはかつて、日々孤独に仕事をしている灯台守のように、科学や数学に興味のある若い人が一時期孤独を強いられるのはいいことだと言ったという話。何も邪魔が入らないので、創造性を育てるいい機会になる、と。

弟の話は信じちゃ駄目、と姉のサシャが言った。

本当だよ、と少年は言った。アインシュタインは本当にそう言った。ロイヤル・アルバート・ホールで講演会が開かれたときの言葉さ。

へえ、そうですか、と姉は言った。シャーロット、ロバートからアインシュタインについていろいろお話があるんですって。

一九三三年十月、と少年は言った。証明もできる。本当に。本に書いてある。今ここにその本がある。

シャーロットは少年が本当に本を持っていたことを思い出す。というか、少年の持ち物は本だけだった。

母親はその夜ホテルのパブで食事をしているとき、息子はお泊まり用の荷物の中にパジャマも歯ブラシも入れず、アルバート・アインシュタインについての本だけを入れてきたのだと言った。

そう、この子は〝身軽な旅《トラベル・ライト》〟がモットーだから、と姉は言った。ていうか弟は文字通り、光《ライト》の速さで旅《トラベル》する。

何かにつけて激しく言い争っていた姉弟がこの冗談で一緒になってうれしそうに笑った。レストランにいるすべての客にこちらを振り向かせる、伝染性のある喜びだ。客たちはもっと静かにしてほしいとか、邪魔な笑い声だと思っていたわけではない。レストランにいる知らない者同士がその温かな声で一つになったみたいだった。

シャーロットは体を起こす。

そして立ち上がる。

窓辺に置いた椅子から枕を取り、床に下ろす。椅子を机の前に戻す。もう一つ明かりを点ける。やれやれ。この部屋は掃除をして、空気を入れ換えないと。

彼女はまたさっきのところに戻って窓を開ける。

よし。

そしてアートのTシャツを床から拾い、椅子の背もたれに掛け、椅子に座る。

それから机に向かって、ジェームズ・ボンド携帯でアートにメールを書き始める。

私たちが出会ってから間もない頃、キングズクロス駅の北側を歩いていたときのことを思い出した。夏の午後。アパートの前の塀に値札の付いた物が並べられているのを見かけた。あなたは陶器製の犬を買った。値札には三ポンド五十ペンスと書かれてた。覚えてる？　あなたは男に五ポンド札を渡して、釣りは要らないと言った。

彼女はそのとき、この人は馬鹿だと思った。彼が買っているのはがらくただ。作ったのはきっと子供か才能のない人。白と黄色の焼いた粘土。犬の体は真ん中でねじれ、足の先は不格好。両耳には作り手の親指の形がそのまま残っていた。

しかし時間が経つにつれ、陶器製の犬は彼女のお気に入りになった。

アートに対して正直にそう言ったことはないけれども。

あなたがあれを買った時点で私たちは恋人に向いてないと私も気づいたのだと思う、でもとにかく私はあなたのことを愛していた、と彼女は思う。

しかしそれはメールに書かない。そして既に書いた文の一部を削除する。

私は怖い。それに最近は妙な夢を見る。体中の痛み《ペイン》が体中に塗りつけられた絵の具《ペイント》に変わる夢とか。

これはメールに書かない。

代わりに書くのは次のことだ。

グリーンロー一家に宛てたメールがどこかにある。後で探してみる。アシュリーはまたしゃべれるようになったかしら。私は今、これまで以上に例のロレンツァ・マッツェッティの映画のリンクを彼女に送ってあげたい。この後そうするつもり。

鳩の話を聞かせてくれてありがとう。それについて文章を書いて、明日には書いたものを送ります。それはいいとして、私からあなたに送る、今日見たものの話。ネットを覗いていたら、私たちがいつも行っていた場所の写真が何枚か出てきた。どこも今はロックダウンされている場所。それを見ているとまるで、空から手が伸びてきて、人間を一人残らずつまみ出したみたいだった。それかまるで、生きた人間が写っているところだけ画像を加工して消したみたい。カメラができた最初の頃は露光に長い時間がかかったから、動いているもの――馬とか車とか歩行者とか――

が写らなかったりしたけど、ちょうどあれに似た感じがした。そういうものは昔の写真の中で蒸気のように完全に消えるか、幽霊みたいなぼんやりした姿に変わった。次にパリのモンマルトルで泊まった街角のロックダウン風景を見つけた。覚えてる？　あの日はベッドがきしむ音がうるさくて二人とも眠れなかったから徹夜して、朝日が昇るのを一緒に見た。とにかく、そこの写真を見たとき私は息を呑んだ。そこは一九四〇年代を舞台にした映画のロケに使われていたらしくて、ロックダウンで撮影が中断してからも、建物の正面を占領下のパリ風に改造したままになってた。写真に映り込んだ数少ない人たちはダウンジャケットを着たり、顔にマスクをしたり、パリ風の子犬を散歩させている二十一世紀らしいカップルだったりして、まるで現代から過去を訪問しに行った幽霊みたいに見えた。私はその後、ロックダウンで撮影が止まった映画を調べた。タイトルは『さよなら《アデュー》、ムッシュ・ハフマン』。生き延びるために身を隠さなければならない——店は若い助手に譲る——ユダヤ人宝石商の話らしい。助手は宝石商に、妻との子作りを手伝ってほしいと言う。映画になる前に舞台作品としてフランスでは大評判だった作品。そういうことを調べていたときに、何と、こんな事実が分かった。舞台の脚本を書いたのはジャン＝フィリップ・ダゲールという男。そう。ひょっとするとこの現代の作家ダゲールは銀板写真《ダゲレオタイプ》の発明者ルイ・ダゲール——さっき話したような消失現象がよく起こっていた最初期の写真家——と血がつながってるんじゃないかと気になり始めた。彼の写真で最も有名なのは、一八三〇年代後半のテンプル大通りで撮ったもの。人で賑わう時間に撮られているのだけど、靴を磨いてもらっている一人の男を除いてほとんどすべての動くもの、生きたものがそこから消えている。他は全員消失！　ネットには、その人が歴史上初めて写真に収められた人物だと書いてあった。すべては彼がじっとしていたおかげ。それはたしかにそうなんだろうけど、他の人もやっぱりそこにはいる。ただ私たちには見えないだけ。あなたに今日話したかったのはこのこと。みんなはいつも〝私たちが存在する今の世界〟とか、〝私たちはここにいる〟という言い方をする。でも、どちらかというと、私たちは自分が存在しない場所に存在しているんじゃないかな。

〝慰めの報酬〟携帯でこれだけの文章を書くには一時間かかった。

彼女は送信ボタンを押す。

手の中で携帯の画面が消え、電源が切れる。

え？

どうなってるの？

彼女は再び電源を入れる。

文章は消えている。

保存されていない。

彼女は送信済みフォルダーを確認する。

そこにもない。

彼女は声を上げて笑う。

メールは存在しない場所に存在している！

彼女はまた一から書き始める。

今さっき、本当に長いメールを送ろうとしたら、ジェームズ・ボンド携帯に文面を没収された。代わりに短いバージョンを送ります。グリーンロー一家に宛てたメールが《どこか》にあるはず。郵便ポストの話を書いてたアシュリーさんにもコンタクトを取って、文章を使わせてもらいましょう。出版を始めてもいい。〝惰性の中のアート《アート・イナーシア》〟。ハハハ。ネットばかりじゃなく、本物の本も出版するという意味。それを使って、今まで言語が果たしてきた役割、言語が今私たちに及ぼしている影響、私たちを今の状況に追い込んだメカニズム、今私たちみんなに起きている事態の中で言葉がどんなふうに働いているかを明らかにする。《話せてよかった。この二、三日、頭がおかしくなりそうだったけど、やっと自分を取り戻すことができた》。枝をくわえにくそうにしていた鳩の話と、何とか事態を丸く収めようとしてくれたことに感謝します。明日、考えをまとめて送る。バイオリンを送ってきた男の子のことも。それっていい話だと思う。それから、映画作家のマッツェッティについて考えたことを一つか二つ記事にしてネットに上げたいと思うんだけど、あなたの意見を聞かせて。もう一つ。私たちもロビー活動を始めないといけない。アイリスから聞いた話だと、知り合いのドイツ人芸術家が自分の銀行口座を覗いてみたら九千ユーロ入金されてたんだって。九千ユーロ！　どこから来たお金だと思う？　ドイツ政府がドイツの芸術家と関係者全員に送ったお金。使い道に制限なし。〝自然の中のアート《アート・イン・ネイチャー》〟にもその件で記事を書いたらいいと思う。

よし。

彼女は送信ボタンを押す。

送信。

無事に送信されたようだ。

送信済みフォルダーにも入っている。

彼女は椅子の背もたれからTシャツを取り、匂いを嗅ぐ。アートの匂いだ。削った木材と酢の匂い。

彼女は微笑む。

お元気でいてください。あなたの妹より。

想像してみる。荷物を開けると、中からバイオリンケースが出てくる。ただし、それはとても小さなものだ。バイオリンケースの子供みたい。その中に入っているのは小さなバイオリン。それもバイオリンの子供みたい。ケースの内側はバイオリンを固定して保護するため楽器にフィットする形になっていて、柔らかなクッションのような内張りがしてある。そのすべては松ヤニと木材の匂い――そしてその二つを合わせた匂い――がする。

彼女はベッドから下りる。

そして椅子を扉から離し、扉を開け、下を見る。

足元にはスープの入った器がある。

アイリスが置いてくれたものだ。きっと二時間ほど前に。

でもまだ微かなぬくもりがある。

彼女は入り口に腰を下ろす。

スープは冷めていてもおいしい。

あの夜、シャーロットがホテルで階下《した》に下りたときは、自分が何をしたいのか、どこへ行くつもりなのか、自分がこの先どうなるのか分かっていなかった。分かっていたのは、これからは新たに自分で道を切り開かなければならない、それ以外に道はないということだけだった。そんな彼女が目にしたのは、レストランのパブ側にまだ座っているグリーンロー一家の姿だった。グレースは携帯で誰かにメールを書くか、何かを読むかしている様子だった。子供たちは、そう、口論をしていた。

それは〝いい子ぶり〟、と少年は言った。

〝悪い子ぶり〟よりも断然ましでしょ、と少女は言い返した。とにかく私は自我と同じ数の言語を覚えたいし、必要としてる。あなたもそうすべき。

僕に必要なのは英語だけ、と少年は言った。それ以外が必要だって言ったり、それ以外の言葉を覚えたりするのは愛国精神に反する。

アホ《ストゥージ》、と少女は言った。隅から隅までアホ。

隅から隅まで何?と少年は言った。姉ちゃんこそアホ《ストゥージ》。姉ちゃんはけちんぼ《スクルージ》。詐欺師。黙れ。

馬鹿、と少女は言った。馬鹿は自分に主導権があると思い込むし、馬鹿は自分には危害が及ばないと感じる。あ、こんばんは、シャーロット。

あ、と少年は言った。こんばんは。

シャーロットは席に着いた。グレースは会釈をし、半分空《から》になった瓶を顎で示した。

よかったらどうぞ、と彼女は言った。

あなたが飲まないと母さんが一人で全部飲んじゃう、と少女が言った。

休みの日なんだから、とグレースは言った。大人は休日にはお酒を飲むものなの。

ああ、一部の大人はね、と少女は言った。

お気持ちはどうも、でもやめときます、とシャーロットは言った。

そして車の鍵を振った。

出かけるの？と少年は言った。

どうしようかな、とシャーロットは言った。まだ決めてない。あなたたち二人は何で喧嘩してるの？

喧嘩なんてしてないよ、と少年は言った。

喧嘩してました、と少女は言った。最初はこの子が蛆虫は空中に飛び上がることができるって気持ち悪いことを言って、そのせいで私は吐き気がした。

本当だもん、と少年は言った。蛆虫は自分の体長の三十倍の高さまでジャンプできる。小さな曲芸師みたいなんだ。

次にこの子は、もう外国の言葉を学ぶことには意味がないって言った、と少女は言った。

え、フランス語とかドイツ語とか？とシャーロットは言った。

それに自分の国の言葉も、と少女は言った。ウェールズ語とか。アシュリーはウェールズ語をしゃべるけど。

言語っていうのは個別に存在するものじゃない、とシャーロットは言った。言語は家族みたいなもの。常にお互いを支え合ってる。孤立した言語なんて存在しない。

少年は顔が赤くなった。

ああ、僕はわざとあまのじゃくってただけ、と彼は言った。本当にそう思ってるわけじゃないよ。僕は精密には、よその言葉はクールだと思う。僕はただ、姉ちゃんに独占させたくなかっただけ、その。

何を独占させたくなかったって？と少女は言った。

僕を、と彼は言った。

そしてパブのテーブルに置かれた車の鍵をじっと見た。

私たちは明日の朝、すごく早い時間に出発するの、とシャーロットは言った。あなたたちが起きる前に。六時とか、そのくらい。

私たちは絶対起きてない時間ね、とグレースは言った。

え、と少年は言った。

で、さっきも寝かけてたんだけど、とシャーロットは言った。突然思い出したの。ロバート、あなたが行きたいと言ってた場所にまだ行ってないでしょ。

アインシュタインの場所？とロバートは言った。ほんとに？

でも条件がある、とシャーロットは言った。一つか二つ。まず、私が二人を連れて行ってもいいっていう、お母さんの許可がないと駄目。もう十時過ぎちゃったから、普通はどこかに出かける時間じゃない。二つ目は、その場所が実際ここからどれくらいのところにあるのかってこと。この子のわがままを聞いてやるの?とサシャは言った。

遠くなければね、とシャーロットは言った。一緒に行きたければ誰でも。

ロバートが勢いよく立ち上がったせいで、椅子が倒れそうになった。彼はパブから飛び出し、木の階段を部屋まで駆け上がっていく足音が聞こえた。

私は遠慮するわ、とグレースは言った。私はパス。今、ヴァルといろいろ話をしてる最中だから。

そのお友達と携帯でやりとりしてるってことですか?とシャーロットは言った。

ヴァル・ポリチェッラ(イタリア産のワイン。実際の名称は一語)、とグレースは言った。手の具合はどう、サシャ?

前回訊かれたときと同じ、とサシャは言った。

包帯を換えたの、とグレースは言った。汚れてたから。

シャーロットが見やすいようにサシャが手を差し出した。

痛い?とシャーロットは言った。

ロバートに〝痛い?〟って訊かれたときだけ、とサシャは言った。ロバートにそう訊かれたときはすごく、すごく痛い。

あなたが一緒ならロバートを行かせてもいい、とグレースは言った。

私は絶対行かない、とサシャは言った。

ロバートは広げた本を振り回しながら勢いよく戻ってきた。そして叩きつけるように本をテーブルに置いたので、ワインの瓶が揺れた。

ラフトンヒース《Roughton》、とシャーロットは言った。それともラウトンかな。発音はこれで合ってるのかしら？

ラフトン、とサシャは言った。このテーブルを囲んでる中に英語をしゃべれる人がいないのは残念。

でも、その場所に行くのに正しい発音が分かる必要なんてないさ。だろ？　とロバートは言った。

私が一緒じゃないと行っちゃ駄目だって母さんが言ってる。ちなみに私は絶対行かないけど、とサシャは言った。

ロバート、分かってると思うけど、ただの野原《ヒース》よ、とグレースは言った。草むら以外には何もない。しかも暗いし。

でも、とシャーロットは言った。暗闇の中に草と木がいっぱい生えてるだけ。行けば自分の目で見たと言える。

どっちにしても、私が行くって言わないと話にならない、とサシャは言った。私は行かない。ねえ、弟はあなたにすっかり夢中だって知ってた？　三十分後、ロバートに立ち小便をさせるために車が路肩に停まったとき——ヘッドライトの中で草が銀色に光っていた——サシャは後部座席から運転席のシャーロットにそう言った。

その声は真剣だった。

あの子、本当に傷つきやすいの、と彼女は言った。

シャーロットは車内後部の小さな明かりを点け、サシャの方を振り返った。

私があなたより少し幼かった頃、アメリカに住んでいる従姉《いとこ》が家に来た。たぶん今も世界のどこかで元気にしてるはず。でも、それ以来会ったこともないし、今どこにいるかも分からない。彼女は夏の間私の家で寝泊まりした。私より七歳年上。私は十歳。私は従姉が最高の人間だと思った。それまでに会った中でいちばん素敵な人だって。向こうにもその気持ちが伝わってて、私に優しくしてくれた。

父と母は後でいつも従姉が来たときのことを思い出しては、あのときは最悪だったって言った。従姉は恥さらしで厄介、あちこちにキスマークを付けて街のナイトクラブから朝の四時に帰ってきた、とか。とんでもない子を預けられて手に負えなかった、とか。私は両親が長年そんな経験を話すのを聞いたけど、まさかそれが従姉のことだとは思わなかった。私は大きくなってから、両親が悪く言ってたのが従姉のことだと気づいた。魅力的で楽しい私の従姉。今となっては、あの人が優しく接してくれたおかげで私の人生は劇的に変わったんだと思う。

ふうん。サシャは**話はちゃんと聞いてます**という口調でそう言った。

相手に好かれていると感じるとき、たぶん人には二つの選択肢がある、とシャーロットは言った。人を好きになったり好かれたりする場面にはいろいろな駆け引きがあるから。そのすごく強力な結び付きを利用すれば、他人の世界を大きく広げることができる。あるいは狭めることも。私たちはいつでもそのどちらかを選べる。

ふうん、とサシャは言った。

だからこそ、私たちは金曜日の夜十一時にアインシュタインの小径に来ている、とシャーロットは言った。

弟はネットですごいいじめに遭った、とサシャは言った。

ああ、とシャーロットは言った。

すごくかわいそうな話、とサシャは言った。弟が小さい頃に歌で賞をもらったことを同じ学校のいじめっ子が知った。弟が賞をもらったのは本当の話。びっくりするほど高い声が出て、地元じゃちょっとした有名人。それがばれて、みんなにからかわれるようになった。その後は頭がいいせいでいじめられて、SNSではたくさんの荒らし《トロル》が寄ってたかって自殺しろってあおった。

何てこと、とシャーロットは言った。

だから新しい学校に移った、とサシャは言った。

やれやれ、とシャーロットは言った。

でも、元の学校の誰かが新しい学校の誰かにメールを書いた、とサシャは言った。そしてまた同じことになった。

あのね、とシャーロットは言った。私にもあなたみたいな女きょうだいが欲しいわ。

どういうこと?とサシャは言った。男のきょうだいはいるの?

シャーロットは笑った。

私にはアーサーがいる、と彼女は言った。

でも、あの人とは血がつながってないでしょ、とサシャは言った。本当の家族じゃない。

家族になるためには血のつながりが必要だと思う?とシャーロットは言った。

血のつながりは役に立つと思う、とサシャは言った。邪魔になることもあるけど。

ロバートが車に戻ってきた。

何々?と彼は言った。何の話? 僕のことを話してた?

シャーロットに例の顔認証プロジェクトのことを教えてあげたら?とサシャは言った。

嫌だ、とロバートは言った。

いいじゃん、とサシャは言った。あれはすごくよかった。この子、Fアート(英語でfartは「おなら」のこと)っていうプロジェクトをやったの。学校でポスター作成の課題を出されたとき、顔の特徴点を夜空の星みたいにマッピングする顔認証システムの技術をまねして、星を結んで星座を形作るみたいなスケッチを描いた。普通は星と星を線でつないで熊とかひしゃくとかオリオンの形にするんだけど、弟は顔の特徴点を線でつないで星座みたいにしたわけ。私の顔も作ってくれた。母さんの顔も。父さんの顔も。それぞれの星座の下に名前を書き添えて――

けど、アシュリーの分は作ってない、とロバートは言った。

――そして絵の下に標語《スローガン》を書いた。**FRTをARTに変える**って、とサシャは言った(FRTは顔認証技術の略語)。

すごい、とシャーロットは言った。でも、どうしてアシュリーの分はないの? アシュリーとは仲がいいんじゃなかったかしら。

ああ、そうだった。アシュリーとは大の仲良しのはずね、とサシャは言った。

アシュリーと僕はごく最近の友情軌道においてあの時点では親しくしゃべる関係にはなかった、とロバートは言った。

とにかくその話で大事なのは、弟のポスターが学校で問題になったってこと、とサシャは言った。美術教室の壁に下品な言葉をいくつも掲げるために弟がそのポスターを作ったって言いだした人がいたの。でも、はっきり言ってすごくきれいな作品だった。革命的。どっちかって言うと、そのせいで掲示をやめたんだと思う。

私は以前、Facebookをハッキングして、そこに上げられている写真の顔と体をポケモンの顔と体に入れ替えてやろうと思ったことがある、とシャーロットは子供たちに言った。それを聞いた二人は体を二つに折って前部座席につかまりながら——ずっと小さな子供のように——声を上げて笑った。サシャは自分が抱いていたクリスマスシーズンの革命的プランについて話した。ホームレスの人たちが温かい場所で寝泊まりできるように街のオフィスビルの窓ガラスを壊して回るという計画だ。

姉ちゃんは街のホームレスとお熱い関係だからね、そいつはすごい年寄りで、三十代か四十代、とロバートは言った。きゃあ。

熱い関係なんかじゃない、とサシャは言った。

〝温かい〟くらい？とシャーロットは言った。

姉ちゃんはあいつの心を温めてあげたいんだ、とロバートは言った。心以外の場所も。きゃあ。

絶対にお金以外のものもあげてるんだよ。やば。

あなたはどうなの、ロバート?とシャーロットは言った。世界を変える計画はある?

僕は現実主義者だから、とロバートは言った。

それってどういう意味?とシャーロットは言った。

世界を変えるなんて無理ってこと、とロバートは言った。

敗北主義者、とサシャは言った。

敗北主義者で結構。いつか私たちみんなが服じゃなくて葉っぱを身にまとう時代が来るとか言ってる姉ちゃんもね、とロバートは言った。

きっとそうなる、とサシャは言った。私たちはすべてを変えないといけない。葉っぱもすごく重要になる。私たちが酸素を得られるのも葉っぱのおかげだし。

うぬぼれすぎ、とロバートは言った。

何が?とシャーロットは言った。

一人の人間に世界が変えられると思うのが、とロバートは言った。

アインシュタインの聖地巡礼をしている人間がそんなふうに言うなんてうぬぼれすぎじゃないの、とシャーロットは言った。

ああ、でもそれは、ていうか、アルバート・アインシュタインは別格、とロバートは言った。

じゃあ、ロバート・グリーンローも別格、とシャーロットは言った。

偉大なるサシャ・グリーンローの弟、ロバート・グリーンロー、ここに眠る、とサシャは言った。

そうだね、僕の墓石には実際そう刻んでもらいたいな、とロバートは言った。ロバート・グリーンロー。かわいそうな男。彼はかつて誰かさんの弟だった。彼はかつて誰かさんの弟だった。かわいそうなのはその誰かさん。

ロバート・グリーンロー、とロバートは言った。財ちゃんを築いたことで知られる。その姉、サシャ・グリーンロー。ホームレスの人にブーツを買わせるため財ちゃんを譲ったことで知られる。

その話はしたでしょ、あの人はブーツを盗まれたの、とサシャは言った。

その言い訳なら聞いた、とロバートは言った。

ホームレスの人はよく靴を盗まれるのよ、とサシャは言った。ホームレスの人は頻繁にそういうひどい目に遭わされる。

それか、たくさんお金を欲しいホームレスの人がそういう言い訳をよく使うのかもね、とロバートは言った。

財ちゃんって何?とシャーロットは言った。

財産《さん》ってほどじゃないから財ちゃん、とロバートは言った。着いたの?

シャーロットは暗闇の中、何もない場所で車を停めていた。

見て、と彼女は言った。

そしてカーナビの画面を指差した。

車の位置を表すカーソルの左側に、ラウトンヒースという地名が表示されていた。

彼女はヘッドライトを消した。

三人は車を降りた。

そして車の周りに立った。

月が明るく光っていた。

月明かりの中で見えるのは、どこまでも単調に広がる暗闇だけだった。

ところで何のためにここに来たんだっけ？とサシャは言った。

本にはこう書いてあった、とロバートは言った。ナチはアインシュタインの写真に〝まだ処刑されていない男〟と書き添えたポスターを配ってた。彼はベルギーにいたんだけど、ナチは彼の居場所を知ってて、追っ手が迫ってるって誰かが教えた。そこで彼はある上流階級のイギリス人政治家からの申し出を受けて、このヒースにある小屋に逃げ込むことにした。そのイギリス人は最初は極右の政治家で、ヒトラーはいいやつだと考えてたんだけど、途中で考えが変わって、アインシュタインを招いて、このヒースにある小屋に住まわせることにした。それでアインシュタインはその通りにした。一か月くらいかな。猟場番人が警備をした。アインシュタインはしばらく孤独な生活をしながら研究を進めて、一か月か二か月後にアメリカに渡った。彼がここに暮らした一か月は、よく町の郵便局に行ったり、甘いものを買ったりしてたらしい。その郵便局にも行ける？

三人はまた車に乗った。

そしてカーナビの案内で、ラウトン郵便局まで行った。

三人は車の窓から郵便局を覗いた。

一九三三年にここにあった郵便局と同じかな?とロバートは言った。

分からない、とシャーロットは言った。

彼らはさらに少し車を進め、シャッターの下りたパブの前で停まった。

見て、とシャーロットは言った。ロバート。

声を抑えてそう言ったのは、サシャが眠っていたからだ。サシャは包帯を巻いた手を体から遠ざけるようにして体を丸めていた。

ニュー・インという閉店したパブの入り口のそばに、円形の銘板――歴史的な場所に掲げられている青い銘板《ブルー・プラーク》に似たもの――が取り付けられていた。そこにはアインシュタインの名前があった。

彼女は車を降りた。ロバートも。二人はサシャを起こさないよう、扉を少しだけ開けたままにした。

アルバート・アインシュタイン
一九三三年九月
ナチによる迫害を逃れてアメリカに渡る前
ラウトンヒースの小屋で暮らした

銘板の下部には、イースタン・デイリー・プレス社とノリッチ美術デザイン大学の提供と書かれていた。

美術とデザインと新聞、とシャーロットは言った。彼らに感謝ね。

アインシュタインはここに来たかな？　ビールを飲みに？とロバートは言った。

もしも来てれば、とシャーロットは言った。パブの方も看板を掲げるんじゃないかな。〝アルバート・アインシュタイン。一九三三年九月、ナチによる迫害を逃れてアメリカに渡る前、ビールを飲みにこのパブに立ち寄った〟ってね。

でも、来たかもしれないよね、とロバートは言った。村の人は誰も彼の正体を知らなかったってこの本には書いてある。てことは、彼はここにビールを飲みに来たけど、誰もそれが彼だと気づかなかっただけかもしれない。

可能性はある、うん、とシャーロットは言った。

可能性はある、とロバートは言った。可能性、可能性、可能性。

彼は〝可能性〟という単語を唱えながら閉店したパブの入り口の前を意味ありげに行ったり来たりした。

これで彼が歩いたのと同じ地面を踏めたかな？と彼は言った。

どうしてそんなにアインシュタインのことが好きなの？とシャーロットは言った。

この地球でものを考えた人間の中で最も賢い人だという理由以外でってこと？とロバートは言

った。子羊みたいな顔をしてるのも理由の一つ。

ああ、とシャーロットは言った。

宇宙を心から愛していたからというのも理由の一つ、とロバートは言った。

そうね、とシャーロットは言った。

光の仕組み《アーキテクチャ》を理解しようとしたからというのも理由の一つ、とロバートは言った。

光の仕組み《アーキテクチャ》、とシャーロットは言った。面白い表現ね。詩のタイトルみたい。

そう? とロバートは言った。

うん、とシャーロットは言った。自分で考えたの?

どうかな、とロバートは言った。どこかで読んだ表現なのかもしれない。あんまり僕らしい言い回しじゃないから。もしもあなたと僕が——ていうか僕が——ブラックホールの縁に立ってたとしたら。実際は立ってないけど。でも、ブラックホールの縁に仮に立ってたとしたら。そして仮に、あなたの方がたまたま僕よりもブラックホールの縁に近い場所に立っていたとしたら。

うんうん、とシャーロットは言った。

そして二人ともまた地球に戻ってきたとしたら、とロバートは言った。そのときには僕の方がブラックホールから遠い場所にいたせいで、年の取り方が早くなる。だから地球に戻ったときには、同い年くらいになっているかも。

とても面白い話ね。教えてくれてありがとう、とシャーロットは言った。

二人は建物の前をできる限り歩き回り、アインシュタインがかつて歩いたかもしれない地面を踏んだ可能性を最大化した。

そうしている間に、ロバートはある男を見かけた日のことをシャーロットに話した。男は老人ではなくかなり若かったが、ひどく酔っ払っていたのでパブから出て来たところで転んで四つん這いになり、そのまま海岸まで這っていった。ズボンとパンツは足首までずり落ちていた、と。

その日は金曜でもなかったし、木曜でもなかった、とロバートは言った。月曜日だったんだよ。酔っ払った友達が一緒にいるわけでもなく、楽しそうなわけでもなく、ただ酔っ払ってた。しかも人が、僕らが、みんなが見ている前で半分裸になって。

ああ、とシャーロットは言った。

原初の姿、とロバートは言った。

いい表現ね、とシャーロットは言った。

僕はそんな世界で暮らしたくない、とロバートは言った。

私たちが暮らしている世界では、原初的なものと公的なものがますます一体化している、とシャーロットは言った。

うん、とロバートは言った。

それは悲しそうな口調だった。

でも私たちが自分で管理しないと、原初的な部分の行き場がなくなっちゃうでしょ？とシャーロットは言った。

どうかな、とロバートは言った。骨の中に染み込むかも？

私はそういうものはいずれ表に出てくると思う、だからどうするかを考えておく必要がある、とシャーロットは言った。だから、さっきあなたが言ってたみたいな男の人もいる。それに、ほら――あなたが言った通り。光の仕組みの研究に一生を捧げる人たちもいる。

でも、もしもそういうものが全部混ざってたらどうかな。何か一つの存在になるなんて無理じゃない?とロバートは言った。その場合はどうなの?

それが人間なのかも、とシャーロットは言った。たとえば、ほら。お姉ちゃんの手にガラスみたいなものをくっつける人とか? 接着剤を使って。

あれはただのガラスじゃない、とロバートは言った。ただの〝ガラスみたいなもの〟とは違う。

じゃあ何?とシャーロットは言った。

あれは時間、とロバートは言った。

時間、とシャーロットは言った。じゃあ、あれは人にあげるプレゼントとして適当なのかしら?

ロバートは肩をすくめた。

分からない、と彼は言った。

私にも分からない、とシャーロットは言った。アインシュタインなら何て言うかな?

アインシュタインならきっとこう言う、とロバートは言った。人類は星を眺めることで最高の知的な道具を手に入れた。でもだからといって、僕らがその知識を使って何かをしたとき、星にその責任を負わせることはできない。

うわ、とシャーロットは言った。ロバート。その言葉、最高。

そう？とロバートは言った。

彼の体から喜びが放射していた。

でも、僕の言葉じゃない、と彼は言った。アインシュタインの言葉さ。

でも今そう言ったのはあなた、とシャーロットは言った。あなたはこの瞬間のために言った。

今のは、ほら、的を射た発言よ。ノックアウトパンチ。完璧なタイミング。ホールインワン。

ブラックホールインワン、とロバートは言った。

二人は夜空の下、駐車場に立っていた。ひょっとするとその同じ場所にかつてアインシュタインその人が立ち、暗闇に針の先で穴を開けたみたいな星々――光の源となる大昔の星は既に死んでいる――を見上げたかもしれない。やがてロバートの姉が目を覚まし、手を振る二人の姿を見てコートを羽織り直し、車から降りて、寒風の中、二人が立っている場所までやって来た。三人は揃って空を見上げ、知っている星座を教え合い、知らない星座の名前を考えた。

二〇二〇年七月一日

親愛なるサシャ・グリーンロー様

お手紙をありがとう。あなたはとても優しい人だ。

鳥についてもいろいろなことを教えてくれてありがとう。

今日、こうして手紙を書いているのは、こっちの空でその鳥が家族と一緒に飛んでいるのを見たからです。ぜひあなたにも伝えたいと思いました。

私たちの友人であるシャーロットとアーサーから二通の手紙を受け取りました。とても楽しく読ませてもらいました。身の回りのことを話してくれてありがとう。そして私の暮らしを想像してくれてありがとう。あなたの生活を想像させてくれてありがとう。英雄《ヒーロー》という名前の人の伝説を教えてくれてありがとう。面白い詩を聞かせてくれてありがとう。

私の名前はベトナム英語で、アイン・キエット（ANH KIET）。正確にはKIETのEに記号を添える必要があるのだけど、コンピュータのキーボードだと私にはそれを付けることができない。上に屋根みたいな帽子をかぶらせて、下に小さな点を付けるのが正しい。ベトナムの文字で名前を書いたら、肩幅の大きな人間の形か、二重になった丈夫で大きな屋根のある家みたいな形になります。名前を一つ一つに分解すると

アイン：男きょうだい／あなた

キエット：傑作

二つを合わせると英語の英雄《ヒーロー》みたいな意味です。私は英雄《ヒーロー》ではありません！　私は傑作ではありません！　でも、きょうだいはいます。

私は今、一緒に釈放された十五人の仲間と、私たちの共通の友人シャーロットとアイリスおばさんと同じ家に暮らしています。二人ともとても、とても親切です。入国者退去センターは扉の鍵を外して、真夜中に私たちを外に出しました。外は激しい雨が降っていたので、私たちは空港まで行き、出発ロビーの椅子の上で寝ました。そして友達に電話をかけた。私たちは幸運でした。彼らがやって来て私たちを見つけ、コーヒーを売るトラック三台に乗せて私たちをここまで連れてきてくれました（コーヒートラックを利用するある組織については『春』二五七頁などを参照）。長旅には便利な車です！

私は多少医学のことが分かるので、仲間の体調が悪くなったときには少し手伝いができます。一人は病院に運ばれて、亡くなりました。でも、今ここにいる人は全員元気です。私は掃除を手伝ったり、夏の庭で花の世話をしたりしています。庭仕事は得意です。自分でもそんな才能があるとは知りませんでした！　私は生まれ変わったみたいです。ここの庭は大変きれいです。昔っ

ぽい薔薇が片隅で何百も咲いています。それを見るととても幸せな気分になります。

あなたからの手紙も私を幸せな気分にしてくれました。鳥のメッセージをありがとう。あらゆる国籍を持った鳥。まるで炎が燃え尽きた後の灰から作られたみたい。繊細な灰のような気配。でも本当は、船を海に固定する錨《いかり》のように力強い。

今もあなたとあなたの家族が元気でいることを心から祈ります。

これからもっとたくさんの夏がやって来ると私も思います。こっちの空でもあなたの鳥の季節が何週間も続くでしょう。そう考えると私はとても幸せな気分になります。

今こちらの空に見える鳥——あなたが私にくれた手紙に込められていた優しい気持ちという鳥——が、もうすぐ家族という仲間を連れてそちらの空に飛んでいくでしょう。その鳥たちが私の気持ちと温かな祈りをあなたに届けてくれますように。健康と幸運があなたとあなたの家族、そしてあなたの友人とあなたの愛する人たちに届きますように。

わが友人、サシャ・グリーンローへ
あなたの友人で兄の
アイン・キエット／英雄《ヒーロー》より

謝辞

この本を書くにあたって、第一次世界大戦と第二次世界大戦時のイギリスにおける強制収容に関するさまざまなインターネット内の情報および書籍を参照した。中でも、ロナルド・ステントと偉大なるフレッド・ウールマンの書いた文章が参考になった。

ロバート・グリーンローが本書の中で繰り返し言及する本は、アンドリュー・ロビンソン著『逃走するアインシュタイン』(イエール大学出版)だ。

アマツバメの生態について参照した中で最も刺激的だったのは、デイヴィッド・ラック著『天上の鳥アマツバメ　オックスフォード大学博物館の塔にて』(ユニコーン社)。

ありがとう、サイモン。
ありがとう、アンナ。

ありがとう、ハンナ、レスリー・L、レスリー・B、セーラ、リチャード、エマ、アリス、そしてハミッシュ・ハミルトン社とペンギン社の皆さん。

ありがとう、アンドリュー。
ありがとう、トレーシー、
そしてワイリー・エージェンシー社の皆さん。

この国の入国者退去センターで日々の生活について話を聞かせてくれた匿名の友人にも感謝します。

ブリード・ロウとヘンリー・ミラーにも多大なる感謝――
特にブリードへの感謝は強調したい。
そしてジダン出版のロバート・オズボーンにも。
ありがとう、BFIのロビン・ベイカー、
ゲイビー・スミス、オリヴィア・スミス、そしてSFIのドナルド・スミス。
ありがとう、ジェレミー・スパンドラーとフェミニスト図書館、
そしてヴィクトリア&アルバート美術館の言葉とイメージ部門にも。

ありがとう、ケイト・トムソン、

ありがとう、リジー、ダン、ネル、ベア。

アイラ・キャソンと
アンナ・マリア・ハートマンには特別の感謝。

すべてに命を与える
家族の物語を聞かせてくれた
バティア・ネイサンとイディット・エリア・ネイサンと
レイチェル・ロスナーの思い出に
そしてすばらしい『冬物語』の話を聞かせてくれた
ジリアン・ビアにとりわけ特別の感謝を。

ありがとう、メアリー。

ありがとう、ザンドラ。

ありがとう、セーラ。

訳者あとがき

本書はアリ・スミスが『秋』（原著二〇一六年刊）、『冬』（同二〇一七年刊）、『春』（同二〇一九年刊）に続く季節四部作の完結編として二〇二〇年に発表した『夏』の全訳である。『夏』は優れた政治的著作に与えられるオーウェル賞を受賞した。この連作は現在までのスミスを代表する傑作であるばかりでなく、二十一世紀のイギリスを代表する作品の一つだと言っても過言ではない。作者が企画した時点では誰も予期していなかったことだが、偶然にもその刊行時期によって、「初めての偉大なポストEU離脱《ブレグジット》小説」から「初めての偉大な新型コロナ小説」へいたる歴史的な四部作ができあがることになった。

『秋』『冬』『春』のあとがきにも記した通り、四部作とは言ってもどの巻も独立した小説として読めるように書かれているが、できることならこの最終巻だけは、他をお読みになってから手に取っていただくのがよいように思う。人物の再登場もあるし、残されていた謎の解決もここで与えられているので、その方が『夏』を一層楽しめるだろう。四部作すべてに言えることだが、切れ切れに見える物語をあまり難しく考えず、ひとまずそれぞれの場面や軽妙なやりとりを楽しんでいただきたい。

とはいえ、四部作のこれまでを簡単に振り返っておこう。

『秋』は主にエリサベスとダニエル老人との交流を描いていた。エリサベスは母と二人暮らし、ダニエル老人は第二次世界大戦のときに妹と離ればなれになり、自身もつらい目に遭ったようだ。エリサベスは八歳のとき新しい家に引っ越し、隣に独りで暮らすダニエル(年の差はおおよそ七十ある)と仲良しになる。そしてその後、彼の影響から大学で美術を専攻し、美術史を教える大学教員になる。ある時期から二人は疎遠になるが、二〇一六年に偶然、エリサベスはダニエルが老人ホームにいることを知り、また頻繁に会うようになる。

『冬』は二〇一六年末が舞台。アートは恋人のシャーロットと喧嘩をして、彼女の代わりに別の若い女性を実家に連れて帰る。そこにはアートの母ソフィアがいるのだが、明らかに様子がおかしい。そこで長年仲の悪かったソフィアの姉アイリスが呼ばれ、四人で奇妙なクリスマスを迎える。

『春』の中心となる物語の一つは、テレビ映画監督のリチャードとその相棒だった脚本家パディーをめぐるものだ。パディーが病気で亡くなり、リチャードは仕事を放棄し、失意のどん底で北に向かう。もう一つの物語は、移民収容施設に勤務するブリットと伝説的な謎の少女フローレンスをめぐるもの。この四人がスコットランドで出会う。

一応こうした前置きがあって、『夏』が始まる。時は二〇二〇年初め。作中で語られるように、ちょうど新型コロナウイルス感染症が急拡大しつつあった頃だ。物語の中心にいるのは、昔地方を回る小劇団にいたグレースと十六歳の娘サシャと十三歳の息子ロバート。サシャは環境保護に入れ込んでいて、ロバートは学校での出来事をきっかけに、家の中でも厄介な存在となっている。この一家がひょんなことからアートとシャーロットに出会い、皆でダニエル老人に会いに行くことになる……というお話。『秋』のエリサベス、『冬』のアイリス、『春』で施設に収容されていた〝英雄《ヒーロー》〟という名のベトナムからの難民らも再登場する。今回、スポットライトが当てられる女性アーティストはロレンツァ・マッツェッティ（物語の中で詳しい説明があるので、ここで中途半端な紹介をすることは控える）。なお、ダニエル老人は四部作のすべてに登場し、ある意味でかなめとなる人物だ。

　四部作では日本に暮らす私たちにはあまりなじみのない歴史的出来事が取り上げられる。恥ずかしながらこの訳者にとっても、マン島にあった敵性外国人収容所のことは初耳だった。本作で語られているように、そこにはナチの迫害を逃れてきたユダヤ人も収容されていたし、私が簡単にネットで調べた限りでも、一時期は多くの日本人も収容されていたようだ（横着をしてネットでこのような調べ物をしているとグレース・グリーンローにこっぴどく叱られそうだけれども）。

【ここからの二段落は非常に重要な問題を明かす**ネタバレを含む**ので、必ず**『夏』本文を読み終えてから**お読みください。**】**　ダニエルの妹ハンナの消息は『秋』以来、謎のまま残されていたが、

ついにこの『夏』でそれが明らかにされている。最後に登場するとき、彼女は赤ん坊を育てている。赤ん坊の名は明かされないが、ハンナが戦時下のフランスで用いている変名は本書二〇八頁に記されているので、特にその姓にご注目いただきたい。そして同じ姓を持つ人物が出てくるのは二七五頁だ。その人物とその母親についての短い説明が二七六頁にある。そこから登場人物たちを結ぶ関係が見えてくる。だからこそ、二〇三頁で起きているような(そうでなければ唐突な)勘違いが起こるのだ。

二七六頁を開いたついでに、ロバートの名を決めたのが母グレースであると隣の二七七頁で明記されていることに注目するなら、彼女の脳裏に「スイート・ロバート」という単語をロマンチックに刻みつけた人物を三一二頁で見つけることもできる。

【続いてここからの一段落は四部作すべて(少なくとも『冬』と『夏』の二冊)を読み終えてからお読みください。】『夏』でアートは母からの遺言で託された丸い石をダニエルのもとに届ける。バーバラ・ヘップワースの作品であるこの彫刻は元々ダニエルが所有していたもので、『冬』の二七三頁(一九八五年頃)では母と子がセットになった状態で登場する(これはおそらく広島県立美術館所蔵の「ネスティング・ストーンズ(Nesting Stones)」に似た作品で、深いくぼみのある「母」石とそこに収まる丸い「子」石のセットだと思われる)。ところが『秋』四五頁で描かれる一九九三年の時点では、ただの「穴の開いた石」になっている。そして二〇一六年にはソフィアが丸い石を床下に隠し持っていることが明らかになる(『冬』二六七頁)。それはダニエルが譲ったのではなく、「パクられた」(『夏』一七五頁)ものだ。二人は一週間足らずのごく短い期間、深い仲にあったようだ(『冬』二四八−二五二頁)から、一種の思い出の品としてソフィアが盗んだのだろう。その後、子供を身ごもって困っていたソフィアを形式的な結婚で救ってくれたのが一人の芸人で(『冬』二五二−二五三頁)、アートは当然その人を父だと思っているが、実の父はダニエルなのだ。つまりソフィアが石をダニエルに届けるようアートに遺言した背後には、息子を実の父に会わせる意図があったということになる。ただし、出会った二人はそこにある意図を知ることもなければ、相手が自分にとってどういう人物なのかも結局知ることがない(しかし不思議なことにダニエルは、握ったアートの手を何時間も放さない)。【ネタバレここまで】

こうして登場人物たちは何も知らず、ただ隠された意図に導かれて出会い、別れていく。彼らは(私たちもそうだが)自分で気づいていない歴史的なつながりの中に存在し、そうした目に見えない網が世界を支え、動かしている。私たちがそこに見るべきはよくできた《ウェルメイド》仕掛けではなく、歴史が持つ不可思議な奥行きだろう。少し陳腐な言い方かもしれないが、それが四部作を貫くテーマと言えるかもしれない。

こうして四部作が無事に全巻日本語訳で刊行されたのはひとえに、これまでの作品を愛してくださった読者の皆様のおかげです。訳者として厚く御礼申し上げます。表紙の装画はシリーズを通して水沢そらさんにご担当いただきました。タイトルと作家名を物語の中のアイテムに対応するものに変えた、一種の隠し絵になった表紙はいつも楽しみでした（読者の皆様も読後にぜひお楽しみください）。どうもありがとうございました。また、本書の企画と編集にあたっては田畑茂樹さんに、事実確認などについては新潮社校閲部の方々にお世話になりました。どうもありがとうございました。そしていつものように、訳者の日常を支えてくれるFさん、Iさん、S君にも感謝します。ありがとう。

二〇二二年五月

木原善彦

Summer
Ali Smith

夏《なつ》

著者
アリ・スミス
訳者
木原善彦
発行
2022年6月30日

発行者　佐藤隆信
発行所　株式会社新潮社
〒162-8711 東京都新宿区矢来町71
電話 編集部 03-3266-5411
読者係 03-3266-5111
https://www.shinchosha.co.jp

印刷所
株式会社精興社
製本所
大口製本印刷株式会社

乱丁・落丁本は、ご面倒ですが小社読者係宛お送り下さい。
送料小社負担にてお取替えいたします。
価格はカバーに表示してあります。

ISBN978-4-10-590181-3 C0397

アリ・スミス

木原善彦訳

秋

Autumn

ＥＵ離脱に揺れるイギリスの療養施設で眠る謎の老人と、
彼を見舞う若い美術史家の女。
かつて隣人同士だった二人の人生が、
分断が進む現代に生きることの意味を問いかける。

冬

Winter

実業家を引退し今は孤独に暮らす女性。
その凍った心が、息子が連れてきた
即席の「恋人」との出会いで次第に溶けていく。
英のＥＵ離脱が背景の「四季四部作」冬篇。

春

Spring

時代遅れの演出家と、移民収容施設で心を殺し働く女。
春のように大胆不敵な少女が、二人の人生の扉を開く。
ＥＵ離脱が進み分断が深まるイギリスで
希望の芽吹きを描く、「四季四部作」の第三楽章。